Friederike Schmöe

MASKENSPIEL

Friederike Schmöe

MASKENSPIEL

Katinka Palfys erster Fall

KRIMI IM
GMEINER-VERLAG

Bibliografische Information
der Deutschen Bibliothek
Die Deutsche Bibliothek verzeichnet diese
Publikation in der Deutschen Nationalbibliografie;
detaillierte bibliografische Daten sind im Internet
über http://dnb.ddb.de abrufbar.

Besuchen Sie uns im Internet:
www.gmeiner-verlag.de

Im Ehnried 5, 88605 Meßkirch
Telefon 07575/2095-0
info@gmeiner-verlag.de

4. Auflage 2007

Lektorat: Claudia Senghaas, Kirchardt
Umschlaggestaltung: U.O.R.G. Lutz Eberle, Stuttgart
Gesetzt aus der 9,2/13 Punkt GV Garamond
Druck: Fuldaer Verlagsanstalt, Fulda
Printed in Germany
ISBN 13: 978-3-89977-636-2
ISBN 10: 3-89977-636-4

»Behüte mich, Herr, vor jenen, die mir wohlgesonnen sind ...«

Mircea Dinescu

Alle Charaktere in diesem Kriminalroman sind frei erfunden. Etwaige Ähnlichkeiten mit existierenden Personen und Handlungen sind rein zufällig und nicht beabsichtigt.

Ich liebe Fahnenmasten, Kirchtürme und sogar Baukräne …
Alles, was hoch ist, fasziniert mich.

Der Mensch strebt doch nach Höherem, nicht wahr? Mir gefällt sogar das Wort: Hoch. Dabei ist es nicht meine Art, allzu lange über Wörter nachzugrübeln. Ich beschäftige mich mit dem Greifbaren, Beweisbaren. Ich schätze, was objektivierbar ist. Ich agiere voller Vernunft.

Wenn ich die vier schlanken Domtürme betrachte, erfasst mich ein Schwindel. Aber keiner, der mich verwirrt oder aus der Fassung bringt, wie es so vielen von diesen Würmlein geht. Nein, mein Schwindel ist wie ein Wirbel, der mich empor trägt und hebt und dem Ziel entgegen treibt.

Ich habe mir viele Ziele gesetzt. Etliche habe ich erreicht. Für manche musste ich gemein kämpfen.

Es gab Leute, die mich kritisierten, bremsen wollten. Sie alle bedeuten mir nichts. Ich konzentriere mich auf meine Größe. Alle Mittel, die ich einsetze, sind anständige Mittel. Ich halte mich an die Strafgesetze. Was gut und böse ist, wird ja durch eine soziale und von mir aus kulturelle Übereinkunft festgeschrieben. Aber ich weiß genau, dass sich solche Übereinkünfte ändern können. Deswegen halte ich mich nur soweit an sie, wie ich es muss. Niemals, sage ich mir, niemals darfst du deine Ziele aus den Augen verlieren.

Diese Stadt ist eine heilige Stadt. Sie verleitet allerdings manchmal zum Träumen. Träume und Gefühle widerstreben mir. Ich halte mich an das, was ich selbst als zweckmäßig und nützlich für meine Ziele erkannt habe. Es fiele mir niemals ein, meine Absichten durch so etwas Banales wie Gefühle aus der Sphäre des Erreichbaren drängen zu lassen. Ich entwerfe einen Plan und führe ihn durch.

Nichts wird mich aufhalten.

Meine Güte, wie vernichtend dumm sind doch die meisten Menschen. Nutzlos und absolut unwichtig.

Selbstverständlich kann ich meine Gefühle im Zaum halten. Alles geschieht auf der Ebene der Tatsachen, der Messbarkeit. Ihr werdet sehen. Ehrgeiz? Ach, was! Ehrgeiz. Ich bin weder geizig noch scharf auf so etwas wie Ehre. Geiz hieße doch, dass die anderen mehr abbekommen könnten vom Kuchen als ich. Aber sie schaffen es ohnehin nicht. Ehre? Ich brauche sie nicht. Ich halte mich unter Kontrolle, überprüfe meine Pläne und befolge alle Strategien, die zu ihrem Erreichen führen könnten. Ich bin zielstrebig. Wie gut, dass wenigstens einige Leute das erkannt haben!

1. Katinka liebt Claude Monet

Sie stand auf der Schwelle eines impressionistischen Gemäldes. So könnte die Welt aussehen! Sie erinnerte sich an die vielen Diskussionsrunden ihrer Studienzeit, in denen schwerwiegende Fragen durchgekaut worden waren: *Wie wirklich ist die Wirklichkeit?* Katinka jedenfalls sah Klein-Venedig am Flussufer eindeutig so, wie Claude Monet es gesehen haben mochte: Verschwommen, skizzenhaft, geheimnisvoll. Viele kleine farbige Striche formten Fluss und Ufer. Das Licht schlich über die gekräuselte Wasseroberfläche und warf unbekümmerte Reflexe an die Wände der Fischerhäuser. Sanft tanzten die Schelche auf dem Wasser. Büsche und Bäume ließen ihr untertriebenes, helles Aprilgrün leuchten.

»Was sinnierst du?«, wollte Tom wissen und legte den Arm um Katinka.

»Ob Claude Monet wohl kurzsichtig war.«

»Setz deine Brille wieder auf, bevor du sie in die Regnitz schmeißt«, erwiderte Tom. Wie üblich verstand er nur die eine Seite von dem, was sie sagen wollte.

»Nein, im Ernst«, sagte Katinka und tastete nach dem Brillengestell, das sie auf der Brüstung abgelegt hatte. »Meinst du nicht, er hatte einen Augenfehler, und deshalb kam er überhaupt erst auf die Idee zu malen, wie er es getan hat?«

»Keine Ahnung«, brummte Tom desinteressiert. Er war eher auf etwas zu trinken aus und nicht in Stimmung, eine Debatte über Malerei zu führen. »Du könntest bei den Kunsthistorikern nachfragen.«

Typisch Tom. Als Computerfreak meinte er stets, dass sich Rätsel lösen ließen, wenn man Nullen gegen Einsen verrechnete. Mystisches kam ihm gar nicht in den Sinn. Katinka war zwar nicht gerade esoterisch angehaucht, aber einen gewissen Sinn für Spirituelles besaß sie dennoch. Ein Sehfehler schien ihr eine so wunderbare Erklärung für Monets Malstil: Wenn unsere Augen die Wirklichkeit machen, dachte sie, dann ist meine verzerrt, verzaubert und ziemlich unfertig.

Katinka setzte die Brille auf die Nase und blinzelte. Natürlich waren drei Dioptrien noch keine desaströse Kurzsichtigkeit. Irgendwo hatte sie gelesen, dass manche Fachleute Fehlsichtigkeit in dieser Größenordnung einfach als natürliche Abweichung von der Norm sahen. Diese Sicht der Dinge gefiel ihr ganz gut. Normalität war ihr schon immer suspekt gewesen. Nicht gerade ihr Lebensziel, normal genannt zu werden.

»Ich weiß, dass du Durst hast«, schnurrte Katinka, als sie sich endlich von Tom weiterziehen ließ. Tom, der Berliner, der in der fränkischen Provinz hängen geblieben war. Wie er behauptete, wegen der Frau, die er liebte, aber Katinka war sich nur zu bewusst, dass die Gastronomie und insbesondere das herausragende Angebot an heimischem Bier einen wesentlichen Anteil an Toms Wohnortwahl hatte. Sie selbst war eindeutig von den romantischen Momenten Bambergs gefangen, hatte sich deshalb die Stadt als Studienort ausgewählt und sie – außer für diverse Lehrgänge – nicht mehr verlassen.

Sie schlenderten durch den Durchgang des Alten Rathauses, wo ein Gitarrist in Begleitung eines schwarzen Zottelhundes Countrymusic aus seiner zwölfsaitigen Gitarre leierte. Wie immer warf Katinka einige Cent-Münzen in den Hut. Tom hob halb amüsiert, halb genervt die Augenbrauen.

»So toll spielt der nun auch wieder nicht«, sagte er, als sie am Café *Bassanese* vorbeigingen. Ein paar Leute saßen unter Gasheizern im Freien und genossen den Frühlingsabend.

»Ich weiß, was es heißt, wenn man eine berufliche Durststrecke durchmacht«, gab Katinka trotzig zurück.

»Himmelschimmel!«, rief Tom. »Ich weiß nicht, was du willst. Du hast dein Geschäft doch erst ein paar Monate.«

»Und noch nicht einen einzigen Auftrag.«

»Das dauert eben«, brummte Tom, aber Katinka spürte, dass er selbst nicht ganz überzeugt war. Während sie schweigend die Dominikanerstraße entlanggingen und die Auslagen in den Antiquitätengeschäften in Augenschein nahmen, fragte sie sich zum xten Mal selbstkritisch, ob die Idee, eine eigene Detektei für private Ermittlungen zu gründen, nicht doch ein Schuss in den Ofen gewesen war. Jetzt war sie Existenzgründerin – Katinka Palfy, private Ermittlungen – aber eine, die vom Geld ihres Freundes lebte. Das geht nicht gut, stöhnte Katinka in sich hinein, während sie an Bambergs berühmter Bierkneipe namens *Schlenkerla* vorbeiflanierten. Links über ihnen schob sich drohend der Dom zwischen die Häuser.

Katinka hatte Geschichte und Archäologie studiert, Fächer, mit denen kein vernünftiger Arbeitgeber etwas anzufangen wusste, wie ihr Vater ihr mehrere Male aus der Ferne mitgeteilt hatte. Er war Architekt in Wien, ein berühmter sogar, und deswegen lebte er die meiste Zeit des Jahres anderswo in der Welt. Manchmal mit Katinkas Mutter, seiner Ex-Frau, manchmal ohne sie. Bisher hatte Katinka seine breitgestreuten Angebote, sie mit Geld zu unterstützen, abgelehnt. Das konnte sie sich natürlich nur leisten, weil sie weitgehend auf Toms Kosten lebte.

Die Negativprognosen ihres Vaters wurden nach ihrem Examen Wirklichkeit. Da nützte auch das Prädikat *mit Auszeichnung* nichts, das sie für ihre ausnahmslos mit *eins* benoteten Prüfungen bekommen hatte. Niemand heuerte Katinka als menschlichen Schaufelbagger an, um – O-Ton Ignaz Palfy – in der Wüste Gobi Steine auszubuddeln. Nach einem halben Jahr Tristesse beschloss Katinka, einen anderen Schnüffeljob zu erlernen. Nicht als Archäologin der Vergangenheit auf die Spur zu kommen, sondern den dunklen Seiten moderner Tage. Sie erwarb ihre Lizenz als Privatdetektivin, arbeitete zwei Jahre unter der Fittiche von Julius Liebitz, einem alten Hasen der Branche, und hatte sich zu Beginn des vergangenen Winters selbständig gemacht. Allerdings war es eine Sache, die formalen Voraussetzungen zu erfüllen, und eine andere, den Anforderungen des Alltags gewachsen zu sein. Seit sie Tag für Tag in ihrem winzigen Büro in der Hasengasse saß und auf Klienten wartete, hielt der Kleinmut in ihrem Herzen Einzug. Verbannt in die Untätigkeit, meldeten sich die Selbstzweifel. Kannst du das überhaupt? Hast du den Mut? Kriegst du das hin? Was, wenn dies oder jenes?

Eine Wespe summte als Dauerbegleiter in ihrem Kopf herum. Katinka spürte sie schon wieder herbeisummen. Müsstest mal wieder zum Friseur, schnarrte sie böswillig. Zu ihrem eigenen Entsetzen griff sich Katinka sofort an den braunen Haarschopf. Friseure waren teuer und sie hatte kein Geld. Zudem war die Wirkung eines Friseurbesuchs bei ihrem störrischen Haar nach zwei Wochen ohnehin wieder verpufft. Sie konnte sich allzu häufige Investitionen dieser Art also sparen.

Und was du da wieder anhast ... immer in Jeans, raunte die Wespe und sauste um ihren Scheitel. Meinst du nicht, Tom fände ein Kleid netter? Was Hübsches, bisschen Schickes?

Es ist April, antwortete Katinkas Kopf der Kontrollwespe. Außerdem hasse ich Strumpfhosen. Ich kriege Krätze von ihnen. Und jetzt schwirr ab.

Sie schüttelte den Kopf, als müsste sie die fiese Wespe körperlich loswerden, und warf rasch einen ängstlichen Blick zu Tom. Wie üblich verliefen Katinkas innere Tragödien unter Ausschluss seiner Wahrnehmung. Tom ging selektiv vor. Lichtjahre zuvor hatte sie mit einem Typen namens Sven für einige Monate Bett und Tisch geteilt. Mit ihm war es genauso gewesen. Männer sind lineare Typen, dachte Katinka resigniert. Sie kriegen nur eins nach dem anderen mit. Aber vielleicht ist das auch ganz praktisch. Man kann ziemlich gut eine Menge vor ihnen verheimlichen.

Tom stieß die Tür zum *Pizzini* auf.

»Komm schon, Kat the Catey«, sagte er fröhlich. Die Aussicht auf ein spritziges Glas Frankenwein belebte ihn.

Sie betraten die enge, dunkle Weinstube und setzten sich an ihren Lieblingsplatz am Kachelofen. Tom griff sofort nach der Getränkekarte und bestellte sich einen Sylvaner.

»Ich nehme das Gleiche«, sagte Katinka zerstreut. Tom hatte leicht reden. Er hatte sein Geschichtsstudium abgebrochen, aus Realitätssinn, wie er gerne betonte, und sich zum Programmierer weitergebildet. Auch er war Selbständiger, aber im Unterschied zu Katinka mit Arbeit eingedeckt. Mitunter schuftete er 12 Stunden täglich und mehr vor dem Bildschirm.

Ich gebe mir noch Zeit bis zu den Sommerferien, nahm sie sich vor, während sie die vielen unterschiedlichen Zeichnungen und Gemälde betrachtete, die an den Wänden hingen. Bis August. Wenn ich dann keinen Auftrag habe, sehe ich zu, dass ich einen Job bei einer größeren Detektei kriege. Und außerdem könnte ich zu Tom ziehen. Ich würde eine Menge Kohle sparen.

»Woran denkst du?«, fragte Tom.

Sieh an, grinste Katinka in sich hinein, er merkt, dass ein Kampf im Kopf abgeht.

»Ach, so jobmäßig.«

Sie war sich nicht im Klaren darüber, ob sie das Zusammenziehen gerade jetzt thematisieren wollte.

»Keine Panik«, sagte Tom, hob sein Glas und sah ihr tief in die Augen. »Du schaffst das. Trinken wir drauf. Auf Privatdetektivin Katinka Palfy.«

Katinka musste lachen. »Versprich mir, dass du nie mehr über meine beruflichen Abgründe lästerst.«

»Versprochen!«

Die Weingläser klirrten leise. Tom ist schon in Ordnung, entschied Katinka.

»Zum Wohl, Tom Dooley«, sagte sie. Sie nahm die Brille wieder ab. Im Moment wollte sie nicht scharf sehen.

2. Der Auftrag

Am nächsten Morgen erreichte Katinka halbwegs ausgeschlafen ihr Büro in der Hasengasse mit dem unbestimmten Gefühl, dass etwas geschehen würde. Frühlingszeit war Aufbruchszeit. Auf dem Weg durch die Lange Straße war sie mehrmals zwischen all den frühlingshaft bunt gekleideten Leuten stecken geblieben. Kaum grüßte der Lenz, schlichen die Leute wie die Schnecken und blockierten die Fahrradwege. Beinahe wäre Katinka mit einem Neufundländerhund zusammengestoßen, dessen Besitzer irgendwas von Tierschutz grummelte. Katinka gab eins drauf, vermied den sehnsuchtsvollen Blick in den Optikerladen gegenüber, wo sie vor immerhin schon drei Jahren ihre jetzige Brille gekauft hatte, verdrängte den Gedanken an Kontaktlinsen, die sie sich nicht lesiten konnte, nahm den Weg durch die Austraße und bog endlich in die Hasengasse ein.

Nachlässig lehnte sie ihr Rad an die Wand, schloss auf und drückte gegen die Tür. Täglich schleifte sie mit dem gleichen heimtückischen Geräusch über den Boden.

15 Quadratmeter, ein Schreibtisch, Telefon, 2 Besuchersessel, ein Bürostuhl, rückenfreundlich, ein großer Terminplaner an der Wand, ein Hochglanz-Dalí-Poster, ein Plakat über eine Ausstellung der Harry-Potter-Illustratorin Sabine Willharm in der Villa Dessauer, ein Ikea-Kleiderständer und das obligatorische Regal mit juristischen Nachschlagewerken empfingen sie in der Hasengasse 2a. Katinka warf ihre Jacke in den kleinen Nebenraum, wo sich neben einem Spülbecken, Wasserkocher, einem Geschirrschränkchen und dem Faxgerät auch der Ausgang zum gemeinschaftlichen Korridor befand, an dessen Ende die Toilette lag, ein

Etagenklo, übrig geblieben aus alter Zeit. Sie checkte Anrufbeantworter und Fax, aber natürlich hatte niemand angerufen oder geschrieben. Routinemäßig kontrollierte sie das Waffenschränkchen, in dem sie ihre Beretta 9000 S aufbewahrte, setzte dann Wasser auf, um sich einen Tee zu kochen, und machte es sich so gut es ging auf dem Schreibtischstuhl bequem. Seit einigen Wochen schon quälte sie sich durch einen Wälzer über moderne psychologische Gesprächsverfahren in der Ermittlungsarbeit. Das Buch war ihr von ihrem ehemaligen Mentor Julius Liebitz empfohlen worden. Eigentlich schätzte sie seine Meinung. Doch während Katinka nun die Seiten umblätterte, hatte sie immer mehr den Eindruck, nutzlose und obendrein völlig belanglose Ratschläge zu bekommen, um die sie nicht gebeten hatte. Sie stand auf dem Standpunkt, durch Intuition mehr Geheimnisse aufspüren zu können als durch unterkühlte Analyse, aber Tom war da ganz anderer Meinung. Er vertrat die Auffassung, dass das emotionslose Zerlegen eines Problems sein Verständnis nur fördere. Die Wahrnehmung durch Intuition könne ja dann folgen. Katinka blickte auf die Überschrift von Kapitel 3: *Pathologische Persönlichkeitsveränderungen*. Schon spürte sie, wie sie am liebsten wegdämmern würde. Der typische Sachbucheffekt. Frustriert legte sie das Buch weg und goss sich Tee auf.

Das Telefon klingelte.

Katinka starrte den Apparat entsetzt an. Noch niemand hatte diese Nummer in den letzten Wochen und Monaten gewählt. Tom und ihre Bekannten erreichten sie über ihr Handy. Katinka stellte die Tasse ab und merkte, dass ihre Hand zitterte.

»Palfy, private Ermittlungen, grüß Gott?«

»Hauke von Recken. Tag, Frau Palfy. Sie kennen mich noch?«

»Herr von Recken!« Katinka musste schlucken. Klar, sie kannte ihn noch, wie könnte sie ihn vergessen, noch dazu bei diesem Namen!

»Das ist wirklich eine Überraschung«, ergänzte sie. Allerweltssatz, stichelte die Kontrollwespe.

»Das freut mich zu hören«, reagierte er sonor mit seinem stark westdeutsch geprägten Akzent. »Wie geht es Ihnen?«

Katinka zögerte. Ihr ehemaliger Archäologieprofessor war ihr immer der sympathischste unter den Dozenten gewesen. Unprätentiös und weitgehend frei von Dünkel, was ihn deutlich von seinen akademischen Mitstreitern unterschied. Er hatte ihr nach dem Examen angeboten, zu promovieren, aber sie hatte nach einigen Nächten des Nachdenkens abgelehnt.

»Danke. Sehr gut. Und Ihnen?«

Sie hoffte, er würde ihrer Stimme die Irritation nicht anhören. Vielleicht sollte ich doch noch promovieren, überlegte sie, denn Zeit habe ich bei meiner momentanen Auftragslage ja mehr als genug.

»Auch gut. Aber tauschen wir keine Höflichkeiten aus. Sie kennen meine Einstellung: Es ist schade, dass Sie die Universität verlassen haben!«

»Ich nehme das als Kompliment«, erwiderte Katinka, die sich allmählich fasste. »Aber sicherlich rufen Sie nicht an, um mir meine Einstellung zur Welt des Elfenbeinturms unter die Nase zu reiben?«

Hauke von Recken lachte. Es war dieses unterschwellige, amüsierte Lachen, das er gerne und häufig zu Gehör brachte, und das Katinka, wie sie nun feststellte, richtig vermisst hatte.

»Selbstverständlich nicht. Wie sollte ich Sie jemals umstimmen? Sie sind ja hartnäckig wie ein gut durchgebratenes Steak.«

Auch seine Ausdrucksweisen hatte Katinka immer sehr witzig gefunden. Im Augenblick hatte sie allerdings den Eindruck, dass er in seiner versucht scherzhaften Selbstdarstellung übertrieb. Es konnte allerdings auch daran liegen, dass sie den Unijargon einfach nicht mehr gewohnt war.

»Nein, im Ernst, Frau Palfy«, machte er weiter. »Ich rufe Sie an in Ihrer neuen Eigenschaft als … Detektivin.« Er ließ sich das Wort auf der Zunge zergehen.

»Tatsächlich?« Katinka hielt den Atem an. In ihrer Fantasie sah sie schon ein paar Dozenten mit Messern im Rücken vor Hauke von Reckens Bürotür liegen. »Worum geht es denn?«

»An der Uni gibt es Probleme«, sagte der Archäologieprofessor. Katinka konnte förmlich vor sich sehen, wie er beim Telefonieren die Rundung seiner Fingernägel kontrollierte. »Nicht bei mir am Lehrstuhl, überhaupt nicht bei uns oder den Historikern … na ja, Sie kennen ja unsere kleine Welt.« Er pausierte gekonnt und steigerte Katinkas Spannung ins Unermessliche.

»Jedenfalls, ein Kollege von mir, Romanist, hat Schwierigkeiten an seinem Lehrstuhl. Es geschehen eigenartige Dinge dort.«

Katinka zog ihr Notizbuch zu sich heran und angelte einen Bleistift aus dem Gurkenglas mit Schreibutensilien.

»Welcher Lehrstuhl?«, fragte sie.

»Ich höre, Sie beißen an. Erinnern Sie sich? Bei den Ausgrabungspraktika? Ich musste nur eine ungefähre Beschreibung des Projektes abgeben, und schon waren Sie Feuer und Flamme.«

»Welcher Lehrstuhl?«, wiederholte Katinka. »Romanisten gibt es doch mehrere an der Uni, oder?«

»In der Tat«, antwortete Hauke von Recken. Er schien zu spüren, dass Katinka auf Plaudereien zu ihrer studentischen Vergangenheit keinen größeren Wert legte.

»Professor Doktor Milo Laubach«, sagte er, und Katinka schrieb sich den Namen rasch auf. »Er ist Linguist, hat für die Zauberfee der Literatur also wenig übrig. Milo ist eine sehr bekannte Figur unter den romanistischen Philologen dieser Welt. Er ist geschätzter Herausgeber einflussreicher Publikationen, Sie wissen schon. Kennen Sie ihn?«

»Noch nicht«, gab Katinka zurück. All diese Lobpreisungen waren ihr sofort suspekt. »Was genau sind die Probleme?«

»An seinem Lehrstuhl verschwinden Sachen«, sagte Professor von Recken. Katinka ließ enttäuscht den Bleistift sinken.

»Es verschwinden Sachen?«

»Ja, nicht Radiergummis oder die Kaffeekasse, sondern richtig wichtige Dinge. Datenbestände auf den Computern werden gelöscht, Disketten gestohlen, CDs unbrauchbar gemacht. Niemand kann sich vorstellen, wer dahinter steckt, und meinem Kollegen fehlt, wie soll ich sagen, ein wenig der Überblick«

»In welcher Hinsicht?«

»Er hat etliche Mitarbeiter«, sagte Hauke von Recken und räusperte sich. »Ich will das jetzt nicht kommentieren, aber Milo hat es offensichtlich geschafft, trotz Sparzwängen auf einige Fetttröge zuzugreifen. Er hat zwei Assistentenstellen, eine Vollzeitsekretärin, Projektmitarbeiter, Tutoren, studentische Hilfskräfte ... alles, was wir anderen uns wünschen, aber nie bekommen.«

Katinka stöhnte im Stillen. Hier flammte sie wieder auf, die Akademikerneurose, Nervenplage ihrer Studienzeit. Subtile Anschuldigungen, Missgunst, Neid. Immer schwang in der Kritik, die vermeintlich auf die sachliche Ebene bezogen schien, persönliche Animosität mit und die Feststellung, selber der Beste zu sein, besser als alle anderen, wenn diese große Wahrheit auch noch nicht die Welt ausreichend zu durchdringen vermocht hatte.

»Professor Laubach hat seine eigenen Mitarbeiter im Verdacht, kommt aber nicht dahinter, wer Disketten stiehlt, ist das korrekt?«

»So habe ich es auch verstanden. Na ja, kürzlich tagte der Promotionsausschuss, dem ich als Vorsitzender angehöre.« Von Recken machte eine Kunstpause, um Katinkas Lob bezüglich seiner zahlreichen Aktivitäten einzusammeln, aber es kam nichts. Also fuhr er fort: »Laubach erzählte mir bei einem Kaffee, was sich bei ihm am Lehrstuhl tut. Er hat seine Räume ja auch so weit ab vom Schuss, an der Weide, gleich bei der Konzerthalle. Weit genug entfernt, um den guten Milo und seine Mannschaft nicht allzu oft zu Gesicht zu bekommen.«

»Ist dies ein Auftrag an mich?«

»Brauchen Sie einen?«, kam es zurück.

Katinka legte den Bleistift weg und zählte bis zehn, ehe sie antwortete. Mit einem Mal konnte sie nicht mehr verstehen, dass sie von Recken einmal besonders sympathisch gefunden hatte.

»Wer ist der Auftraggeber? Sie? Ich frage wegen der Rechnung.«

»Um Himmels willen!«, rief von Recken nun ehrlich erschrocken. »Selbstverständlich nicht. Ich habe Milo lediglich erzählt, dass eine meiner besten Absolventinnen«, er hielt wieder inne, aber Katinka reagierte nicht, »inzwischen lizenzierte Detektivin ist. Milo möchte verständlicherweise nicht zur Polizei gehen, so spektakulär ist das alles ja nicht.«

»Sie wollen sagen, es ist eine so langweilige Angelegenheit, dass ruhig eine Privatdetektivin daran üben kann«, entfuhr es Katinka. Nicht sehr professionell, hätte Tom jetzt gesagt.

»Aber, wo denken Sie hin! Frau Palfy! Nein, nein, so ist das keineswegs gemeint. Versetzen Sie sich in Laubachs Lage! Ein Lehrstuhlvertreter, der seine Leute nicht unter Kontrolle hat – peinlicher geht's nicht. Milo hat viele Neider! Sie wissen doch, wie das ist: Manche üben ein richtig hartes Regime aus, andere lassen ihre Mannschaft machen, was sie will!«

Katinka blätterte angelegentlich in ihrem Notizbuch.

»Ich habe erst heute Nachmittag wieder einen Termin«, sagte sie schließlich. Von Recken sollte keinesfalls von ihrem mühsamen Weg in die Selbständigkeit erfahren. »Ich kann bei Laubach vorbeigehen. Ist er jetzt in seinem Büro?«

»Er lehrt nur donnerstags und freitags. Er müsste also dort sein. Weide 18, im ersten Stock. Das finden Sie schon. Kein sehr repräsentatives Gebäude. Schauen Sie vorbei? Dann rufe ich Milo an und sage ihm, dass Sie kommen.«

Katinka verabschiedete sich und packte ihr Notizbuch in ihren Rucksack. Wenn sie nicht einmal eine Adresse fände, würde sie als Detektivin tatsächlich wenig taugen. Sie aktivierte den Anrufbeantworter, stellte die schmutzige Teetasse ins Spülbecken und schloss die Tür hinter sich ab.

Selbständig zu sein war immer ihr Traum gewesen, wegzukommen von Gremien und Kommissionssitzungen das vorderste Ziel, um ihre noch funktionstüchtigen Nerven zu retten. *Katinka Palfy – private Ermittlungen* stand auf einem simplen Computerausdruck, den Tom für sie ins Fenster geklebt hatte. Nun war sie also auf dem Weg zu ihrem ersten Auftrag – so es denn einer werden sollte. Während sie ihr Rad schnappte, fragte sie sich, warum der berühmte Romanist ausgerechnet an der Weide ein abgelegenes Domizil bezogen hatte, und nicht in den viel zentraler gelegenen, schön hergerichteten Gebäuden, die an die Austraße oder den Heumarkt angrenzten. Sie schob das Rad die Hasengasse hinunter durch das Tor, warf einen kurzen Blick auf das Hasenwappen links oben an der Mauer und schwang sich auf den Sattel.

Fünf Minuten später stand sie vor dem Universitätsgebäude Weide 18. Graugesichtig lag es gegenüber einer kleinen Grünanlage mit Spielplatz. Neben der breiten Eingangstür führte ein Tor auf einen schmuddeligen Hinterhof, auf dem einige Autos parkten. Was vom Asphalt zu sehen war, wirkte desolat, aufgesprungen, kaputt. Einige Fliederbüsche trotzten der Tristesse und schickten sich an, zu blühen. Die Atmosphäre erschien Katinka ganz und gar nicht akademisch. Sie schloss ihr Rad ab und stieß die Tür auf. Ein muffiger Geruch empfing sie in dem halbdunklen Treppenhaus. Hier wurde offensichtlich wenig geputzt und wenig gelüftet. Sie gab sich alle Mühe, die eigenartige Beklemmung abzuschütteln, die sie erfasste, als sie die Stufen in den ersten Stock hinaufstieg. Auf dem oberen Treppenabsatz blieb sie unvermittelt stehen.

Hier herrschte ein ganz anderes Klima als zwanzig Stufen weiter unten. Die Fenster waren auf Hochglanz geputzt, und saubere, hauchfeine Gardinen verschleierten den Blick auf die Fliederbüsche im Hof. Der Boden war gewienert worden, Katinka grinste ihrem Spiegelbild unter sich zu. In modernen Rahmen hingen Drucke an den Wänden – alle stellten irgendwelche verfremdeten Schriftzüge dar, französische und lateinische Wörter, die kalligraphisch verzerrt wurden oder sich ins Unendliche wiederholten. Ein Schwarzes Brett nahm die eine Seite des Korridors fast völlig ein. Ganz anders als die sonstigen Korkwände an der Uni hingen hier keine ausgebleichten Fresszettel von verzweifelten Zimmersuchern, sondern ordentliche Computerausdrucke mit den Ergebnissen von Prüfungen, Vortragsankündigungen und Hinweise auf Raumänderungen im Sommersemester.

Fünf Türen gingen von dem Korridor ab, und alle waren sie sperrangelweit geöffnet. Katinka ging einfach auf die mittlere Tür zu und klopfte an den Rahmen. In einem recht kleinen Raum saß eine Dame an einem Computer und tippte energisch.

»Morgen«, sagte Katinka.

»Sie wünschen?« Die Sekretärin drehte sich halbherzig in ihrem Schreibtischstuhl zur Tür und signalisierte durch permanente rückwärtsgewandte Blicke auf ihren Bildschirm, dass sie sich ungern stören ließ.

Katinka zog aus der Brusttasche ihrer Jacke ihre Karte und legte sie auf die Computertastatur. »Palfy, private Ermittlungen. Melden Sie mich bei Herrn Laubach an?«

»Der Herr Professor Laubach hat gerade noch eine Besprechung. Heute ist nämlich unser Jour Fixe.«

Katinka zuckte die Achseln.

»Ich habe nicht viel Zeit. Soweit ich weiß, liest Herr Laubach«, sie ließ absichtlich das *Professor* weg, »donnerstags und freitags. Es wäre nett, wenn Sie trotz Jour Fixe mal Bescheid geben könnten. Sagen Sie Grüße von Professor von Recken.«

Die Sekretärin erhob sich etwas steif, mühte ein Lächeln auf ihre rotgeschminkten Lippen und sagte gezwungen geduldig:

»Ich will sehen, was ich tun kann.«

Katinka studierte das Namensschild neben der Tür. *Anna-Beata Först, Sekretariat*, stand darauf. Und in kleineren Buchstaben: *Scheinausgabe nur freitags, 10 bis 11 Uhr.* Donnerwetter, dachte Katinka, und lehnte sich an den Türrahmen. Die armen Studenten. Sie beobachtete, wie Frau Först zu dem hintersten Zimmer auf der rechten Seite ging und an die offene Tür klopfte. Sie war recht klein und dünn, bestimmt trug sie gerade mal Größe 36 oder lebte von Kindergrößen. Ihr rotgefärbtes kurzes Haar leuchtete im Gegenlicht. Sie erinnerte Katinka an Pumuckl, doch das strenge Kostüm und ihr bemüht vornehmes Gehabe machten den heiteren Eindruck wieder zunichte.

Frau Först kehrte um und marschierte auf klackenden Absätzen auf Katinka zu. Hinter ihr strömten Leute aus dem Zimmer des Professors und verteilten sich stumm auf die verschiedenen Zimmer. Keiner schloss eine Tür.

»Herr Professor Laubach erwartet Sie. Kommen Sie bitte mit.«

Sie hatte diese fränkische Art, *bitte* zu sagen, aber dabei einen militärischen Kommandoton an den Tag zu legen, der die zur Schau gestellte Höflichkeit Lügen strafte.

Katinka nickte und betrat das Büro des berühmten Professors.

Ein Koloss thronte auf einem ledergepolsterten Lehnstuhl hinter einem wuchtigen Schreibtisch. Der Professor war dick, sehr dick, und konnte anscheinend nur noch sitzen, indem er sich in seinem Spezialstuhl weit zurücklehnte. Auf seinem roten

Gesicht glänzten Schweißperlen, und seine Glatze wurde von einem rostroten Kranz aus Resthaar eingerahmt.

»Grüß Gott«, sagte Katinka.

»Frau … Palfy? Grüß Gott. Kommen Sie herein. Setzen Sie sich. Frau Först, keine Telefonanrufe, bis ich Ihnen Bescheid gebe. Und die Tür zu.«

Zu Katinkas Verwunderung hatte er keine Donnerstimme, sondern eine samtige Sprechweise, mit der er die Wörter breitdrückte.

»Prof. von Recken rief mich heute früh an und erzählte mir, dass Sie Interesse an der Aufklärung einiger kleinerer Probleme haben«, begann Katinka und wischte mit einer kurzen Handbewegung all ihre wirren Gedanken beiseite.

»Frau Palfy«, unterbrach Professor Laubach. »Vielleicht hat von Recken genau das behauptet – kleinere Probleme. Leider muss ich Ihre Hilfe in Anspruch nehmen, da sich diese vermeintlich kleineren Probleme allmählich auswachsen … sie werden sogar richtig unangenehm.«

»Erzählen Sie!« Katinka fischte ihr Notizbuch aus ihrem Rucksack.

»Seit einigen Wochen verschwinden an meinem Lehrstuhl Dinge. Beispielsweise die Ausgangspost. Ich diktiere Briefe, sehr häufig wichtige Schreiben, Frau Först wirft sie in den Ausgangspostkasten, aber sie kommen nie an. Ich glaube nicht mehr an die unzuverlässige Post oder an einen Spinner in der Poststelle der Universität.« Er kratzte sich die Glatze, wobei er seinen Arm verdrehte und von hinten auf seinen Kopf fasste. Es sah sehr skurril aus. »Ich habe den Eindruck, jemand von meinen Leuten greift in das Postausgangsfach und holt die Briefe wieder heraus.«

»Haben Sie jemanden im Verdacht?«, fragte Katinka, die sich eifrig Notizen machte.

»Nein. Es könnte jeder von meinen Leuten sein.«

Katinka betrachtete den billigen Werbekuli in ihrer Hand. »An das Postfach kommt man einfach so ran?«

»Ja. Es ist nicht verschlossen. Ich habe inzwischen bei der Materialstelle einen verschließbaren Schrank geordert, aber Sie wissen ja, bis das genehmigt wird ...«

Er wedelte mit seiner rechten Hand herum und kratzte erneut seine Glatze, während sein Blick sich nachdenklich auf den Hinterhof richtete.

»Wir arbeiten«, Laubach räusperte sich, »intensiv an einem Projekt zur romanischen Wortbildung. Ein umfassender Vergleich der romanischen Sprachen und ihrer Suffixe, Präfixe, also Nachsilben, Vorsilben ...« Er verhedderte sich, als er versuchte, seine Fachausdrücke allgemeinverständlich wiederzugeben. »Da werden enorm viele Daten dokumentiert. Wir haben dazu ein sehr gutes, sehr geeignetes Computerprogramm, das uns ein Absolvent maßgeschneidert hat, Rumolt Lennert.«

Das wäre auch ein Auftrag für Tom gewesen, dachte Katinka kurz.

»Meine Oberassistentin Fria Burgwart, mein Assistent Ludovic Montfort und eine Doktorandin Elfi Lodenscheidt arbeiten an dem Projekt. Nun passiert folgendes: Ab und zu, in unregelmäßigen Abständen, werden neue Dateien durch alte Versionen überspielt. Das ist katastrophal, verstehen Sie!« Laubach zerrte ein Stofftaschentuch größeren Ausmaßes aus seiner Hosentasche und wischte sich über die Glatze. Die roten Resthärchen standen nun struppig nach oben. Hilflos wedelte er mit seinen Händen vor seinem Gesicht herum. »Ich habe einfach keinerlei Ahnung, wer hinter all dem steckt, verstehen Sie? Keine Ahnung. Keine Beobachtungen. Nichts. Immerhin habe ich veranlasst, dass immer alle Türen geöffnet sind, wenn hier gearbeitet wird, aber natürlich sind abends oder nachts andere Gesetze am Wirken.«

Katinka schrieb etwas in ihr Notizbuch. Was meinte er mit *andere Gesetze sind am Wirken*?

»Was meinen Sie damit?«, fragte sie arglos.

»Jeder kann hier rein! Alle meine Mitarbeiter haben Schlüssel für die Haustür unten und für ihre Zimmer. Das sind drei: eines für die studentischen Hilfskräfte, eines für die Assistenten Burgwart und Montfort und ein Bibliothekszimmer. Den Schlüssel dafür bewahrt Fria Burgwart auf, übrigens auch den zum Sekretariat. Im Bibliothekszimmer befinden sich auch noch drei Computerarbeitsplätze«, fügte Laubach hinzu.

Katinka schwirrte der Kopf.

»Jeder Mitarbeiter kann in sein Zimmer, aber die Assistenten haben die Schlüssel zu allen anderen Räumen?«

»Ja«, antwortete Laubach mit einem Seufzer. »Nur nicht für mein Zimmer. Dieser Schlüssel ist im Sekretariat versteckt, und den Platz kennt nur Frau Först.«

»Also ist Ihr Büro am sichersten, kann man das so sagen?«

»Ja. Aus meinem Zimmer ist auch noch nie etwas verschwunden.«

Laubach blies die Luft aus seinen Nasenlöchern, es klang wie Meeresrauschen. »Ich habe bei der Deutschen Forschungsgemeinschaft ein paar Freunde«, dozierte er weiter. »Deshalb bekam ich das ehrgeizige Projekt auch schon zweimal verlängert. Es ist auch ein Imperativ der Forschung, es ist«, er schnaubte wieder, »aber was erzähle ich Ihnen das. Sie sind Historikerin und Archäologin, hat Hauke mir gesagt.«

»Das ist richtig«, antwortete Katinka, während sie sich abmühte, eine gewisse Ordnung in ihre Notizen zu bekommen.

»Warum haben Sie nicht promoviert?«

»Das hatte verschiedene Gründe«, entgegnete Katinka. Wie oft hatte Julius Liebitz, ihr Mentor, sie daran erinnert, dass die Detektivin die Fragen stellte.

»Sie erinnern mich gewaltig an Rumolt Lennert«, sagte Laubach leutselig. »Komischer Name, nicht? Sein Vater war ein intimer Kenner des Mittelalters, und er liebte die Nibelungensage. *Rumolt war der Küchenmeister*, Sie kennen das ja sicher. Jedenfalls, der arme Junge hat jetzt diesen Namen. Und er plant, seinen Vater zu übertrumpfen: Er wettet, er lernt das gesamte Nibelungenlied auswendig – in Mittelhochdeutsch! Sein Vater«, fügte Laubach hinzu, »kann es auch auswendig. Aber in neuhochdeutscher Übersetzung.«

Katinka musste an sich halten, um nicht vor Verwunderung den Kopf zu schütteln. Laubach hielt soviel Eifer offensichtlich für verehrungswürdig.

»Ich brauche eine Liste aller Mitarbeiter. Wenn möglich auch ihrer Arbeitszeiten. Wie sieht es mit Putzfrauen aus?«

»Daran habe ich gleich am Anfang gedacht«, sagte Laubach. »Die Uni beschäftigt keine eigenen Putzfrauen, sondern mietet sich Putzkolonnen von Reinigungsfirmen. Die kommen alle aus Osteuropa, die Mädchen«, fügte Laubach hinzu. »Man kann sich nicht mal mit ihnen verständigen.« Er schüttelte den Kopf. Katinka starrte ihn verwundert an. Ein großer, berühmter Linguist, der an Sprachbarrieren scheiterte?

»Ich denke, die Putzfrauen würden womöglich die Kaffeekasse stehlen, aber doch nicht an unseren Datenbeständen herumfummeln«, machte Laubach weiter. »Außerdem sind die Computer alle mit einem Passwort geschützt.»

«Und das heißt«, sagte Katinka, »dass nur jemand überhaupt Daten verändern kann und alte Versionen über die aktuellen spielen kann, der das Passwort kennt.«

»Sie haben's erfasst, Frau Detektivin«, sagte Laubach. »Es muss einer meiner Mitarbeiter sein, oder eine studentische Hilfskraft. Seit Beginn des Wintersemesters hatten wir sechsmal eine Manipulation, und jedes Mal ging die Arbeit von Wochen flöten.«

»Was ist mit dem Nibelungenverehrer?«

»Rumolt Lennert kommt nur, wenn es Probleme mit den PCs

gibt. Genauer gesagt mit seinem Programm. Aber er kennt das Passwort nicht. Kümmern Sie sich drum. Und sprechen Sie mit Stielke. Er ist am schlimmsten dran.«

Laubach ging bei seiner Berichterstattung nicht gerade systematisch vor.

»Wer ist Stielke?«

»Carsten Stielke, unser Tutor. Er promoviert bei mir, und nun sind all seine Daten abhanden gekommen.«

»Um Himmels willen!«, entfuhr es Katinka. Sie hatte beim Abfassen ihrer Magisterarbeit unter der Vorstellung gelitten, ihr Computer könne abstürzen und all ihre Arbeit zunichte machen. Beinahe neurotisch geworden, hatte sie täglich Sicherheitskopien angefertigt.

Laubach nahm den Telefonhörer ab und sagte: »Frau Först, drucken Sie für Frau Palfy mal unsere Personalliste aus. Und alle sollen im Haus bleiben. Die Detektivin wird sich jetzt umhören. Ich will, dass sie mit jedem sprechen kann.«

Überrumpelt starrte Katinka Laubach an. So sollte es nicht laufen, dass ihr Auftraggeber festlegte, wann sie wen zu befragen hatte.

»Augenblick«, sagte Katinka, als Laubach aufgelegt hatte. »Kommen wir noch zum Geschäftlichen.« Sie nannte ihre Bedingungen und ärgerte sich, dass ihre Stimme plötzlich höher und irgendwie nervös klang.

»Ich zahle Sie privat, aus eigener Tasche«, sagte Laubach, der seine Brieftasche zückte. »Denn ich nehme an, dass die Verwaltung keinen Topf bereithält, um private Ermittler zu bezahlen!«

Katinka zog ihren Quittungsblock heraus, den sie kurz vor Weihnachten angeschafft, bis jetzt aber nicht benötigt hatte, und schrieb stolz den Betrag hinein. Frau Först klopfte.

»Hier die Liste, Herr Laubach. Ich würde dann in die Mittagspause …«

»Nichts da!«, unterbrach Laubach. »Sie bleiben, bis Frau Palfy mit Ihnen gesprochen hat.«

»Mit mir?« Anna-Beata Först wurde blass, und diese Gesichtsfarbe stach sich böse mit dem feuerroten Haar. »Aber ich …«

»Ich verdächtige Sie nicht!«, sagte Laubach ungeduldig. »Aber es muss alles seine Ordnung haben, nicht? Frau Palfy möchte nachher abhaken, was sie unternommen hat. Sie wissen doch.«

Katinka, die aufgestanden war und sich ihren Rucksack schwungvoll über die Schulter warf, hatte den Eindruck, Laubach spräche mit einem Kind, das ihm systematisch die Nerven tötete. Sie griff nach der Liste, die Frau Först immer noch in der Hand hatte.

»Ich werde mit jedem einzeln sprechen. In welchem Raum sind wir ungestört?«

»Frau Först zeigt Ihnen alles. Bis dann!« Laubach streckte Katinka seine Hand hin.

3. Laubachs Mitarbeiter

Fria Burgwart saß an dem schlichten Arbeitstisch mit Resopalplatte. Ihre Finger mit den abgekauten Nägeln strichen hektisch über ihr Dekolleté. Katinka wollte beinahe tröstend auf sie einreden, so bedauernswert sah sie aus. Das lange, dichte rote Haar hatte sie im Nacken zusammengebunden. Eine Menge Strähnen widersetzten sich dem Haargummi und spießten aus dem Pferdeschwanz hervor wie rote Stacheln. Ihr Sweatshirt schlotterte ausgeleiert um ihren dünnen Körper und erschien obendrein viel zu warm für das sonnige Wetter. Auf ihrem milchweißen Gesicht blühten lustige Sommersprossen. Aber Fria Burgwart schien gar nicht der Typ für Sommersprossen. Ihr Blick war stumpf und erschöpft, und wenn die Tatsache, von einer Detektivin befragt zu werden, sie nicht aufgeschreckt hätte, wäre sie wahrscheinlich einfach nur müde gewesen.

»Sie sind Oberassistentin?«, begann Katinka. Sie ignorierte halbwegs den staubigen Geruch im Zimmer. Konzentriert betrachtete sie Fria Burgwarts spitzes Gesicht.

»Ja«, hauchte sie.

»Wie lange arbeiten Sie denn schon bei Professor Laubach?«

»Vier Jahre.«

Katinka lächelte ihr Gegenüber gewinnend an. »Dies ist Ihr Dienstzimmer?«

Der Raum, in dem sie saßen, war groß, aber sehr dunkel. Nur ein kleines Fenster ließ Helligkeit herein. Auch die Regale, die sich an den Wänden entlang reihten, schienen das Licht zu schlucken. Laubach bewahrte hier wohl etliche aus der Bibliothek ausgelagerte Bände auf. An den Brettern klebten Zettel mit Signaturen und der Aufschrift *Handapparat*.

»Ja. Ich teile es mit Ludovic.«

»Ist er Franzose?«

»Ja, ist er. Er vertritt Helenas Stelle.«

Katinka verabscheute es, wenn Eingeweihte Außenstehenden gegenüber nur Vornamen erwähnten. Es suggerierte eine Nähe, die keine war. Rasch warf sie einen kontrollierenden Blick auf die Liste, die die Sekretärin ausgedruckt hatte.

»Helena Jahns-Herzberg befindet sich im Erziehungsurlaub?«

»Ja«, sagte Fria, und verfiel wieder in Schweigen.

»Sie arbeiten an dem romanischen Wortbildungsprojekt mit?«

»O ja«, rief Fria. »Hat Professor Laubach Ihnen davon erzählt? Es ist ein sehr ehrgeiziges Projekt. Ich arbeite unheimlich viel, investiere enorm viel Zeit. Aber es ist wirklich interessant, etwas ganz Besonderes, wirklich, und in der Fachwelt wird mit Spannung erwartet, wie unser Werk am Ende aussehen wird.«

»Zeigen Sie mir doch mal so eine Datenbank«, bat Katinka. Fria sprang sofort auf, Fachbezogenes schien sie aus ihrer Lethargie zu wecken. Sie war sehr groß, beinahe einen ganzen Kopf größer als Katinka. Doch ihre eingefallene, kraftlose Haltung ließ sie kleiner erscheinen, als sie eigentlich war. Umständlich stellte sie einen zweiten Stuhl neben die Computertischchen. Hochmoderne Flachbildschirme thronten auf den peinlich sauber aufgeräumten Arbeitsplatten.

»Wir zeigen eigentlich niemandem unsere Ergebnisse«, sagte Fria jetzt, als sie den Computer startete und abwartete, während *Windows* seine Oberfläche allmählich aufbaute.

»Ich bin ja nicht vom Fach«, entgegnete Katinka.

»Ja ja«, sagte Fria zerstreut. Sie zappelte mit der Maus auf dem

Tisch herum, ungeduldig wartend, dass sie endlich ein kleines Karteikastensymbol anklicken konnte. »Ich meine ja nicht, dass es so was wie Spionage bei uns geben könnte. Aber in nicht ganz zwei Wochen findet unter Professor Laubachs Ägide ein Kolloquium statt. Wir bereiten es hier an unserer Universität vor, wissen Sie, und wir hoffen, die Universität Bamberg auf diese Weise mal wieder in die Schlagzeilen zu bringen.«

Hektisch klickte Fria auf ein Icon. Eine Passwortabfrage erschien. Katinka starrte gebannt auf Frias Finger, aber es war ihr unmöglich, abzulesen, was Fria eingab.

»Wir ändern das Passwort oft genug, aber es hat nichts geholfen. Wirklich eine Katastrophe. So, jetzt sehen wir hier«, ungeduldig wippte sie mit ihren Beinen und stieß dabei mit den Knien von unten gegen den Tisch, »verschiedene Möglichkeiten. Ich kann Ihnen den gesamten Datenbestand zeigen, das wäre dieser Ordner …« Sie klickte herum und erging sich in Erklärungen, die Katinka beinahe schwindelig machten.

»Wo genau werden die aktuellen Daten durch alte Kopien ersetzt? Passiert das immer an der gleichen Stelle?«, wollte sie wissen.

»Fast«, antwortete Fria. »Für jede einzelne Sprache, die wir untersuchen, gibt es eine Datei. Allerdings arbeiten wir nicht an diesen Originaldateien, sondern jeder Kollege kopiert die Datei, die ergänzt werden soll, auf eine Diskette, verändert und erweitert die Daten den Analysen gemäß also nicht auf der Festplatte. Erst, wenn der Bearbeiter oder die Bearbeiterin fertig ist, druckt er oder sie die neue Version aus und kopiert dann die neue Datei über die alte. Anschließend wird die Diskette gelöscht.« Atemlos fügte sie hinzu: »Finden Sie das nicht auch nervig, wenn man immer mit gedachten Schrägstrichen sprechen muss? Der Bearbeiter Schrägstrich die Bearbeiterin, er Schrägstrich sie, ihm Schrägstrich ihr.« Fria fuchtelte mit ihren dünnen Fingern knapp vor dem Flachbildschirm herum, als wolle sie ihn abstauben.

»In der Tat!«, antwortete Katinka, wohl wissend, dass ihre Ansicht gerade nicht als modern galt. Sie fand nur, dass sprachliche Hässlichkeit der Sache der Frauen keinen Bonus einbrachte und den Blick auf Nebenschauplätze lenkte.

»Gut«, sagte sie zu Fria. »Das scheint mir ein sicheres System zu sein. Aber wie machen Sie die Sicherheitskopien?«

»Wir haben ein extra Speicherlaufwerk. Seitdem ein paar Mal Daten abhanden gekommen sind, haben wir auch jeden Abend eine CD gebrannt.«

»Dann kann Ihnen ja jetzt nichts mehr passieren, oder?«

»Das Brennprogramm funktioniert zur Zeit nicht«, sagte Fria. »Jemand hat daran manipuliert. Wir müssen es neu installieren, aber da brauchen wir jemanden vom Rechenzentrum, wegen der Lizenz.«

»Momentan können Sie also keine CDs herstellen? An keinem Computer?«

Fria schüttelte den Kopf und wischte sich ihre Hände an den Oberschenkeln ab.

»Ludovic ist zuständig für Absprachen mit dem Rechenzentrum. Bis jetzt hat sich nichts getan.«

»Was ist mit dem Speichermedium?«

»Funktioniert auch nicht.«

»Ach so?« Katinka zog die Augenbrauen hoch. »Schon ziemlich seltsam, wenn gleichzeitig verschiedene Speichermöglichkeiten ausfallen, oder?«

Fria lief knallrot an, wurde im nächsten Augenblick wieder weiß wie Milchreis und umklammerte ihren Hals mit den Händen.

»Das Motherboard ist an der Stelle kaputt«, sagte sie. Ihre Stimme klang ganz heiser.

»Motherboard? Mutterbrett?«

Katinka wusste durch Tom sehr genau Bescheid, aber sie wollte sehen, inwieweit sich Fria auskannte.

»Das Speichermedium hängt an einem USB-Anschluss. Und der befindet sich an der Rückseite des Computers. Was weiß denn ich«, sie ruderte wieder mit ihren dünnen Fingern herum, »aber genau dieser Anschluss ist kaputt. Gestört. Es wird kein Kontakt hergestellt. Nirgends.«

»Kann das nicht gerichtet werden?«

»Könnte, theoretisch«, stöhnte Fria und setzte die typisch akademische Leichenbittermiene auf. »Aber die Leute vom Rechenzentrum sind unterbesetzt und völlig überlastet. So schnell schicken die keinen.«

Katinka seufzte leise. Beim Staat würde sie niemals arbeiten können. Es gab einfach keine Konkurrenz, die allen Beteiligten Feuer unterm Hintern machen könnte. Dennoch kam es ihr eigenartig vor, dass bei einem solchen Problem nicht recht flott jemand zur Stelle war.

»Ich verstehe aber nicht, wieso Sie nicht die aktuellen Dateien relativ einfach wieder herstellen können – von den Sicherungen, egal ob auf einem extra Speichermedium oder …«

»Nein, alles ist kaputtgemacht worden«, jammerte Fria. »Der, der es gemacht hat«, atemlos holte sie Luft, »kennt das System eben sehr gut und zerstört nicht nur die Datei auf der Festplatte, sondern alle Sicherungen.«

»Was ist mit dem Papierausdruck?«

»Jedes Mal, wenn eine Datei vernichtet wurde, verschwand auch der Ausdruck aus dem Ordner.«

Katinka lehnte sich zurück. Der Stuhl quietschte, sie hatte den Eindruck, dass die Lehne wackelte. Jemand zerstörte nach Plan die Arbeit von Tagen oder Wochen. Jemand hatte Interesse, Laubachs ambitiöses Projekt zum Scheitern zu bringen.

»Wann hat das merkwürdige Treiben denn angefangen?«

»Am 17. November«, sagte Fria eifrig. »Elfi hatte das Programm gerade gestartet und bemerkte, dass sie vor einer Liste saß, die sie so vor drei oder vier Wochen das letzte Mal gesehen hatte. Sie …«

»Woran konnte sie das feststellen?«

»Es waren einfach weniger Einträge drin. Die Analysen vermehren sich ja, und das Programm gibt jeweils in der Fußleiste an, wie viele wir schon haben.«

»Die Liste befand sich einfach auf einem früheren Stand?«, fragte Katinka noch einmal nach, der sich die Gedanken allmählich überschlugen. »Es waren nicht absichtlich Fehler hinzugefügt worden oder so?«

»Um Gottes willen!«, rief Fria Burgwart und fixierte das Fenster. »Das wäre ja der absolute Albtraum, der GAU schlechthin. Nein, das wäre …«

Sie schwieg.

»Wo haben Sie die Schlüssel zu den anderen Räumen?«

Stumm wies Fria auf ein Schlüsselbrett an der Wand. Säuberlich mit Schildchen versehen baumelten die Sicherheitsschlüssel daran.

»Kann man sich nur von diesen beiden PCs in das Programm einloggen?«

»Nein, auch von den Arbeitsplätzen im Bibliothekszimmer und von Elfis Computer im Zimmer für die Hilfskräfte, das liegt gleich neben dem Sekretariat«, erwiderte Fria und sah unglücklich drein.

»Lässt sich nicht nachverfolgen, von welchem PC aus die Manipulationen vorgenommen wurden?«

»Das Rechenzentrum müsste das können, denn man muss sich ja anmelden, sobald man den Computer einschaltet«, sagte Fria und wurde rot.

Seufzend notierte sich Katinka ein paar Punkte in ihrem Notizbuch. Selbst wenn sie beim Rechenzentrum nachfragte, wann sich während des Wintersemesters welcher Laubach-Mitarbeiter in welchen Computer eingeloggt hatte, würden ihr die Datenmassen nichts nützen, wenn niemand sich genau aufgeschrieben hatte, an welchen Tagen die Daten verändert worden waren.

Fria Burgwart stand auf, fuhr die Programme wieder herunter, und sah Katinka nervös an. Ihr Gesicht war schweißbedeckt, und auf ihren Jeans hatten sich eine Menge Flecken angesammelt. Katinka musste an den Ausspruch von Estée Lauder denken: *Es gibt keine hässlichen Frauen, nur achtlose*. Auf Fria Burgwart passte diese Aussage wie die Faust aufs Auge. Sie hätte ganz hübsch sein können, aber offenbar widmete sie sich ihrem Aussehen nicht einmal mit einem Hundertstel der Energie, die sie für Forschungsprojekte aufbrachte. Dabei war Katinka keinesfalls der Meinung, dass frau permanent an ihrem Erscheinungsbild herumbasteln sollte. Doch dieses völlige Desinteresse Fria Burgwarts an sich selbst irritierte sie.

»Wer kennt die Passwörter?«

»Alle aktiven Mitarbeiter.«

»Die beurlaubte Kollegin auch?«

Fria schüttelte den Kopf, worauf sich noch mehr Strähnen aus dem Pferdeschwanz lösten. Unruhig tastete sie danach und wurstelte sie wieder unter den Gummi.

»Wie ist es denn eigentlich mit der verschwundenen Post?«

Fria Burgwart drehte sich um, schob sich durch das vollgestellte Zimmer zum Fenster und riss es auf.

»Was meinen Sie, mit der Post?«

»Es verschwindet doch auch Post, oder?«

»Mir ist noch nichts weggekommen«, sagte die Oberassistentin. »Aber, ja, es sind Briefe verschwunden. Ich glaube, meistens Unterlagen von Professor Laubach, aber …«

»Aber?« Atemlos wartete Katinka ab. »Sicher nicht nur von Professor Laubach, oder?«

»Nein. Äh … Helena sind Bewerbungsunterlagen abhanden gekommen.«

»Bewerbungsunterlagen?«

»Helena hat sich auf eine Stelle in Hannover beworben. Eine richtige Professur. Sie hat hier ihre Unterlagen fertig gemacht und den Umschlag in das Postausgangsfach gelegt. Das war an einem Freitag. Allerdings fehlte noch ein Gutachten. Sie reichte es nach … und«, Fria griff wieder nach ihrem Hals, »dann sagten die in Hannover, eine Helena Jahns-Herzberg hätte sich gar nicht beworben.«

Ach du Schande, dachte Katinka.

Fria hob die Schultern. »Wir verstehen uns doch alle gut hier. Alle sind sehr nett. Wir haben unser Sommerfest im Hof draußen, wir machen jedes Jahr eine Weihnachtsfeier. Ich habe keinen Grund, anzunehmen, dass ein Kollege oder eine Kollegin …« Sie brach ab.

Friede, Freude, Eierkuchen, dachte Katinka entnervt. Alle sind ja so nett.

»Gibt es persönliche Freundschaften unter den Kollegen?«, fragte sie.

Fria legte den Kopf schief. »Wir arbeiten alle sehr viel«, sagte sie. »Es bleibt einfach wenig Zeit für ein Privatleben. Jeder von uns schreibt eine Qualifikationsarbeit. Das ist hart.«

»Verstehe ich Sie richtig? Alle Kollegen sind Ihnen gleich sympathisch?«

»Ja«, sagte Fria, und mit einem Mal kam sie Katinka sehr einfältig vor.

»Danke.«

Fria nickte und verließ das Büro.

Katinka stellte sich an das geöffnete Fenster. An dieser Seite des Gebäudes schien keine Sonne. Die Luft, die hereinwehte, war sehr kühl.

»Bonjour!«, rief eine dunkle Stimme. Ludovic Montfort marschierte forsch in sein Dienstzimmer und schloss rasch die Tür hinter sich. »Oder besser Grüß Gott! Ich lerne es schon noch!«

»Was?«, fragte Katinka, während sie auf sein schick geschnittenes, dichtes braunes Haar schaute und die schneeweißen Jeans bewunderte.

»Ihren Dialekt!«, lachte Ludovic. Zwischen seinen vorderen Schneidezähnen klaffte eine breite Lücke.

»Na ja, meiner ist es ohnehin nicht«, sagte Katinka. »Bitte, setzen Sie sich.« Sie kam sich ein wenig seltsam vor, Ludovic Montfort in seinem eigenen Büro einen Sitzplatz anzubieten, aber ihre Intuition riet ihr, auf alle Fälle die Oberhand während dieses Gespräches zu haben.

»Gern. Sie sind also nicht aus Bamberg? *Von* Bamberg, wie man hier sagt? Wissen Sie, ich habe im Deutschunterricht vor langer Zeit gelernt, ich komme *aus* Bamberg, München, Paris. Aber hier in dieser wunderschönen Stadt muss ich immer wieder hören, wie die gelernten Regeln mit Füßen getreten werden, ach was, einfach gar nicht gelten. Es gelten andere, verstehen Sie. Ganz andere. Wobei ich ja finde, dass …«

»Arbeiten Sie auch an dem romanischen Wortbildungsprojekt?«

»Aber sicher.« Ludovic Montfort ließ sich endlich dazu herab, einen Stuhl herbeizuziehen und sich zu setzen. »Ich bin die Kontrolle. Der Controller, wie sie so schön auf Englisch sagen. Irgendwie löst sich ja die deutsche Sprache allmählich auf, nicht wahr? So viel Englisch an allen Ecken und Enden. Ich meine …«

Katinka war an seiner Meinung wenig interessiert.

»Was machen Sie genau?«

»Ich gehe alle Dateien einmal die Woche durch und überprüfe die Ergebnisse, die neu hinzugekommen sind.«

»Sie sehen einfach nach, ob die Analysen zutreffend sind?«

»Richtig, Madame. Und dabei muss ich hinzufügen: Manche Sachverhalte sind so oder so zu interpretieren. Man kann dann nicht von *richtig* oder *falsch* sprechen … Es kommt eben darauf an, von welchem Standpunkt aus man interpretiert. Und ich kontrolliere«, er bleckte in gewinnbringender Absicht seine Zähne, »ob konsistent gearbeitet wird.«

»Erzählen Sie mal!«, bat Katinka, der plötzlich die Luft ausging. »Wie war das mit den Manipulationen?«

Montfort erging sich in Erklärungen. Auch er kannte das Programm gut genug, um sämtliche Daten auf einen veralteten Stand zu bringen.

»Um wie viele Wochen haben die Manipulationen Ihr Projekt schon zurückgeworfen?«, fragte sie, als Montfort geendet hatte.

»Ihr Projekt? O, Madame, Sie meinen, es handele sich um unser Projekt? Da muss ich Sie enttäuschen. Es ist ausschließlich das Projekt des Professors, müssen Sie wissen, und er wird niemals auch nur unsere Initialen auf den Buchdeckel schreiben, wenn die Ergebnisse in ferner Zukunft einmal publiziert werden. Irgendwo in einer Fußnote zum Vorwort, das sowieso niemand je liest, wird vorkommen, dass Ludovic Montfort und Fria Burgwart und Elfi Lodenscheidt und Ruth Lebewang und noch ein paar andere Leute ihr halbes Leben für diese Geschichte gegeben haben … aber es ist nicht unser Projekt, niemals, nein.«

Olàlà, dachte Katinka. Da ist aber jemand mächtig frustriert.

»Sind Sie der einzige, der das so sieht?«

»Wissen Sie«, erwiderte Montfort und setzte sich auf seinem Stuhl zurecht. »Dieser Lehrstuhl ist wie die ganze Stadt: Er ist konform, bietet keine Abwechslung, es gibt einen Chef, den alle achten und vor dem sie auf die Knie gehen. Ist es der Bischof, ist es Laubach? Hier drin«, er machte eine ausholende Handbewegung, »ist Laubach der Bischof. Die Exzellenz.«

»Von Fria Burgwart hatte ich eher den Eindruck, das Projekt sei ihr Daseinsgrund.«

»Ja, Fria«, rief Montfort, betonte ganz französisch das *a*, blickte rasch zur Tür und flüsterte dann: »Wissen Sie, wir dürfen nämlich normalerweise die Türen nicht schließen, wenn wir anwesend sind. So können Laubach und seine Sekretärin uns permanent auf die Schulter gucken.«

»*Über* die Schulter«, verbesserte Katinka und kam sich idiotisch vor.

»*Über* die Schulter, sagt man? Interessant, ich hoffe, ich kann mir das merken. Denn … ich habe mir das ehrgeizige Ziel gesetzt, den Bamberger Dialekt in den drei Jahren, die mein befristeter Arbeitsvertrag mir lässt, wirklich gut zu erlernen. Mon Dieu, man braucht doch auch ein Ziel für sich persönlich!«

»Sie wollten noch etwas über Fria Burgwart sagen«, erinnerte Katinka.

»Ach, Fria, wissen Sie, sie ist mit dem Projekt verheiratet, eigentlich mit dem Lehrstuhl. Sie arbeitet nachts, sie arbeitet am Wochenende, eigentlich ist sie immer hier. Und sie lässt nichts auf Laubach kommen, nichts. Sogar mit Madame Först versteht sie sich, und das ist eine Kunst. Weil diese Sekretärin, also, ich sage Ihnen … Sie ist ständig hinter uns her, mit Tabellen und Listen, wir sollen unsere Arbeitszeiten eintragen und unsere Unterrichtszeiten, und wenn wir uns einen Bleistift aus dem Materialschrank nehmen, müssen wir Datum und Uhrzeit draufschreiben. Du meine Güte!« Er blies sich die braunen Ponys aus der Stirn.

»Wie steht es mit den anderen Mitarbeitern?«

»Ob Sie das Projekt mögen, meinen Sie? Aber sicher tun sie das! Elfi Lodenscheidt kann nichts anderes. Sie … hat ähnlich wie Fria kein Privatleben. Arbeitet sehr hart, das Mädchen.«

Katinka machte sich eine Notiz auf ihrer Liste.

»Dann Carsten, unseren Pechvogel. Ihm sind alle seine Dateien abhanden gekommen. Er hatte seine Doktorarbeit, von der er schon ein Drittel mindestens fertig hatte, nur auf einer einzigen Diskette gesichert. Da braucht nur mal jemand mit einem großen Magneten drüberzufahren, und schon ist sie hin!«

Katinka sah von ihrem Notizbuch auf.

»Verzeihung!« Zum ersten Mal verlor Montfort die Fassung. Er wurde krebsrot. »Selbstverständlich, ganz selbstverständlich, ich meine nicht, dass ich vorhätte, Carstens Daten zu zerstören …«

Er schaufelte durch sein Haar, das nun in alle Richtung abstand. Unruhig schüttelte er den Kopf, um die Strähnen wieder an die richtigen Liegeplätze zu befördern.

»Dann sind da noch zwei Studenten, die am Projekt mitarbeiten. Sie recherchieren im Internet Literatur, sie schleppen Bücher aus der Bibliothek heran, sie korrigieren mal ein paar Einträge, wenn Elfi, Fria oder ich keine Zeit haben, das selbst zu machen.«

»Kennt Frau Först das Passwort eigentlich auch?«

»Die Först? Denken Sie etwa, die Först könnte unsere Daten durcheinander bringen?«

»Kennt sie das Passwort?«, wiederholte Katinka. Montfort begann, ihr auf die Nerven zu gehen.

»Kennt sie nicht!«, knurrte Montfort.

»Glauben Sie, dass Stielke seine eigenen Dateien verschusselt hat?«

»Ach!«, machte Montfort. »Der interessiert sich doch auch für nichts anderes als seine wissenschaftliche Karriere.«

»Was ist mit Ihnen?«, fragte Katinka und genoss das verwirrte Grinsen auf Montforts Gesicht. »Haben Sie einen Verdacht oder eine Vorstellung, wer von Ihren Kollegen die Manipulationen an der Datenbank vornimmt und die Post versteckt?«

Bei dem Wort *Post* zuckte Montfort zusammen.

»Das haben Sie alle schon gefragt, oder?«, wollte er wissen. »Und Fria hat sofort gesagt, Ludovic war's. Der böse, fiese Ludovic, der ab und zu auch mal ein wenig Freizeit will und nicht am Wochenende noch mit den Kollegen eine Radtour unternehmen.«

»Waren Sie es?«

»Natürlich nicht!«, fauchte Montfort. »Ich bin froh um den Job. Wieso sollte ich ihn aufs Spiel setzen?«

»Danke, dass Sie mir Ihre Zeit geliehen haben«, sagte Katinka.

Montfort starrte sie überrascht an, dann begriff er, dass er gehen sollte.

»O, *geliehen* sagt man? Bekomme ich meine Zeit denn von Ihnen zurück?«

Katinka stöhnte innerlich. Gleich würde er sie zum Kaffee einladen.

»Ich bin ein begeisterter Biertrinker geworden, in dieser Stadt!« Er lachte und wirkte plötzlich ganz sympathisch. »Dabei muss ich allerdings aufpassen, dass ich nicht zunehme wie verrückt.« Er klopfte auf seinen Bauch. »Am liebsten gehe ich ins Klosterbräu. Dort gibt es das *Schwärzla*«, er sprach es sehr französisch aus, »ein wunderbares dunkles Bier. Kommen Sie doch mal mit!«

»Vielleicht. Übrigens ...«, sagte Katinka und spielte mit ihrem Stift. »Wieso dauert das eigentlich beim Rechenzentrum so lange mit der Reparatur der Motherboards?«

Montfort stand schon vor der Tür, die Hand an der Klinke.

»Da ist jemand krank geworden. Na ja. Sie wissen schon, Aber ich bleibe dran«, sagte er grinsend. »Ich rufe dort jeden Tag mindestens zweimal an.«

Katinka sah ihn zweifelnd an. Leute, die behaupteten, an einer Sache dran zu sein, waren meistens meilenweit von ihr entfernt.

»Schicken Sie mir Elfi Lodenscheidt herein, seien Sie so nett, ja?«, bat sie.

Montfort verschwand mit einem bedauernden Lächeln, und Katinka nahm die Brille ab und verbarg für einen Moment ihr Gesicht in ihren Händen. Sie hätte Montfort um einen Kaffee bitten sollen. Aber womöglich hätte er das als subtile Annäherung verstanden. Ein Kratzen an der Tür schreckte sie auf. Eine plumpe, graue Gestalt stand verschwommen vor ihr. Schnell setzte Katinka die Brille wieder auf. Ohne Zweifel, Elfi Lodenscheidt *kratzte* am Türrahmen.

»Grüß Gott«, sagte sie dünn.

»Frau Lodenscheidt? Kommen Sie bitte herein. Das heißt«, unterbrach sich Katinka, »wenn Sie mir vielleicht einen Kaffee organisieren könnten?«

»Sicher. Moment«, piepste Elfi Lodenscheidt. Sie schlich davon und kam mit einer Tasse dünner, blonder Flüssigkeit zurück.

»Frau Först meinte, sie würde Ihnen gerne noch einen machen. Dieser hier ist schon nicht mehr ganz frisch und auch recht schwach.«

Katinka hätte am liebsten laut aufgelacht.

»Danke, nicht nötig«, sagte sie stattdessen, öffnete das winzige Plastiktöpfchen mit Kondensmilch, goss es in den Kaffee und trank die lauwarme Lorke in einem Zug aus. Elfi Lodenscheidt schaute ihr lächelnd dabei zu. Sie schien eine Art Dauerlächeln auf ihr Gesicht geklebt zu haben. Das lange blonde Haar trug sie offen, es fiel ihr bis fast auf die Hüften, war aber eigentlich zu dünn, um so lang getragen zu werden. Ich brauche ja nichts sagen, dachte Katinka, ich bin meistens völlig unelegant angezogen und zum Friseur müsste ich auch mal.

»Erzählen Sie mir doch von dem Wortbildungsprojekt«, bat Katinka. »Wenn ich recht informiert bin, sind Sie ausschließlich dafür angestellt.«

»Ja«, piepte Elfi Lodenscheidt. »Es ist nur eine halbe Stelle. Aber ich ... wie soll ich sagen«, sie wurde rot. »Ich arbeite sicher mehr als nur 19 Stunden in der Woche.«

»So? Wie viel mehr?«, fragte Katinka interessiert.

»Och, ich bin eigentlich den ganzen Tag da«, antwortete Elfi freimütig und zupfte an ihrem Pullover.

»Sie haben die erste Manipulation entdeckt?«

»Ja«, hauchte Elfi.

»Schildern Sie mir die Situation«, bat Katinka.

»Ich habe den Computer angemacht«, begann Elfi, »habe das Programm geöffnet und wollte mit den Analysen weitermachen. Dann habe ich gesehen, dass die Liste viel weniger Einträge enthielt als noch Tage zuvor. Konnte man auch am Datum leicht erkennen. Jemand hat eine aktuelle Version durch eine ältere überspielt. Ich habe gleich Frau Burgwart Bescheid gesagt. Zuerst meinten wir, es sei ein Versehen gewesen, aber …« Sie schwieg. »Als es ein zweites Mal passierte, konnte es eigentlich kein Versehen mehr sein.«

»Das bleibt natürlich unter uns«, sagte Katinka und beobachtete mit hinterhältigem Vergnügen, wie Elfi Lodenscheidt sich zur Tür umdrehte. »Und das Büro ist ja auch momentan nicht offen. Also: Haben Sie jemanden im Verdacht?«

»Nein«, flüsterte Elfi und senkte den Kopf.

»Auch den Chef nicht?«

Elfi musste sich sichtlich sammeln, bevor sie sagte:

»Professor Laubach kennt das Passwort nicht. Wenn er Daten einsehen will, müssen wir das Programm für ihn öffnen und die Listen entsprechend vorsortieren. Er kennt sich gar nicht mit Computern aus.«

»Wer arbeitet denn am häufigsten an den Analysen?«

»Frau Burgwart«, antwortete Elfi. »Sie kommt auch am Wochenende, und sie bleibt abends am längsten von uns allen. Aber sie war es nie im Leben.«

»So?«

»Nein, nein«, schüttelte Elfi den Kopf. »Sie ist genauso gefangen von dem Projekt wie ich. Es ist sehr wichtig für sie. Wir … versprechen uns sehr viel von den Ergebnissen.«

»Montfort?«

»Bitte?«

Katinka hätte am liebsten die letzte Pfütze Kaffee aus ihrer Tasse in Elfis dümmliches Gesicht geschüttet.

»Käme Ludovic Montfort in Frage? Als Täter?«

Elfi zog den Kopf ein.

»Bestimmt nicht.«

»Warum nicht?«

»Er ist zu nett für so was.«

Katinka konnte sich gerade noch bremsen.

»Wer ist denn nicht zu nett?«

Elfi wand sich.

»Rumolt Lennert«, sagte sie schließlich.

»Der Computerfreak?«

»Er hat das Programm gemacht. Er gehört nicht richtig zum Lehrstuhl, kommt nur, wenn etwas am Computerprogramm geändert werden muss. Er kommt auch nicht zu den Abenden und auf Betriebsausflug geht er auch nicht mit.«

»Welche Abende, Frau Lodenscheidt?«

»Ach, wir treffen uns einmal im Monat, immer mittwochs nach dem Oberseminar, zu einem gemütlichen Abend, meistens in der Pizzeria *Pane e Vino*. Kennen Sie die?«

»Ja!«, sagte Katinka unwirsch. »Und da kommen alle?«

»Es wird erwartet«, erwiderte Elfi, »und es ist wirklich nett. Man lernt sich halt mal außerhalb der Arbeit kennen.«

Katinka wischte sich über die Stirn und stieß dabei gegen das rechte Brillenglas. Sie hinterließ einen dicken Fettfleck. Elfi saß nun hinter einer Nebelbank.

»Was ist mit Carsten Stielkes Diskette?«

»O, der arme Carsten!«, rief Elfi. »Er tut mir so Leid. All die Arbeit, die er in seine Dissertation gesteckt hat, und nun sind die Unterlagen weg und er kann wieder von vorne anfangen!«

»Finden Sie es nicht seltsam, wenn jemand eine Arbeit schreibt und sich keine Sicherheitskopie anfertigt?«

»Och«, machte Elfi und schwieg.

»Warum hatte er denn die Daten nicht auch auf seinem PC?«

»Er hat keinen eigenen Computer.«

Katinka stand auf.

»Danke, Frau Lodenscheidt. Wo finde ich Carsten Stielke?« Katinka wollte raus. Die dröge Atmosphäre drückte ihr die Luft ab.

»Im Bibliothekszimmer«, sagte Elfi Lodenscheidt und verfiel wieder in ihre Kropfstimme.

Katinka schnappte sich ihren Rucksack, klemmte ihr Notizbuch unter den Arm und verließ fast fluchtartig das dunkle Zimmer.

Im Flur stand Fria Burgwart im Gespräch mit Frau Först. Bei dem vergeblichen Versuch, ihre Größe zu kaschieren, beugte sie sich ein wenig nach vorne. Mit ihren langen Armen umklammerte sie ihren Oberkörper. Ihr Sweatshirt warf dabei eine Menge Falten.

Beide schwiegen sofort, als sie Katinka sahen. Elfi Lodenscheidt duckte sich an ihnen vorbei und verschwand im Zimmer neben dem von Anna-Beata Först.

»Das Bibliothekszimmer?«, fragte Katinka ungeduldig.

Fria Burgwart ging an Katinka vorbei und klopfte an den Türrahmen des kleinen Zimmers neben ihrem Büro. Tatsächlich stellte Katinka fest, dass alle Türen sperrangelweit offen standen.

»Carsten? Die Frau Detektivin möchte dich sprechen.«

Katinka trat ein. Das Bibliothekszimmer war nur halb so groß wie das Büro nebenan, aber genauso dunkel. Die Wände waren mit billigen Metallregalen vollgestellt und in der Mitte standen drei Schreibtische, auf denen jeweils ein Bildschirm den gesamten Platz beanspruchte. In diesem Zimmer waren die hoch gelobten Flachbildschirme noch nicht eingezogen. Carsten Stielke hockte gebeugt an dem Tisch, der der Tür am nächsten stand.

Katinka schloss die Tür hinter sich und streckte Carsten ihre Hand entgegen.

»Grüß Gott, Herr Stielke«, sagte sie.

»Grüß Gott.« Er blieb sitzen und starrte Katinka von unten herauf an. Blass war er im Gesicht. Auf seiner Nase saß eine schicke, randlose Brille. Katinka erkannte mit Kennerblick, dass es sich zweifellos um ein teures Modell handelte.

»Ich habe gehört, dass Ihnen wichtige Unterlagen abhanden gekommen sind?«

Carsten Stielke nickte ekstatisch. Er war einer von jenen schmächtigen wirkenden Männern, die fehlende Körperkraft durch Diensteifrigkeit meinten ausgleichen zu können. »Es ist ein Albtraum«, sagte er und wies auf den Bildschirm vor sich. »Ich bin gerade dabei, die Sachen, die ich noch ganz aktuell im Kopf habe, einzutippen.«

»Ich störe Sie nicht lange«, beruhigte Katinka ihn.

»Nein, nein«, rief Stielke erschrocken. »Das meine ich nicht.«

Er sprang hektisch auf.

»Entschuldigen Sie, aber Professor Laubach möchte nicht, dass die Bürotüren während der Arbeitszeit geschlossen sind.«

»Lassen Sie mal!«, sagte Katinka. »Sie arbeiten jetzt nicht, sondern Sie stehen mir Rede und Antwort. Das ist so was wie ... eine mündliche Prüfung.«

Stielke setzte sich wieder. Schweiß perlte um seine Nase.

»Wie kann denn eine Diskette abhanden kommen? Hütet man sie nicht wie einen Augapfel, wenn es die Einzige ist?«, knüpfte Katinka den Faden weiter. Die stickige Luft machte sie klaustrophobisch.

Carsten Stielke leckte über seine trockenen Lippen. Zittrig fuhren seine Kinderfinger an der Computertastatur entlang.

»Ich arbeite an verschiedenen PCs, da ich keinen eigenen habe«, sagte er belegt.

»Warum brennen Sie sich nicht ab und zu eine CD mit dem Zwischenstand?«, fragte Katinka ehrlich interessiert.

»Das … Brennprogramm geht gerade nicht«, sagte Stielke und drückte aus Versehen auf eine Taste. Der Computer gab zwei aggressive Piepstöne von sich. Stielke zuckte zusammen und fixierte suchend den Bildschirm.

»Wirklich fatal«, sagte Katinka. »Aber vielleicht können Sie mir einen Tipp geben, was diese andere Geschichte angeht.«

»Welche?«, fragte Stielke.

»Na, hören Sie mal, der Lehrstuhl spricht doch von nichts anderem, oder?«, fragte Katinka brüsk.

»Die … Dateien … für das Projekt?«

Katinka fand, dass Stielke wirklich nicht gerade die besten Nerven hatte. Das Gespräch warf ihn regelrecht aus der Bahn. Rasch zog er die Finger unter seine Pulloverärmel, als er bemerkte, dass Katinka sie musterte.

»Ich habe keine Ahnung.«

»Wo war denn die Diskette, als sie verschwand?«

»Hier, im Bibliothekszimmer. Ich habe sie im Laufwerk vergessen und bin heimgegangen. Zu Hause fiel mir auf, dass ich sie nicht hatte.«

»So was Wichtiges vergisst man?«

»Es war schon sehr spät. Ich hatte an dem Abend lange gearbeitet.«

»Wann war das?«

»Letzten Donnerstag«, flüsterte Carsten Stielke. Er hob die Stimme, als handele es sich um eine Frage.

»Warum sind Sie nicht noch einmal hergekommen, um Ihre Diskette zu holen? Wenn so wichtige Dokumente darauf waren?«

»Ich wohne außerhalb von Bamberg, in Viereth«, sagte Carsten Stielke. »Es ist einfach zu weit, noch mal zehn Kilometer hin und zehn zurückzufahren. Und ich hatte ja auch keinen Anlass zu glauben, dass jemand sie klaut. Ich …« Er sah wieder auf den Bildschirm. Ein großer roter Fisch segelte darüber hin.

»Schöner Bildschirmschoner«, sagte Katinka. Sie wollte hier raus. »Und wie ging es weiter?«

»Am nächsten Morgen kam ich sehr früh hierher. Schon kurz nach acht. Frau Först war auch gerade gekommen. Ich bin gleich ins Bibliothekszimmer gestürmt, aber die Diskette war nicht mehr da.« Platt blickte er in Katinkas Gesicht.

»Wie erklären Sie sich das?«, wollte Katinka wissen.

»Ich ... weiß nicht ... jemand muss sie genommen haben!«

»Zweifellos«, bestätigte Katinka. »Von allein ist sie sicher nicht aus dem Laufwerk gesprungen und auf Wanderschaft gegangen.«

»Nein«, sagte Stielke.

»Wer hat sie Ihrer Meinung nach genommen? Niemand hört uns! Die Tür ist ja zu. Sprechen Sie Ihren Verdacht ruhig laut aus!«

Carsten Stielke betrachtete seine Knie, verfolgte dann den Segelflug des Fisches auf dem Bildschirm und sagte halblaut:

»Ich weiß es nicht. Aber vermutlich jemand, der in jener Nacht noch hier gearbeitet hat.«

»War noch jemand hier, als Sie gingen?«

Stielke wand sich. Schließlich sagte er, wobei er die Worte fast verschluckte:

»Ja. Frau Burgwart.«

»Aber Sie glauben nicht, dass sie es war?«

»Wie ... wieso?«, fragte Stielke und fummelte an der Maus herum. Der Fisch verschwand, und die altbekannte blauschimmernde *Word für Windows*-Oberfläche war wieder zu sehen.

»Ich höre das aus Ihren Worten«, sagte Katinka. »Täusche ich mich?«

»Ich ... äh ... nein, ich meine, nein, so habe ich das nicht sagen wollen!«

»Frau Burgwart arbeitet recht häufig in der Nacht, oder?«

»Nachts nicht unbedingt, aber sie bleibt abends sehr lange.«

»Könnte eine Putzfrau die Diskette rausgenommen haben?«

»Glaube ich nicht«, antwortete Stielke rasch.

»Ich frage mich nur«, sagte Katinka, »so eine Diskette bemerkt man doch gar nicht, wenn der Computer ausgeschaltet ist. Der Tower steht ja unter dem Tisch!« Sie wies auf Carsten Stielkes Füße.

»Ja. Genau!«, bekräftigte Stielke.

»Die Person, die Ihre Diskette genommen hat, muss gewusst haben, dass sie da steckt.«

Carsten Stielke kroch tiefer in seinen Stuhl und zuckte die Achseln. »Ja. Vielleicht. Aber«, wieder benetzte Carsten Stielke seine Lippen, »wir verstehen uns doch alle sehr gut hier. Es macht mir Spaß, hier zu arbeiten, als Tutor, wissen Sie, weil die Tätigkeit interessant ist, und weil die Leute nett sind.«

Katinka nickte. Soweit sie sich erinnerte, hatte Bertrand Russell einen sehr aufschlussreichen Essay über *nette Leute* geschrieben.

»Ich muss bald einen Vortrag über die Zwischenresultate meiner Studie halten«, sagte Carsten Stielke hastig, als Katinka schon aufgestanden war und sich zur Tür schob. »Das schaffe ich jetzt gar nicht mehr. Ich kann meine Daten gar nicht so schnell wieder zusammenkriegen.«

Katinka musste zugeben, dass er ihr Leid tat.

»Was wollen Sie jetzt machen?«

»Keine Ahnung. Arbeiten, arbeiten, arbeiten. Vielleicht kann ich wenigstens einen Teil wieder herstellen. Aber ich muss auch noch den Vortrag entwerfen und schreiben.«

Er fasste an seine Brille.

»Ich drücke Ihnen die Daumen. Wie lautet denn eigentlich Ihr Thema?«

Carsten wurde rot und wischte sich den Schweiß von den Nasenflügeln. »Ich weiß nicht, ob Sie damit was anfangen können. Es ist doch sehr speziell.«

»Doktorarbeiten sind immer speziell, soweit ich mich entsinne«, gab Katinka zurück.

»Die Pilger von Le Puy – romanische Ausgliederung zu Füßen der Schwarzen Madonna«, sagte Carsten auf.

»Oho«, machte Katinka und schickte einen Suchtrupp in ihr Gedächtnis. »Le Puy ist ein richtig alter Wallfahrtsort in Frankreich, nicht wahr?«

»Das stimmt, und ich untersuche die Reiseberichte der Pilger zwischen dem 14. und 15. Jahrhundert. Insbesondere, ob und wie sie die sprachliche Verschiedenheit erlebten.«

»Interessant«, nickte Katinka. »Haben die Leute nicht einfach lateinisch miteinander geredet?«

Stielke begann, weit auszuholen, aber Katinka winkte ab. »Viel Erfolg jedenfalls! Wo finde ich Ruth Lebewang und Henry Wewerka?«

»Im Zimmer neben dem Sekretariat.«

Auch diese Tür stand offen. Katinka klopfte. Elfi Lodenscheidt stand über einen Schreibtisch gebeugt und kritzelte hastig etwas auf einen Notizzettel. Als sie Katinka hörte, fuhr sie zusammen und schob den Zettel in ihre Hosentasche.

»Ich würde gerne noch die beiden Studenten sprechen, die hier als Hilfskräfte arbeiten«, sagte Katinka.

Elfi wurde rot. »Die sind schon weg«, stammelte sie.

»Ach, so?«

»Sie haben ein Seminar jetzt. Vielleicht … Es dauert bis 14 Uhr. Sie können sie ja dann abpassen.«

»Wo ist das Seminar?«

»Im Gebäude an der Universität 5, im Raum 218, zweiter Stock.«

Katinka hob kurz die Hand und ging nach nebenan zu Frau

Försts Büro. Sie tippte an ihrem Computer und beachtete Katinka nicht. Neben ihr lagen stapelweise Ausdrucke auf dem Schreibtisch. Katinka schloss die Tür und lehnte sich dagegen.

»Was halten Sie denn von der ganzen Angelegenheit«, fragte sie wie nebenbei und sah sich im Zimmer um. Ein brauner Metallschrank mit einem dicken Vorhängeschloss stand im Eck. *Materialschrank* stand darauf, in roter und blauer Druckertinte. An der Wand pappte ein überdimensionierter Terminkalender. Auffällig hatte die Sekretärin den 2. und 3. Mai markiert. *Symposion* stand da, glänzend rot. Neben dem Terminplaner baumelte ein Edding an einer Schnur.

»Ich kann Ihnen dazu wenig sagen.«

»Es ist sicher nicht angenehm, wenn der Verdacht auf einen Kollegen fällt«, begann Katinka.

»Oder Kollegin.«

»Oder Kollegin.«

»Darüber streite ich ständig mit Frau Burgwart«, sagte Frau Först und lächelte sanft. Sie stand auf und begann, Papiere, die auf der Fensterbank lagen, zu sortieren. »Eine Frau ist eine Kollegin, kein Kollege.«

»Sie haben auch keine Ahnung, wer die Diskette von Carsten Stielke gestohlen haben könnte?«, fragte Katinka.

Anna-Beata Först fuhr sich sorgfältig über ihr rotleuchtendes Haar, als wolle sie es ankleben.

»Der arme Junge«, seufzte sie und betonte das *arme*, als erschauere sie vor Mitleid. »So ein Pech aber auch. Er ist mit den Nerven völlig runter. Ich muss immer an meinen Sohn denken. Er studiert auch. Allerdings nicht in Bamberg.«

Katinkas Blick fiel auf ein Korkbrett neben dem Schreibtisch, auf dem allerhand Listen festgepinnt waren. Telefonnummern, Anwesenheitszeiten, Unterrichtszeiten, Sprechstundenzeiten.

»Sie haben die Dinge wirklich im Griff«, sagte sie.

»Nicht wahr?«, strahlte Frau Först. »Zwar werde ich ständig dafür auf den Arm genommen, insbesondere von unserem französischen Neuzugang, aber, wie soll ich sagen, Ordnung ist das halbe Leben.«

»Montfort arbeitet noch nicht lange hier?«

»Er ist im Wintersemester gekommen. Anstelle von Frau Jahns-Herzberg, die in den Mutterschutz gegangen ist.«

»Wie hat er sich eingelebt?«

»Ach!« Frau Först machte eine abwertende Handbewegung. »Ein typischer Franzose! Nimmt alles so locker, ist meiner Ansicht nach ziemlich undiszipliniert. Aber ich sehe es so, dass er von uns noch was lernen kann.«

Katinka verkniff sich ein Grinsen.

»Schließen Sie sich denn bei den Betriebsausflügen und den monatlichen Kneipentreffs an?«

»Wo denken Sie hin!«, rief Frau Först. »Die wissenschaftlichen Angestellten und die sonstigen Angestellten sind von zwei verschiedenen Ufern. Man kann das bedauern oder nicht. Zum Beispiel müssen die keine Urlaubszettel ausfüllen. Aber ich schon.«

»Danke, Frau Först. Ich brauche noch eine Liste mit den Adressen und Telefonnummern aller Mitarbeiter. Auch Ihrer«, fügte sie hinzu. Die Sekretärin wurde rot, was unter dem poppigen Haarschopf ungesund aussah. Sie klickte sich in ein passendes Programm. Beinahe geräuschlos setzte sich der Drucker auf dem Beistelltischchen in Bewegung.

»Moderne Computerausrüstung«, stellte Katinka bewundernd fest.

»Das verdanken wir alles Professor Laubach. Er kennt eben, wie soll ich mich ausdrücken, die richtigen Leute …«

Als Katinka aus dem Sekretariat trat, standen sämtliche Türen wieder offen. Carsten Stielke, der gegenüber im Bibliothekszimmer saß, fuhr herum und starrte Katinka an.

Sie schaute bei Laubach vorbei. Er saß immer noch in seinem Spezialstuhl und diktierte etwas in ein winziges, silbern glänzendes Gerät. Katinka klopfte und sagte, ohne abzuwarten:

»Ich melde mich bei Ihnen.«

Laubach hob die freie Hand, sah aber nicht auf.

Beinahe fluchtartig verließ Katinka den ersten Stock. Die Augen aller Lehrstuhlangehörigen sahen ihr durch die offenen Türen nach. Auf der Treppe nach unten kam ihr der Gedanke, dass sie in den zweiten Stock hinaufsteigen sollte, nur um den Tatort ausführlich in Augenschein zu nehmen. Aber irgendeine Macht trieb sie nach draußen. Sie lief schnell durch den schmuddeligen, dunklen Vorraum und riss die Eingangstür auf.

4. Mumien

Sonnenschein flutete herein und brachte den Staub zum Flimmern. Die Luft war kühl und klar. Katinka sah auf die Uhr. Es war schon halb zwei, sie sollte zusehen, dass sie die beiden Studenten an ihrem Seminarraum abpasste.

Wie befreit fühlte sie sich, als sie langsam an der Grünanlage entlang zurück ins Zentrum rollte. Kindergeschrei vom Spielplatz schallte herüber. Hier draußen gab es so etwas wie Leben.

Mumien, dachte Katinka, die sind nichts als Mumien. Sie fragte sich ernsthaft, ob sie Laubach nicht gleich anrufen sollte, um ihm mitzuteilen, dass sie den Fall wegen einer akuten Akademikerallergie keinesfalls bearbeiten konnte.

Vor der Uni stellte sie ihr Rad neben tausend anderen ab und betrat das Gebäude mit dem blassgrünen Anstrich, das alle nur *die U 5* nannten. Studenten strömten herein und heraus, einigen klebte der durchdringende Mensageruch in den Kleidern. Viele Mädchen trugen bauchfreie Tops, die im Jahr zuvor schon Mode gewesen waren. Katinka fragte sich, wie deren Ischiasnerven auf den Trend reagieren würden, wenn er länger anhielte, und kuschelte sich instinktiv in ihre Jacke. Ende April war nach ihrem Geschmack eine zu kalte Zeit für Bauchfreies.

Im zweiten Stock herrschte Stille. Aus den geschlossenen Räumen drang Gemurmel. Eine von oben bis unten gepiercte Studentin hockte auf einem Stuhl im Gang und kaute an einem Plastikbecher. Kalter Zigarettenrauch folterte Katinkas Geruchsnerven. Sie stellte sich ans Fenster und rief Tom an.

»Ja?«, knurrte er ungehalten ins Telefon.

»Ich bin's. Ich habe Neuigkeiten«, sagte Katinka. Immer, wenn sie Tom aus der Arbeit aufschreckte, regte sich sofort ihr schlechtes Gewissen. Kein Grund, dich unterwürfig zu benehmen, summte die Kontrollwespe in ihrem Kopf.

»Ich stecke an einem Problem fest«, sagte Tom abwesend. Katinka konnte hören, wie er irgendwas Schweres hin und her schob. »Suche gerade ein Handbuch. Komm abends vorbei, dann bestellen wir eine Pizza.«

»Tom, ich ...«, begann Katinka, dann fiel ihr Blick auf die Gepiercte, und sie brach ab. »O.k. Bis heute Abend.«

Sie drückte den Aus-Knopf und wartete ungeduldig darauf, dass die Tür zu 218 sich öffnete.

Tom wurde von seiner Arbeit von Zeit zu Zeit aufgefressen wie von einer subtilen Leidenschaft, warf sich ihr quasi selbst zum Fraß vor. Katinka fühlte sich verpflichtet, mitzuhalten, zog aber bei ihrer momentanen Auftragslage zwangsläufig den Kürzeren. Versuchte es dennoch. Saß tapfer von morgens bis abends in der Hasengasse im Büro, schaufelte sich durch Fachliteratur. Natürlich würde sie Tom nicht einholen.

Vielleicht war es besser, ihm noch nichts von dem Fall zu erzählen, denn immerhin bestand die Möglichkeit, dass sie ihn ablehnte, entschied Katinka. Sie lehnte sich weit aus dem Fenster. Julius Liebitz hatte ihr erzählt, dass er in seiner nunmehr fünfundzwanzig Jahre währenden Laufbahn als privater Ermittler in der Mehrzahl der Fälle mit Pathologischen zu tun gehabt hatte. Pathologische, so nannte Julius Liebitz jene Menschen, die aufgrund einer besonderen Persönlichkeitsstruktur in den Blickpunkt von Ermittlungen rückten. Als Opfer, als Täter, als Ahnungslose oder Mitwisser.

»Die meisten sind amorph, kommen nicht klar mit ihrem Leben. Betrachte nur mal einen Ehemann, der dich engagiert, um seiner Frau nachzustellen. Schon bist du mitten drin in einer Neurose!«, hatte er gesagt und mit seiner ausladenden Gestik betont, wie viele Verrückte es seiner Meinung nach in der Welt gab. Katinka seufzte und fragte sich zum hundertsten Mal, ob der Job der richtige für sie war. Schließlich handelte es sich um eine Notlösung: Aus der Archäologin, die ihren Spaten in den Sand rammte, war die Detektivin geworden, die sich durch die Angelegenheiten ihrer Auftraggeber schaufelte – sofern es Aufträge gab. Die Arbeitsmarktsituation sah für beide Jobs nicht gerade gedeihlich aus.

Es blieb ihr aber keine Zeit zum Grübeln, denn nun platzte eine Wolke Studenten aus dem Seminarraum. Die meisten verdrehten die Augen und warfen sich genervte Blicke zu. »Schnell, noch hat die Mensa auf«, sagte ein Mädchen.

Katinka packte sie am Arm. Sie fuhr erschrocken zusammen.

»Können Sie mir zeigen, wer Ruth Lebewang und Henry Wewerka sind?«

»Was solln das«, raunzte das Mädchen. »Da sind so viele, denken Sie, ich kenne die ganzen Namen?«

Katinka prallte zurück, weniger wegen ihrer Unhöflichkeit, sondern wegen des schwülstigen Parfümgeruchs, der von ihr ausging. Auch sie trug bauchfrei. Allerdings fehlte ihr die Aufschrift *Zickenalarm* auf dem T-Shirt.

»Ich bin Henry Wewerka!«, sagte jemand hinter Katinka.

Ein junger Mann mit militärisch kurz geschorenem Haar sah sie unsicher an.

»Katinka Palfy. Sie sind auf dem Laufenden? Es geht um die Vorkommnisse am Lehrstuhl Laubach.«

»Jaja«, nickte Henry. Er kam Katinka ganz sympathisch vor, wahrscheinlich der angenehmste da normalste Zeitgenosse, der ihr an diesem Morgen über den Weg lief. »Ruth, warte mal«, rief er.

Eine Studentin mit kurzem, blondierten Haar löste sich aus der Menge. Sie raunte einigen anderen etwas zu, die zu Katinka herüberglotzten. Ruth Lebewang sah sehr schlank und durchtrainiert aus in ihrem enganliegenden T-Shirt, hatte sich ein schickes Seidentuch um den Hals gewickelt und kultivierte offensichtlich eine Schwäche für zerrissene Jeans. Ihre war an mehreren Stellen so durchgewetzt, dass Katinka vermutete, das Gewebe würde jede Minute nachgeben. An den Beinabschlüssen schien Ruth etwas nachgeholfen zu haben. Ein ganzer Vorhang von Fäden fiel auf Ruths nackte Füße, die in Gesundheitslatschen steckten.

»Katinka Palfy«, sagte Katinka noch mal. »Ich muss Sie kurz sprechen. Wo können wir uns in Ruhe unterhalten?«

»Also, ich gehe jetzt in die Mensa«, sagte Ruth. »Ich habe einen Bärenhunger. Und wenn wir uns nicht beeilen …«

»Da muss ich Sie enttäuschen«, erwiderte Katinka gleichgültig. »Zuerst beantworten Sie mir meine Fragen. Aber um Ihnen entgegenzukommen, wie wäre es, wenn wir in ein Café in der Nähe gehen?«

»Ins *Orlando*«, schlug Henry vor.

»Sehe ich wie die Tochter von Rockefeller aus?«, blaffte Ruth ihn an. »Die Mensa ist schon teuer genug. Außerdem«, sie wandte sich mit provozierendem Gesichtsausdruck an Katinka, »können Sie mir gar nichts vorschreiben.«

Katinka sah Ruth kühl an. »Laubach wird Anzeige gegen Unbekannt erstatten, wenn diese Geschichte nicht bald vom Tisch ist. Die Polizei verhört Sie sicher nicht in der Mensa.«

Sie drehte sich um und ging zur Treppe.

»Nun komm schon«, flüsterte Henry Ruth zu. »Wir bringen das schnell hinter uns.«

Katinka verließ die Uni mit den beiden Studenten im Schlepptau. Das *Orlando* lag genau gegenüber. Alle Tische im Freien waren besetzt. Zielsicher steuerte Katinka in das Lokal hinein und hörte Ruth schon wieder murren.

»Jetzt, wo draußen so schön die Sonne scheint.«

Katinka achtete nicht auf sie, sondern ging an einen Tisch im hintersten Eck.

Henry zog einen Stuhl zurück, setzte sich Katinka gegenüber, legte seine Aktentasche auf dem freien Stuhl ab und sah erwartungsvoll drein. Ruth schleuderte ihren Rucksack mit Verve auf den Boden. Entweder sie ist tatsächlich sauer, oder sie kaschiert ihre Angst, überlegte Katinka.

»Erzählen Sie mal mir Ihren Eindruck«, begann sie.

»Wovon?« Ruth lehnte sich auf dem Holzstuhl zurück und verzog das Gesicht. »Auch nicht gerade rückenfreundlich hier.«

Henry knetete seine Hände.

»Die Sache ist sehr unangenehm«, begann er. »Vor allem für Carsten.«

»Haben Sie eine Vorstellung, wer die Diskette genommen haben könnte?«

»Vielleicht war es ein Scherz?« Ruth kippte ihren Stuhl nach hinten und sah ungeduldig zur Theke. »Kommt hier mal jemand?«

»Wie lange arbeiten Sie schon am Lehrstuhl, Ruth?«, fragte Katinka.

»Seit letztem Sommersemester. Also, das dritte Semester jetzt.«

»Und Sie?«, wandte sich Katinka an Henry.

»Genauso lang. Wir sind die Nachfolger der Hiwis, die im vergangenen Sommer Examen gemacht haben.«

»Hiwis?«, fragte Katinka verwirrt. Sie bemerkte ein belustigtes Flackern auf Ruths Gesicht.

»Hilfswissenschaftler. So nennen hier alle die studentischen Hilfskräfte.«

»Ach so. Einen Milchkaffee«, sagte Katinka zu der Bedienung mit den langen, braunen Locken, die nun an den Tisch trat.

»Das gleiche«, schloss Ruth sich an.

»Ein Weizenbier.« Henry sah schnell zu Katinka hin, als habe er Angst, sie würde etwas über Alkoholkonsum mitten am Tag sagen.

»Und diese fiesen Geschichten sind erst seit dem Wintersemester im Gange?«

Ruth und Henry nickten.

»Könnten sie etwas mit dem Auftauchen von Montfort zu tun haben?«

Henry und Ruth sahen sich erschrocken an.

»Nein!«, begannen beide im Brustton der Überzeugung, doch dann schwieg Henry, und Ruth sagte:

»Was sollte ausgerechnet Ludovic da drinhängen!«

Henry schüttelte den Kopf, ob zur Bestätigung von Montforts Unschuld war Katinka nicht klar.

»Warum nicht?«

»Der macht so was nicht«, sagte Ruth und klimperte ungeduldig auf ihren Hosenbeinen herum. »Himmel, dauert das lang.«

»Was macht er nicht?«

»Na, so kranke Sachen!«

»Wer dann? Sie?« Katinka sah Ruth mitten ins Gesicht.

»Nein!«, rief Ruth. »Wieso wollen Sie mir das anhängen? Haben Sie was gegen mich?«

Sie haben was gegen mich, wollte Katinka ihr um die Ohren schleudern, doch gerade rechtzeitig fiel ihr Julius Liebitz ein: Lass dich niemals in eine Diskussion um das eigene Empfinden hineinziehen.

»Sie haben doch Schlüssel zu den Büros, oder?«

»Zur Eingangstür und zum Hiwizimmer«, versetzte Ruth scharf. »Carstens Diskette ist im Bibliothekszimmer verschwunden. Dazu haben wir keinen Schlüssel.«

»Aber es wird einer im Assistentenzimmer aufbewahrt.«

»Und wie sollen wir da rankommen?«, fauchte Ruth.

Die Bedienung brachte die Getränke. Henry riss ihr das

Weizenglas fast aus der Hand und nahm einen tiefen Schluck. Er ist nervös, dachte Katinka, auch wenn er äußerlich ganz auf ruhig macht.

»Wir waren es nicht!«, sagte Henry, als er sein Glas mit einem ein wenig zu lauten *Klack* wieder abstellte.

Ruth drehte ihr Milchkaffeeglas in den Händen. »Ich will ja nichts sagen«, meinte sie dann. »Aber anstelle von Ludovic würde ich mir lieber mal Frau Burgwart vorknöpfen.«

»So?«, fragte Katinka interessiert. »Warum?«

»Sind Sie jetzt die Detektivin?«

»Sie denken, es war Fria Burgwart?«

»Immerhin kommt sie leicht an alle Schlüssel. Sie arbeitet oft nachts. Sie war noch da, als Carsten heimging und blöderweise die Diskette vergaß. Spricht doch nicht für sie, oder?«

Henry ruckte unruhig auf seinem Stuhl herum.

»Hat sie denn ein Motiv? Ich meine, soweit kennen Sie sich sicher aus«, konnte Katinka sich den kleinen Seitenhieb nicht verkneifen, »Möglichkeit und Mittel allein reichen nicht.«

Ruth wurde rot. Henry sagte nichts.

»Es geht ja nicht nur um die Diskette«, fuhr Katinka fort und suchte ihr Notizbuch aus dem Rucksack heraus. »Post ist verschwunden, und das schlimmste für den Lehrstuhl sind wohl die manipulierten Dateien. Wollen Sie diese Sachen auch Fria Burgwart in die Schuhe schieben?«

»Ich will ihr doch nichts in die Schuhe schieben«, fuhr Ruth auf. »Aber Sie fragen uns nach unserer Meinung, also bitte, dann sage ich meine.«

Aus den Augenwinkeln sah Katinka, wie Henry noch zappeliger wurde. Er hob mehrmals sein Glas an und stellte es dann wieder ab.

»Wir wissen nicht, wer es war«, sagte er. Obwohl er sich darauf konzentrierte, bedächtig zu sprechen, hörte Katinka das feine Vibrato in seiner Stimme.

»Was denken Sie? Wer hat ein Interesse, die Dateien unbrauchbar zu machen?«

»Jemand, der will, dass das Projekt nicht so schnell zum Abschluss kommt«, mischte sich Ruth in triumphierendem Tonfall ein. »Der das Projekt als Lebenswerk sieht und deshalb zugrundegehen würde, wenn es irgendwann beendet ist.«

»Oder jemand, der Laubachs Lehrstuhl in Misskredit bringen will«, gab Henry zu bedenken.

Katinka lehnte sich zurück und betrachtet zuerst Henry, dann Ruth intensiv. Ruth wandte ihren Blick schnell ab und rührte in ihrem Kaffeeglas, dass es nur so spritzte. Ihr Kommilitone dagegen erwiderte zunächst Katinkas Blick, sah dann zu Ruth, als wolle er ihre Aufmerksamkeit erregen.

»Sie sprechen beide in Rätseln«, sagte Katinka. Allmählich schwoll ihr der Kamm. »Wer sieht denn nun das bedeutende Projekt als sein Lebenswerk? Ich nehme an, Laubach selbst?«

Mist, dachte sie im Stillen. Ich bin einen halben Tag unter Unileuten, und schon kann ich mein Temperament nicht mehr zügeln.

»Fria!«, knurrte Ruth und trank den Rest Milchkaffee aus.

»Wir wissen wirklich nichts, Frau Palfy«, sagte Henry rasch. Immer wieder suchte er Ruths Blick, aber sie reagierte nicht.

»Wir können Ihnen nicht die richtigen Antworten geben, schätze ich«, sagte Henry stockend. »Wissen Sie, wir sind unsere vier bis sechs Stunden pro Woche am Lehrstuhl. Mehr haben wir laut Vertrag ja nicht abzuleisten, und das machen wir üblicherweise vormittags. Nur, wenn besondere Treffen anberaumt sind, kommen wir am Nachmittag.«

»Eben«, bestätigte Ruth und kramte ihr Portemonnaie hervor. Es bestand aus dickem pinken Filz mit einer orangenen Blume drauf.

»Nehmen Sie beide denn an den Freizeitaktivitäten des Lehrstuhls teil?«, fragte Katinka und winkte der Bedienung.

»Klar!«, sagte Ruth schlicht.

Auch Henry klappte seine Aktentasche auf, um seinen Geldbeutel herauszuholen.

»Was passiert denn da so?«

»Och, an den Abenden sitzen wir nur so zusammen und trinken ein Bier oder essen Pizza. Herr Laubach kommt auch meistens dazu«, ließ Ruth sich zu einer etwas ausführlicheren Erklärung hinreißen. »Dann gibt's regulär noch ein Sommerfest und eine Weihnachtsfeier.«

»Ich nehme nicht so oft teil«, sagte Henry beinahe schüchtern und legte fünf Euro neben sein leeres Weizenglas.

»Ach nein?«

Katinka beobachtete, wie Ruth unruhig mit den Füßen scharrte.

»Ich spiele Schafkopf mit Freunden, jede Woche, und dann mache ich auch viel Sport. Dadurch habe ich nicht so viel Zeit.«

Katinka nickte, zahlte ihren Milchkaffee und sagte:

»Danke. Ich melde mich noch mal bei Ihnen.«

»Noch mal? Warum denn das?«, fauchte Ruth, aber Henry stieß sie an.

Katinka verließ das *Orlando* und schloss ihr Fahrrad auf. Sie schob es ein Stück in die Austraße und sah dann zurück. Ruth und Henry traten in eine Diskussion vertieft aus dem Café. Offenbar musste Ruth ihren Zorn an Henry auslassen, denn sie redete heftig auf ihn ein und gestikulierte so wild, dass ihr der Rucksack von der Schulter rutschte. Katinka befestigte das Fahrradschloss wieder. Es war keine Kunst, den beiden hinterherzugehen. Sie schob sich mit hundert anderen durch den schmalen Seiteneingang der U 5. Das Reden, Rufen und Lachen um sie her schmolz zu einer bedrängenden Geräuschkulisse. Katinka wühlte ihre Sonnenbrille aus dem Rucksack, obwohl sie sich dabei ziemlich dämlich vorkam. Henry und Ruth gingen durch den Gang zum Sprachlabor, bogen sie um die Ecke ins Treppenhaus und stellten sich wartend vor den Fahrstuhl. Atemlos blieb Katinka im Gang stehen. Niemand achtete auf sie. Auf dem schwarzen Brett prangte in exponierter Position ein gelbes Plakat mit der Aufschrift:

Prof. Dr. Milo Laubach und Mitarbeiter laden ein zum Symposion mit dem Thema: ›Santiago und die Folgen – Pilgerreisen als Wirkkräfte sprachlicher Einflussnahme.‹ 2. und 3. Mai, An der Universität 5, Raum 222

Sieh einer an, dachte Katinka und konzentrierte sich wieder auf die beiden Hiwis.

»Das war viel zu aufgesetzt«, hörte sie Henrys Stimme. »Die Palfy denkt doch nie im Leben, dass wir das waren.«

»Scheiß Aufzug«, schimpfte Ruth. »Aber du warst zu zögerlich, hast du das nicht gemerkt? Warum soll man nicht sagen, wen man in Verdacht hat, wenn man schon danach gefragt wird?« Katinka tat, als fände sie großen Gefallen an einer Vortragsankündigung zum Thema *Poetik der Evolution und Evolution der Poetik aus der Sicht strukturalistischer Literaturtheorie*, die verschämt ganz rechts unten an das Brett gepinnt war. Eine Traube schwatzender Studentinnen wogte an ihr vorbei.

»Vor allem«, machte Ruth weiter, »wenn man …«

»Halt die Klappe!«, warnte Henry, und seine bisher so angenehme Stimme klang mit einem Mal scharf. »Da kommt der Fahrstuhl.«

Die beiden traten in den Lift. Katinka hörte, wie sich die Tür schloss.

Zwanzig Minuten später saß Katinka mit ihrer Freundin Britta Beerenstrauch auf der Oberen Rathausbrücke im Café *Cador*.

»Glück muss der Mensch haben«, freute sich Britta. »Hier im Freien kriegt man ja sonst kaum einen Platz. Bei dem Sonnenschein! Einfach herrlich.« Wie immer war sie schick angezogen, mit Leinenhose in Olivgrün, weißer Tunika und einem Seidenschal in schreiendem Orange, der ihre schwarzen Haare und dunkelbraunen Augen zum Strahlen brachte. Voller Appetit stürzte sie sich auf die Speisekarte.

»Es gibt hier so viele Kaffeespezialitäten, dass ich nie weiß, was ich nehmen soll!«, verkündete sie fröhlich. »Gut, dass du angerufen hast.«

Katinka warf seufzend einen Blick auf ihren schlabberigen Baumwollpulli und die Jeans, für die die Bezeichnung *schlicht* noch lobhudelnd gewesen wäre. In Modefragen schlug Britta sie um Längen. Katinka schaffte es einfach nicht, sich morgens in Schale zu werfen, sondern griff meistens zu den alten, ausgeleierten Jeans und irgendeinem Oberteil. Dabei wäre sie durchaus gerne etwas flotter gekleidet, auch, um etwas für ein seriöses Auftreten zu tun. Sie sah auf die Uhr. Es war beinahe drei.

»Irgendwas Essbares muss ich mir jetzt auch zwischen die Kiemen schieben«, seufzte sie. »Britta! Ich habe einen Fall!«

»Nein! Geil!«, rief Britta so laut, dass mehrere Leute an den Nachbartischen zu ihnen herüberschauten. »Erzähl mir gleich alles: Wo ist die Leiche?«

Britta arbeitete als Lokalredakteurin beim Fränkischen Tag, den die Bamberger so gerne *Eff Dee* nannten, weil sie mit dem T auf Kriegsfuß standen. Mit einer anderen Tageszeitung konnte die Stadt nicht aufwarten. Britta kannte eine Unmenge Leute in Bamberg und Umland, hörte die Flöhe noch viele Meter unter der Erde husten und leckte sich die Finger nach Neuigkeiten aller Art. »Es ist gar nicht so einfach, jeden Tag eine fertige Zeitung auf den Tisch zu legen«, pflegte sie zu sagen. »Und wer von unseren Lesern weiß das schon zu schätzen.«

Britta hatte Katinka in den vergangenen Monaten, in denen sie abwartend in der Detektei hatte sitzen müssen, mehrfach vorgeschlagen, sie in ihren Ermittlungen zu unterstützen, sofern sie die Exklusivrechte auf die Story bekam, wie sie grinsend hinzufügte.

»Es gibt leider keine Leiche«, antwortete Katinka und musste über sich selbst lachen. »Du liebe Zeit, was rede ich.«

»Sondern? Geiselnahme, Raubmord, Umweltskandal, Baubetrug?«

Katinka, die seit ihren ersten praktischen Erfahrungen bei Julius Liebitz wusste, dass die meisten Fälle nichts Spektakuläres an sich hatten, zuckte die Schultern. »Alles falsch, Britta. Ich bin wieder in der Uni gelandet.«

Britta tastete nach den roten *Gauloises* in ihrer XXL-Kuriertasche. Sie schüttelte eine hinaus, griff nach dem Feuerzeug und inhalierte tief den Rauch. »Also, erkläre dich mal ein bisschen genauer. Ich war nämlich gerade beim Trachtenverein in Forchheim, und jetzt kann ich mein Hirn nicht schon wieder auf Superleistung hochfahren.«

»In der Uni, am Lehrstuhl von Professor Laubach, verschwinden auf geheimnisvolle Weise Dinge«, begann Katinka und berichtete Britta die wesentlichen Fakten. Britta sah sie konzentriert an und rauchte voller Ernst ihre Zigarette.

»Das Eigenartige ist nur«, seufzte Katinka, »dass ich mir auf die Geschichte keinen Reim machen kann. Wahrscheinlich fehlt mir die Distanz zum Milieu. Ich werde den Fall zurückgeben.«

»Bist du jeck?«, rief Britta. »Kommt nicht in die Tüte. Jetzt, wo du ihn hast, wirst du ihn auch lösen. Mach dir keine Gedanken, dass es noch keine Leiche ist, sondern nur eine schwachbrüstige Diskette. Die richtig dicken Fälle kommen schon noch.«

»Also hör mal«, wehrte Katinka ab und bestellte einen Salat und eine Apfelschorle, »damit macht man keine Späße.«

»Dasselbe für mich«, sagte Britta zur Bedienung. »Ich weiß schon, Katinkachen. Aber Laubach, Laubach … der Name sagt mir was.«

»Er scheint einflussreich zu sein in der Uni.«

»Genau! Ha!« Triumphierend hob Britta die freie Hand und wedelte vor Katinkas Gesicht herum. »Er hat beim letzten Dies Academicus gesprochen. Frag mich nicht mehr worüber. War aber ein ganz unterhaltsamer Vortrag.«

»Seine geistigen Fähigkeiten ziehe ich nicht in Zweifel«, brummte Katinka.

»Meinst du seine fachlichen?«, grinste Britta. »Nein, weißt du, ich reiße mich nicht drum, über die Unigeschichten zu berichten, aber mein Kollege Alban Hanke, der eigentlich für die Hochschulberichterstattung zuständig ist, war an jenem traurigen Novemberabend fix und foxi, weil er schon die ganze Woche Abendtermine hatte. So kam ich zu der Ehre, über eine akademische Veranstaltung berichten zu dürfen.«

Sie drückte ihre Zigarette aus.

Alban Hanke war, soweit Katinka sich bei Brittas lockeren Männerfreundschaften auskannte, ein ernstzunehmender Kandidat auf den Posten des Wochenendbegleiters und eventuell des Liebhabers. Allerdings änderte sich Brittas Geschmack häufig, und sie setzte Männer recht kurz entschlossen vor die Tür. Gern hätte Katinka ein wenig mehr Privates erfahren, aber das musste warten. Sie holte tief Luft:

»Ich habe einfach den Eindruck, dass alle Mitarbeiter, ausnahmslos alle, mit gezinkten Karten spielen. Und ich weiß einfach gar nicht, wie ich rangehen soll an die Sache!«

»Bist du die Detektivin oder ich?«, fragte Britta. Durstig griff sie nach dem Glas Apfelschorle, das die Bedienung auf den Tisch stellte. »Prost erstmal. Wolltest du mich jetzt gerade fragen, wie du vorgehen sollst?«

»Ich bin wie blockiert«, stöhnte Katinka.

»Dann mach eine Pause und denke später weiter«, schlug Britta vor. »Das mache ich immer so, wenn ich gar nichts mehr schreiben kann. Blockade total, verstehst du, Black Box. Das kommt zwar selten vor, aber wenn, dann ist es böse.«

Katinka wischte über die beschlagene Außenwand ihres Glases.

»Ich frage mich, erstens: Warum hat dieser Stielke wirklich nur eine Diskette und nirgendwo sonst eine Kopie?«

»Sehr erstaunlich«, nickte Britta. »Ich habe selbst von jedem simplen Feld-, Wald- und Wiesenartikel immer zwei Sicherungen.«

»Vielleicht stimmt es ja nicht, was er erzählt. Jedenfalls, Carsten Stielke, er tut mir ja Leid wegen seines Namens, trägt eine superteure Brille, aber er hat angeblich keinen eigenen Computer. Sag mir, wie viel kostet ein gebrauchter Laptop bei *ebay*?«

Britta grinste. »Ich habe noch nie einen gekauft. Aber er wird sicherlich billiger sein als ein Designergestell, wie *Hossfeld & Zahn* es hier gleich nebenan feilbieten.« Sie deutete in Richtung des Optikergeschäftes, das sich einen Namen damit gemacht hatte, die Avantgarde unter den Brillen zu verkaufen. »Wie sieht es übrigens mit Kontaktlinsen für dich aus?«

»Ich gehe gleich und kaufe mir bei *Schiele* ein Los«, seufzte Katinka mit schwachem Lächeln. »Leider sehen meine Finanzen im Augenblick nicht günstig aus. Vielleicht sollte ich doch mal das Angebot meines Vaters annehmen – eine Blitzüberweisung für zwischendurch. Lassen wir das. Zweitens: Was hat es mit dieser aufgesetzten Familienatmosphäre auf sich, von wegen, wir mögen uns ja alle so sehr? Von wem geht sie aus?«

»Nicht von Laubach«, sagte Britta rundheraus. »Entschuldige, ich will dich nicht beeinflussen, aber das passt doch gar nicht zu ihm.«

»Nicht zu dem Bild, das du dir von ihm machst«, verbesserte Katinka sachlich.

»Ich erkundige mich mal«, versprach Britta. Sie zerrte einen gigantischen Organizer, zwischen dessen Seiten allerlei ausgefranste lose Blätter steckten, aus ihrer Tasche und kritzelte etwas hinein. »Irgendwer wird mehr über den berühmten Professor wissen.«

»Danke, das ist nett«, sagte Katinka. »Drittens: Haben die Typen an diesem Lehrstuhl überhaupt ein Privatleben?«

Britta sah verwundert auf: »Warum denn nicht?«

»Na ja, die schwören auf gemeinschaftliche Freizeitgestaltung. He, warte mal.«

»Hm?«

Britta drehte sich um.

»Da läuft Henry Wewerka!«, flüsterte Katinka. Sie spürte ihr Herz klopfen. Der Student marschierte flott über die Ampel an der Langen Straße und kam dann genau auf sie zu. Doch er schien Katinka nicht zu erkennen. Rasch lief er am *Cador* vorbei, setzte sich eine Sonnenbrille auf und ging dann weiter in Richtung Karolinenstraße.

»Willst du hinterher?«, fragte Britta aufgeregt.

»Ich wüsste nicht, wozu!«, stöhnte Katinka.

Der Salat kam. Britta hatte schon Messer und Gabel in der Hand und stürzte sich hungrig auf ihr Essen.

»Schließlich frage ich mich«, sagte Katinka zwischen zwei Bissen Rucola, »weshalb die Lehrstuhlmitarbeiter alle so nervös sind.«

»Weil«, erläuterte Britta, »sie es nicht gewöhnt sind, von einer privaten Ermittlerin ausgehorcht zu werden.«

»Ich bitte dich, Britta!«, entgegnete Katinka. »Bei allem, was recht ist: Aber eine Diskette zu klauen, Post aus dem Fach zu mopsen und neue Dateien durch alte zu ersetzen, das sind doch trotz allem Bagatellen!«

»Wenn jemand an dem Lehrstuhl das macht«, erwiderte Britta, »ist es mit Sicherheit keine Bagatelle. Für die Leute steht immerhin ihr Ruf auf dem Spiel. Vergiss das nicht.«

Katinka aß schweigend weiter. Britta hatte Recht. Von außen betrachtet wirkten die Geschehnisse lächerlich, aber die Mitarbeiter steckten mitten drin im Schlamassel. Sie verdächtigten sich vermutlich gegenseitig und umkreisen einander misstrauisch wie ein Rudel Haie.

»Eben!«, rief Katinka und schlug mit der flachen Hand auf den Tisch. Britta zuckte zusammen. Die Gläser klirrten leise. »Das ist genau der Punkt! Ich hätte eine Atmosphäre von Skepsis und Argwohn erwartet. Stattdessen betonen alle, wie nett, hörst du, wie *nett* sie sich gegenseitig finden.« Während sie das sagte, fiel Katinka auf, dass es nicht stimmte. Waren nicht Fria Burgwart und Ludovic Montfort in den Beschreibungen ihrer Kollegen teilweise eher schlecht weggekommen?

»Du kannst einen ganz schön erschrecken«, meinte Britta trocken und trank ihre Schorle aus. »Hast du heute Abend Lust, mit ins *Mahrs* zu gehen? Mein Kollege Alban und ich haben uns verabredet. Ich habe einen Mordsappetit auf Zwetschgenbames. Frag doch Tom.«

»Mal sehen«, sagte Katinka zerstreut. Im Augenblick konnte sie sich auf kulinarische Köstlichkeiten wie luftgetrockneten Rinderschinken nicht konzentrieren. Sollte es doch etwas werden mit Britta und diesem Alban? »Hörst du dich wegen Laubach mal um?«

»Klar. Sonstige Anweisungen?«

»Fria Burgwart, Ludovic Montfort, Anna-Beata Först, das sind die Vollzeitleute«, erklärte Katinka. »Außerdem gibt's noch eine Frau Helena Jahns-Herzberg, die im Moment im Erziehungsurlaub ist.«

»Jahns-Herzberg? So eine verkniffene Tussi? Weißt du was? Über die war kurz nach Weihnachten ein Bericht im FT.« Britta schob ihren leeren Teller von sich. »In unregelmäßigen Abständen erscheint eine Serie, die heißt *Menschen in Bamberg* oder so ähnlich. Und dafür haben sie auch mal Dr. Helena Jahns-Herzberg porträtiert. Die grandiose Karrierefrau mit dem funktionierenden Kleinkind, dem schon jetzt auf Erfolg vorprogrammierten Ungeborenen und dem hochangesehenen Ehemann, der eine leitende Position bei *Brose* innehat, was wohl bedeuten soll, dass er nicht am Band steht und Fensterheber zusammensetzt.«

»Du weißt aber auch alles. Allerdings ist das Ungeborene inzwischen auf der Welt.«

»Das wüsstest du genauso, wenn du nur mal unsere Zeitung sorgfältig lesen würdest«, beschwerte sich Britta. »Das Foto von dieser Helena war nicht gerade glücklich gewählt. Sie sah sehr gehemmt aus. Typ Gouvernante.«

»Ich fahre heute Nachmittag zu ihr nach Rattelsdorf raus«, sagte Katinka. »Mal sehen, wie sie die Geschichte darstellt.«

»Ich drücke die Daumen«, sagte Britta, »und muss auch schon los. Hallo? Zahlen!«

5. Helena Jahns-Herzberg

Am Baggersee flackerten die ersten Lagerfeuer des Jahres, und Bratwurstgeruch wehte von den Grillrosten herüber. Sehnsüchtig sah Katinka hinüber. Der Tag war windiger, als sie angenommen hatte. Kraftvoll musste sie in die Pedale treten, um vorwärts zu kommen. Rattelsdorf lag direkt vor ihr, der Fahrradweg zog sich schnurgerade durch die Felder. Katinka war sehr gespannt auf Helena Jahns-Herzberg. Während sie die Straße mit dem eigenartigen Namen Am Steinig suchte, sortierte sie in ihrem Kopf, was sie bereits wusste, und was sie unbedingt herausfinden wollte. Natürlich, das Ziel war, den Manipulator von Dateien und den Post- und Diskettendieb zu überführen. Aber zunächst wäre sie schon glücklich, die Sozialstrukturen am Lehrstuhl besser zu durchschauen. Vorhin, nachdem Britta gegangen war, hatte Katinka ihre Notizen noch mal durchgesehen. Wie Julius Liebitz ihr beigebracht hatte, konnte es für die Ermittlungen nützlich sein, sich wortwörtlich aufzuschreiben, was die Leute einem sagten. Eine Menge Motivideen schwirrten durch Katinkas Kopf, während sie sich gegen den Aprilwind weiterkämpfte. Neid, Frustration, Rache, Hass, Versagensängste, übergroße Furcht vor dem Erfolg anderer. Aber letztlich konnte sie sich noch auf keines dieser Motive festlegen. Dazu durchschaute sie die Beteiligten zu wenig. Außerdem quälten sich auf dem modernen Arbeitsmarkt alle mit Frust, Angst, Mobbing und Selbstausbeutung herum.

Katinka fuhr nun den höchsten Gang ihres Fahrrades aus und wünschte sich ein Tachometer.

Sie passierte das Ortsschild und wandte sich nach links. Die

Häuser hier mochten zwischen 10 und 20 Jahren alt sein. Etliche zur Leblosigkeit gepflegte Vorgärten und nichtssagende Fassaden reihten sich aneinander, unterbrochen von einigen eigenwilligeren und individuellen Anwesen. Die Nummer 12 lag links. Wie Helena Jahns-Herzberg ihr gesagt hatte, parkte ein weinroter VW *Touran* davor. Die Grundstücke grenzten an Wiesen und Rapsfelder, bedächtig schlängelte sich die Itz durch das üppige Grün und Gelb. Jenseits lag der Wald.

An die Gegend könnte ich mich gewöhnen, dachte Katinka, als sie ihr Rad an den kleinen Holzzaun anschloss und klingelte. Aber wahrscheinlich nicht an die Leute.

Ein Emailschild an der Haustür verkündete: *Hier wohnen Helena, Hermann, Lieselotte und Marie*. Katinka schluckte.

»Ach, haben Sie aber schnell hergefunden!«, tönte jemand, kaum dass die Tür einen Spalt weit aufging. Ein etwa vierjähriges Mädchen mit lustigen blonden Zöpfen schob die Nase heraus und betrachtete Katinka neugierig. Helena Jahns-Herzberg schob ihre Tochter beiseite und sagte:

»Grüß Gott. Sie sind sicher Frau Palfy.«

Sie trug einen beigen Hosenanzug aus einem schimmernden Stoff, den Katinka als eines dieser neuen Mikrofasergemische einordnete. Von schöner Helena konnte keine Rede sein. Frau Jahns-Herzberg wirkte dünn und knochig, hatte ein rechteckiges Gesicht, das blonde Haar fiel gerade und bewegungslos bis zum Kinn. Tussig, hatte Britta gesagt.

»Ihre Wegbeschreibung war absolut eindeutig«, sagte Katinka lächelnd. Sie stand immer noch vor der Tür.

»Ach, kommen Sie doch herein. Jetzt, Lieselotte, geh halt mal aus dem Weg.«

Das blonde Mädchen hielt sich immer noch am Hosenbein seiner Mutter fest. Ungeduldig machte Helena Jahns-Herzberg die kleinen Fäuste los.

»Wo haben Sie Ihren Wagen?«

»Ich bin mit dem Fahrrad gekommen«, antwortete Katinka, und sofort brauste die Kontrollwespe los. Hättest gleich mit einer Frage einsteigen sollen, kam es aus dem Luftraum in Katinkas Kopf.

»So? Von Bamberg bis hierher? Das sind ja mehr als zehn Kilometer.«

»Ja!«, sagte Katinka freundlich und lächelte wieder.

»Na, Sie müssen durchtrainiert sein.« In Katinkas Ohren klang die Bemerkung nicht nach Lob.

Helena Jahns-Herzberg führte sie in ein Wohnzimmer, dessen Einrichtung höchstwahrscheinlich von einem Mailänder Designer stammte. Herrliche Terrakotta-Fliesen bedeckten den Boden. Schränke, Regale und ein schön geschwungener niedriger Tisch glänzten in den sanften Maserungen von Kirschholz. Eine Ledersofagarnitur gruppierte sich locker um den Tisch. Auf gleicher Höhe wie das Wohnzimmer lag die Terrasse. Sie führte in einzelnen Treppen weiter nach unten in den Garten. Jenseits sah man das Itztal und den Wald.

»Setzen Sie sich doch«, sagte Frau Jahns-Herzberg und fügte ein rasches *bitte* hinzu, als könne sie so ihren gehetzten Tonfall etwas aufmöbeln.

»Es geht um die Geschichte mit den manipulierten Dateien«, begann Katinka und wühlte in ihrem Rucksack herum, um ihr Notizbuch zu finden.

»Das sagten Sie schon.« Helena Jahns-Herzberg brachte mit einem schroffen »Jetzt nicht« die kleine Lieselotte zum Schweigen. »Wissen Sie, Frau Palfy, eigentlich habe ich Herrn Laubach nicht geraten, eine Detektivin zu engagieren. Es ist generell günstiger, solche Angelegenheiten im Kreis der betroffenen Gruppe zu regeln.«

»Haben Sie einen Verdacht, oder auch nur eine Intuition, wer hinter den unerfreulichen Betätigungen stecken könnte?«

Sie hat wirklich sehr dünne Lippen, dachte Katinka, während sie Helena Jahns-Herzberg direkt ansah. So schmal, dass sie fast verschwinden, wenn sie lächelt. Wobei man diese Grimasse wohl kaum als Lächeln interpretieren kann.

»Sehen Sie, ich bin seit einigen Monaten aus dem Geschäft. Ab und zu komme ich zwar an den Lehrstuhl, aber Erziehungsurlaub ist Erziehungsurlaub. Arbeiten kann ich auch zu Hause.«

»Woran arbeiten Sie?«

»Wie man das so macht als Wissenschaftlerin«, sagte Helena Jahns-Herzberg, und Katinka konnte hören, dass sie selbst in den Augen ihres Gegenübers eine nichtswürdige Vertreterin jener Leute war, die es ›eben auch geben‹ musste.

»Ich verfasse Aufsätze über verschiedene Themen in Fachzeitschriften. Außerdem unterstütze ich Herrn Laubach bei der Herausgabe des *Panorama der Romanistik*, ein Jahrbuch zu Themen aller Art, die für unsere Forschungsschwerpunkte interessant sind. Herr Laubach traut diese Tätigkeit sonst keinem seiner momentan aktiven Mitarbeiter zu«, sagte sie herablassend. »Vielleicht haben Sie das nicht bemerkt, Frau Palfy. Aber es gibt immer noch einen Unterschied zwischen Akademikernachwuchs und Akademikernachwuchs.«

»Erklären Sie ihn mir«, sagte Katinka und gab den herausfordernden Blick streitlustig zurück.

»Sehen Sie sich zum Beispiel Elfi Lodenscheidt an«, sagte Helena. »Ach Mensch, Lieselotte, lass das jetzt.«

Lieselotte landete unsanft auf dem Teppich, heulte ein wenig, und Helena Jahns-Herzberg stopfte ihr rasch den Schnuller in den Mund, der an Lieselottes Latzhose festgeklipst war.

»Dass sie den immer noch nimmt, kann ich wirklich nicht begreifen«, seufzte sie, als beklage sie eine Menschenrechtsverletzung. Katinka behielt ihre Meinung lieber für sich.

»Tja, Elfi. Sie ist ein gutes Mädchen. Arbeitet fleißig, sammelt alles an Kleinigkeiten auf, die für das Projekt in irgendeiner Weise von Belang sein könnten. Aber ihr fehlt der Überblick, die Fähigkeit, die Dinge zu durchschauen und Zusammenhänge zu erkennen. Sie hat keinerlei analytische Begabung.«

Helena Jahns-Herzberg schwieg einen Moment selbstzufrieden, bevor sie fragte:

»Sie wollen vielleicht einen Kaffee?«

»Nein, danke«, sagte Katinka. Sie wollte schnell an ihre Informationen kommen, sich auf den Sattel schwingen und davonradeln.

»Wie stehen Sie zu Fria Burgwart?«, fragte sie. Irgendwie roch es im Herzbergschen Haus nach Apotheke.

»Fria? O, Fria ist gut«, sagte Helena Jahns-Herzberg. Gleich würde sie sich auf die Schultern klopfen und signalisieren, dass sie zu Anerkennung bereit war, wenn sie nur etwas Anerkennenswertem begegnete. »Sehr intelligente Frau. Wobei ich allerdings finde, dass sie mitunter zu *sehr* verstrickt ist in persönlichen Angelegenheiten und einfach zu viele Projekte laufen hat.«

»Welche?«

»Nun, das Wortbildungsprojekt. Dann hilft sie Stielke bei den Tutorien. Sie kontrolliert fast alles nach, was Elfi macht. Sie unterrichtet, fährt zu Tagungen, hält Vorträge. Sie publiziert unendlich.« Helena Jahns-Herzberg wischte über das Ledersofa. »Ich glaube, Fria ist ein wenig zu ehrgeizig. Man schafft eben nicht alles. Aber sie will immer besser sein als alle anderen.« Helena Jahns-Herzberg atmete tief ein und aus und fügte dann süffisant hinzu: »Ja, unsere ambitionierte Fria.«

»Montfort?«

»Ach, Ludovic.« Sie singsangte den Namen und lächelte wieder, ein Lächeln, das ihre Augen nicht erreichte. »Er ist erstens liebenswert und zweitens fachlich in Ordnung. Als es um die Vertretung meiner Stelle ging, hatte ich aber auch ein Wörtchen mitzureden. Unter den über 100 Bewerbungen, die eingingen, suchte ich Montfort aus, und Laubach vertraute meinem Urteil. Allerdings fehlt Montfort, wie soll ich sagen, das Geniale.«

»Wie erklären Sie es sich, dass Carsten Stielkes Diskette aus einem ausgeschalteten Computer verschwand?«

»Wie ich mir das erkläre?« Helena Jahns-Herzberg schien aus dem Konzept zu geraten. »Ich vermute, jemand hat sie genommen.«

»Aber, das kommt mir unlogisch vor«, erwiderte Katinka. »Eine Diskette, die in einem PC steckt, an dem gerade niemand arbeitet, ist zunächst mal unsichtbar, sie fällt nicht auf. Zugegeben, es passiert gelegentlich, dass man nach der Arbeit seine Diskette einfach vergisst. Dann bemerkt man sie erst wieder, wenn man eine andere Diskette ins Laufwerk einlegen will.«

»Ja. Und?«

Helenas eigene analytische Genialität ließ Katinkas Meinung nach doch etwas zu wünschen übrig.

»Wer immer diese Diskette gestohlen hat, der wusste, dass Carsten sie vergessen hatte!«

Katinka wartete ab. Helena sah ein wenig erschrocken drein, vielleicht wurde ihr nun das Ausmaß der menschlichen Böswilligkeit bewusst.

»Verstehe.«

»Hegen Sie einen Verdacht?«

Helena rang sich wieder zu einem ihrer unbelebten Grimassen durch.

»Carsten behauptet doch, Fria sei an dem Abend noch im Büro gewesen, als er ging.«

»Also war es Fria?«, hakte Katinka sofort nach.

»Meine Güte, woher soll ich das wissen?« Helena sprang auf. »Der arme Carsten, er muss doch bald über seine Doktorarbeit referieren, sein erster Vortrag auf einem internationalen Kolloquium. Können Sie sich denn nicht vorstellen, wie aufgeregt er ist? Der erste Vortrag, ich sage Ihnen das, ist ein

Einschnitt im Leben. Danach wird alles leichter und manches schwerer.«

Helena Jahns-Herzberg ging zur Terrassentür hinüber und starrte hinaus. Selbst im Gegenlicht konnte Katinka sehen, dass ihre Hände zitterten, als sie an ihren Ohrsteckern zupfte.

»Halten Sie auf dem Kolloquium auch einen Vortrag, Frau Jahns-Herzberg?«

»Nein. Sie sehen doch«, sie wies auf ihre Tochter, ohne ihren Blick von dem sonnenhellen Itztal zu wenden. »Mit zwei Kindern … Aber teilnehmen werde ich auf alle Fälle.«

»Wie sieht eigentlich Professor Laubachs Arbeitspensum aus?«

Helena fuhr herum. »Sie meinen, er könnte seine Mitarbeiter schädigen?«, fragte sie scharf.

»Mich würde eher interessieren, wie häufig er anwesend ist!«, sagte Katinka.

»Er kommt morgens um neun, geht mittags gegen eins heim. Dann kommt er in der Regel nicht mehr. Er arbeitet lieber zu Hause, hat aber auch Sitzungen, und natürlich seine acht Stunden Lehrverpflichtung. Hören Sie, Laubach ist hundertprozentig nicht derjenige, der Disketten klaut und Daten kaputtmacht.«

Katinka legte Notizbuch und Stift auf den Kirschholztisch und stand nun ebenfalls auf. Sie stellte sich neben Helena und blickte auf den weitläufigen Garten hinaus. Der unterschwellige *Sagrotan*-Geruch ging ihr auf den Geist.

»Die Manipulationen an den Projektdateien und die verschwundene Post schaden allen – aber die Diskette ist eine persönliche Angelegenheit gegen Carsten Stielke.«

Helena verschränkte die Arme und sah Katinka abschätzend an. »Das trifft nicht ganz zu. Einmal zumindest ist Post ganz gezielt gestohlen worden – und das ging gegen mich. Im vergangenen Wintersemester legte ich Bewerbungsunterlagen in das Postausgangsfach. Und die kamen weg. Ich bin hundertprozentig«, sie holte tief Luft, »hundertprozentig sicher, dass jemand sie absichtlich herausgenommen hat.«

»Würden Sie den Studenten so was zutrauen? Eventuell als Racheakt?«

»Unsinn!«, schnaubte Helena. »Wieso Racheakt?«

»Ich erinnere mich, dass man sich als Student den Lehrenden manchmal ziemlich ausgeliefert fühlte«, erwiderte Katinka nachdenklich und blickte wieder auf den Garten.

»Ach, Sie haben studiert?«

Katinka konnte förmlich sehen, wie in Helenas Kopf ein Schalter umgelegt wurde.

»Habe ich.«

»Aber – etwa Jura?«

»Nein. Archäologie. Für einen Schnüffelberuf die beste Voraussetzung. Also: Nicht die Studenten?«

»Ich behandele meine Studenten gut und gerecht«, brüstete sich Helena. »Es kämen ja ohnehin nur die Hiwis vom Lehrstuhl in Frage, nur sie haben Zugang zur Post. Aber mit den beiden hatte ich persönlich nie Probleme.«

Katinka dachte an die rüde Ruth. Sie fand, dass sie äußerlich nicht gut zu Helena passte, charakterlich aber schon.

»Gut, Henry ist manchmal ein bisschen langsam in allem«, sagte Helena. »Aber er studiert aus echtem Interesse und aus Liebe zum Fach. Deshalb hat er sich auch als Hilfskraft beworben, um den akademischen Betrieb mal näher kennen zu lernen und mehr von der wirklichen Wissenschaft mitzukriegen. Nicht nur von den mundgerechten Häppchen, die man den heutigen Studenten noch zumuten darf.«

»Wen verdächtigen *Sie* denn, Frau Jahns-Herzberg?«

Irgendwo begann ein Baby zu wimmern.

»Stillzeit«, sagte Helena. »Ich glaube, ich muss Sie auf später vertrösten.«

»Sie haben Fria Burgwart in Verdacht, habe ich Recht?«

Helena wurde rot. Schließlich presste sie heraus:

»Es ist nicht schön, eine Kollegin anzuschwärzen.«

»Sie sagen nicht, dass sie es war. Sie sagen nur, dass Sie es sich vorstellen können.«

»Pah, Interpretationsgeschick!«, fuhr Helena auf. Das Wimmern des Babys ging in Schreien über.

»Entschuldigen Sie mich. Sie finden allein raus?«

»Klar. Danke, dass Sie sich die Zeit genommen haben. Nur noch eines: Wann waren Sie das letzte Mal am Lehrstuhl?«

Helenas Gesichtsfarbe verdunkelte sich noch etwas.

»Genau vor einer Woche, nachmittags. Ich brachte einige korrigierte Druckfahnen zu Frau Först, die sie für mich an einen Verlag weiterschicken wollte.«

»Danke. Wiedersehen dann!« Katinka warf eine ihrer von Tom professionell gestalteten Visitenkarten auf den Kirschholztisch. »Sollte Ihnen irgendwas einfallen, melden Sie sich bei mir.«

Helena war schon im Flur.

»Tschüss, Lieselotte«, sagte Katinka. Lieselotte starrte sie emotionslos an.

6. Henry Wewerka

Tom lehnte sich in seinem Sessel zurück und grinste Katinka an. Sie war direkt zu ihm in die Herzog-Max-Straße geradelt, wo er im ersten Stock über der Pizzeria *La Piazza* wohnte. Dort hatte er schon zwei Pizzen bestellt, eine Flasche Rotwein in Allergemütsruhe in den Dekanter rinnen lassen und Gläser und Geschirr auf dem großen Küchentisch drappiert. Bei Tom geschah eigentlich alles in der Küche. Hatte er ausreichend Zeit, betätigte er sich selber als Koch, doch gerade heute war er nach der unermüdlichen Programmierfehlersuche zu erschöpft. Fasziniert lauschte er Katinkas Bericht. An diesem Abend stand er ausnahmsweise mal nicht auf Klassik und hatte eine Dinah-Washington-CD aufgelegt.

»Und weißt du, allmählich habe ich keinen Überblick mehr. Es ist wie beim Memory-Spielen: Wenn du dir zu viele Kärtchen gemerkt hast, weißt du bald kein Einziges mehr.«

»Betriebsblindheit, klarer Fall«, sagte Tom und schaukelte den Dekanter mit sanften Bewegungen. »Mir scheint dein erster Fall ein klassischer Who-Dunnit zu sein! Zur Verfügung stehen acht Verdächtige.«

»Und alle hatten die Möglichkeit und die Mittel«, regte sich Katinka auf. »Dadurch, dass alle einen Schlüssel haben und zu jeder Tages- und Nachtzeit in die Büros können, das Passwort wissen …«

»Ich glaube, du fragst dich etwas Falsches«, sagte Tom nachdenklich. »Und fahr mich jetzt bitte nicht gleich wieder an, weil ich dich angeblich bevormunde.« Er grinste auf diese unwiderstehliche Art. »Du überlegst dir die ganze Zeit, wem die Manipulation der Projektdaten schadet. Aber zieh doch mal in Betracht, dass das verlangsamte Projekt auch jemandem sehr nützlich sein könnte.«

»Ach so?« Katinka sah Tom abwägend an. »Klingt interessant. Mach weiter.«

»Na, keine Ahnung!«, zog Tom zurück. »Du hast mit den Leuten gesprochen. Wie ist dein Eindruck?«

»Völliges Durcheinander. Ein Chaos rast durch meinen Kopf, wird immer größer, wie ein Schneeball.« Plötzlich fühlte Katinka sich der Verzweiflung nahe.

»Du brauchst was zu essen. Augustina klingelt sicher gleich. Fangen wir solange mit einem Rotwein an?«

»Gern.« Katinka hielt Tom ihr Glas hin. »Vielleicht wäre jemand der potentielle Täter, der selber nur langsam vorankommt und ein nicht ganz so schlechtes Gewissen hat, wenn Laubachs Forschungen auch nicht so schnelle Fortschritte machen.«

»Vorstellbar«, meinte Tom. »Ist der Wein o.k.?«

Katinka nahm rasch einen großen Schluck.

»Katinka, du sollst kosten und nicht gleich alles austrinken«, beschwerte sich Tom.

Katinka verdrehte die Augen. Sie hatte gerade andere Sorgen als Degustierungsvorschriften einzuhalten, von denen sie sowieso nichts verstand.

»Weißt du, im Augenblick habe ich nicht die leiseste Ahnung, wie ich vorgehen könnte. Die ganzen Typen wirken so gleichartig auf mich. Hej, du hörst mir gar nicht richtig zu, Tom Dooley. Ich versuche gerade, dich interdisziplinär in meine Ermittlungen einzuspannen.«

Erschrocken stellte Tom die Flasche wieder ab.

»O.k., o.k.«, sagte er und streckte versöhnlich die Handflächen nach vorn.

»Meinst du, die Dateienmanipulation ist ein eigener Fall? Neben der Post und der Diskette von Stielke?«

»Diese ominöse Diskette ist auf jeden Fall separat zu sehen!«, sagte Tom überzeugt. »Vielleicht hat sich dieser Stielke auch nur eingebildet, er hätte seine Diskette vergessen. Oder er hat sie woanders verlegt. Ziemlich komische Type, wenn du mich fragst. Wenn einer schon so wenig sorgsam mit seinen Daten umgeht …«

»Eben«, sagte Katinka eindringlich und trank noch einen Schluck. »Benutzt du eigentlich noch Disketten?«

Tom lachte das Lachen des Kenners.

»Gott bewahre! Die Dinger sind sowieso unzuverlässig. Irgendwann lassen sie sich nicht mehr öffnen, und dann stehst du da mit deinen vermurksten Daten.«

»Wie speicherst du eigentlich deine Sachen?«

»Ach, die CD-Brennerei finde ich auch nicht mehr so spannend. Halt einfach umständlich, bist du deinen aktuellen Stand draufgezogen hast. Inzwischen gibt es so genannte Flashsticks.«

»Was ist das?«

»Ich zeige dir einen.« Tom verschwand in seinem Arbeitszimmer und kam mit einem unscheinbaren silbernen Stäbchen zurück, das aussah, als sei es versehentlich platt getreten worden.

»Schau«, sagte Tom stolz. »Du nimmst das Teil hier, steckst es an den USB-Anschluss und ziehst deine Daten einfach auf das neue Laufwerk im Explorer. Dieser hier ist die Profi-Variante, speichert über 1 GB und ist nicht mal teuer.«

»Wow!«, machte Katinka beeindruckt und befühlte den Flashstick.

»Unileute sind sowieso immer hinterher«, meinte Tom. »Jedenfalls technisch sind sie nie auf dem neuesten Stand. Beim Staat geht halt alles nicht so schnell. Haben sie was beantragt, ist es veraltet, wenn sie es endlich auf dem Schreibtisch liegen haben.«

»Du redest wie Laubach«, brummte Katinka. »Sag mal, wenn der PC ausgeschaltet ist und es steckt eine Diskette im Laufwerk … das meldet der Computer doch beim nächsten Hochfahren, oder? Dann heißt es immer, man soll die Diskette rausnehmen und irgendeine Taste drücken.«

»Nicht unbedingt«, entgegnete Tom. »Nur, wenn das in BIOS entsprechend eingetragen ist. Ist A eingetragen, also das Laufwerk für die Diskette, dann erscheint auch die Meldung. Ist dagegen C eingetragen, kann man problemlos starten.«

»Dein Fachwissen lässt mich erblassen«, sagte Katinka. »Und der Wein ist klasse, Tom!«, fügte sie hinzu, denn sie wusste, wie sehr er nach Lob gierte, das sein önologisches Gespür pries.

»Also«, fasste Katinka zusammen. »Die Diskette könnte ein separates Problem sein, meines Erachtens. Abgesehen davon, dass nur totale Idioten ihren Krempel auf nur einem einzigen, noch dazu unzuverlässigen Datenträger speichern. Und die Post … da frage ich mich, ob nicht wirklich jemand am Lehrstuhl, beispielsweise diese Fria, ihrer Kollegin eins auswischen würde. Ich sage dir, müsste ich mit dieser Kuh zusammenarbeiten, ich hätte ihr längst Froschlaich in die Manteltasche gekippt.«

»Bist du aber eklig!«, hob Tom drohend den Zeigefinger und grinste.

»Wenn man's genau nimmt«, grübelte Katinka weiter, »stellen alle drei Vorkommnisse unterschiedliche Attacken dar. Ich meine, die Post, die verschwindet, kann Fria weggenommen haben. Die Diskette könnte Carsten verlegt haben, oder ein anderer, aber es muss nicht sein, dass Fria sie weggenommen hat. Aber die Dateienmanipulationen … da geht jemand systematisch vor. Zudem wurde auch noch das Motherboard beschädigt und das Brennprogramm funktionsunfähig gemacht. Geht das überhaupt so einfach?«

Tom zuckte die Schultern. »Das ist ein schlichtes Kontaktproblem. Wenn der Stecker nur ein bisschen verbogen wurde, klappt die Kabelverbindung schon nicht mehr. Oder jemand, der sich gut auskennt, hat das Motherboard ausgebaut und von der Innenseite her manipuliert. Oder im System irgendwas deaktiviert.«

Katinka schüttelte den Kopf. »Ganz schön aufwendig.«

»Und auffällig, wenn Brenner und das Speicherlaufwerk gleichzeitig über die Gleise geschickt werden«, sagte Tom mit schiefem Grinsen.

Es klingelte.

»Na endlich, mir hängt der Magen auf halb acht«, stöhnte Katinka. Tom war schon an der Tür. Augustina, die seit der ersten Stunde in der Pizzeria *La Piazza* als Kellnerin mitarbeitete, stand mit zwei dampfenden Platten auf dem Treppenabsatz.

»Hm, das ist Service«, hörte Katinka Tom sagen. Er flirtete gern mit Augustina, und es gab Augenblicke, wo sie ihm das übel nahm. Heute jedoch hatte sie keine Zeit dazu, und auch keine freie Gehirnwindung, wie Britta sich auszudrücken pflegte. Überhaupt, Britta: Katinka war gespannt, ob sie irgendwas Brauchbares über Laubach in Erfahrung bringen würde.

»So, einmal *Quattro Stagioni* mit extra scharfen Pepperoni für die Frau Detektivin!«, posaunte Tom und stellte den Teller vor Katinka ab. »Sobald ich beim Nonno eine Pizza für meine Freundin bestelle, weiß er Bescheid. Wie gut, dass wenigstens einer öfter mal was Neues ausprobiert.«

»Und, was hast du gewählt?«, fragte Katinka neugierig, während sie, einem immergleichen Ritual folgend, als Erstes das Schinkenviertel anschnitt.

»Pizza *al Marinaio*«, erklärte Tom mit wichtigem Gesichtsausdruck.

»Ach, statt *Frutti di Mare*. Auf diese Weise unterscheiden sie sich von anderen Pizzerien.«

«Nein. *Frutti di Mare* gibt's auch, die ist mit Miesmuscheln.«

Katinka zuckte die Achseln. Sie mochte keine Meeresfrüchte. »Egal. Guten Appetit. Und bis auf weiteres keine Gespräche über die Arbeit mehr.«

»Sind Sie wahnsinnig? Kommen Sie sofort vorbei. Sofort.«

Katinka starrte verschlafen auf den großen Spiegel neben Toms Bett. Er hatte den langen Kippspiegel einer Theatergarderobe weggekauft, und ihn rundherum mit bunten Hahnenfedern aus dem *Werkladen* beklebt. Manchmal hatte Tom etwas von einem Designer.

»Wer ist denn da?«, fragte Katinka. Sie befreite sich aus Toms Armen. Es war kurz nach acht. Längst hätte sie aufstehen wollen, aber der gestrige Abend war so gemütlich und beinahe besinnlich gewesen nach dem aufregenden Tag, dass sie sich von Tom hatte verleiten lassen, noch eine zweite Flasche Wein anzufangen und dann gleich bei ihm zu übernachten.

»Laubach«, knarrte die Stimme. »So habe ich mir das nicht vorgestellt! Wir haben hier, mit Verlaub, die Kacke am Dampfen. Ich erwarte Sie. Beeilen Sie sich.«

Katinka legte ratlos ihr Handy weg und betrachtete ihr verschwommenes Spiegelbild. In alle Richtungen standen ihre braunen Haare ab, und ohne Brille fühlte sie sich mal wieder stark an Monet erinnert. Skizze einer Erwachenden.

Tom schnarchte leise vor sich hin. Kein Wunder, bei dem Weinkonsum, dachte Katinka und kroch seufzend aus dem warmen Bett. Rasch zog sie sich an. Laubachs Panik hatte sie alarmiert. Schreckensvisionen von gelöschten Dateien und implodierten PCs sausten durch ihren Kopf. Katinka mixte sich in aller Eile einen Neskaffee. Eine kurze Notiz für Tom musste reichen. Womöglich war sie zum Frühstück schon wieder hier, mit frischen Brötchen im Rucksack.

Das sonnige Wetter vom Tag zuvor war eindeutig Vergangenheit. Graue Wolken entließen ihre ganze Last über der Stadt.

Katinka musste die Kapuze festhalten, damit sie ihr nicht zu weit in die Stirn rutschte. Auf der Langen Straße stauten sich wie stets die Autos. Ein fetter grauer Mercedes in Übergröße parkte direkt auf dem Radweg vor dem *DerTour*-Reisebüro. Der Fahrer saß am Steuer und mampfte einen Döner.

»Na fantastisch«, knurrte Katinka ihn an. »Hier verläuft ein Fahrradweg!«

»Ach, reg dich nicht auf, Schnecke«, brummte der Mercedesbesitzer gemütlich und biss in sein Frühstück. »Du kannst doch leicht drum rum fahren.«

»Vermutlich könnte ich das«, kochte Katinka. »Aber zufällig bin ich Juristin und ich sage Ihnen eins: Wenn ich im Vorbeifahren Ihre Schleuder streife und ein paar hübsche Höhlenzeichnungen hinterlasse, dann ist das Ihr Problem. Und Sie zahlen, denn bis Sie mir hinterherkommen, bin ich längst sonst wo.«

»Blöde Kuh«, blaffte der Typ und setzte seinen Dönerrest behutsam auf dem Beifahrersitz ab – natürlich nicht, ohne vorher ein Stück Alufolie drunterzulegen. Aber Katinka war schon weitergefahren. Sie schoss mit voller Geschwindigkeit um die Kurve zur Kapuzinerstraße und blieb prompt in einer desorientierten Touristengruppe stecken. Inzwischen war ihre Brille mit Unmengen kleiner Wassertröpfchen besprengt.

»Na klasse«, explodierte Katinka. »Scheißtag.«

Eine der Rentnerinnen, die vor ihr auf dem Radweg herumgelaufen war, rückte missbilligend ihr Plastikkopftuch zurecht. Katinka hätte gern etwas Gemeines über die Rentenbezüge gesagt, über Rentner in Luxusreisebussen und Kaffeefahrten, aber sie hatte es eilig. An der Weide geriet sie auf der regennassen Straße so heftig ins Schleudern, dass sie beinahe über den Lenker abgestiegen wäre.

Dann sah sie es.

Polizeiwagen.

Es waren zwei, ein Notarztwagen war auch da, und ein Leichenwagen fuhr gerade vor.

»Ach du Schande«, entfuhr es Katinka. Laubachs Stimme dröhnte wieder in ihren Ohren. Sie sauste auf das graue Gebäude mit der Nummer 18 zu und bremste scharf.

»Na, na!«, sagte eine Stimme. Ein langer Lulatsch in grünen Polizeiklamotten trat aus der Tür, legte die Hand an die Mütze und sagte:

»Hier könna Sie jetz grad ned nei.«

»Ich muss«, sagte Katinka und verzichtete darauf, ihr Rad abzuschließen. Schließlich war die Polizei da. »Laubach, Professor Laubach, hat mich gerade angerufen. Ich ermittle in dem Fall.«

»Ach. Dörf ich fragn, wer Sie sänn?«

Katinka stöhnte matt. Dass die grünen Männer aber auch immer dann, wenn es schnell gehen musste, ihre bürokratischen Mätzchen veranstalteten.

»Mein Name ist Katinka Palfy«, sagte sie, während sie ihren Rucksack nach ihrem Ausweis durchwühlte. Der Lange nahm ihn entgegen und studierte ihn verblüfft. Katinka musterte das lockige, rote Haar, das unter seiner Mütze hervorquoll.

»Ach so? Kadinga Balfy, ja? Ich wussd gar ned, dass wir hier a Dedegdivin ham«, sagte er im breitesten Bamberger Dialekt und grinste Katinka an.

»Jetzt wissen Sie's«, brummte Katinka, nahm ihm den Ausweis wieder aus der Hand und lief ins Haus, die Treppen hinauf in den ersten Stock.

Vor den Büros des Laubach-Lehrstuhls war die Hölle los. Laubach lehnte in der Tür zum Sekretariat und starrte auf den Boden. Aufgeregte Stimmen riefen sich Befehle zu. Frau Först, die Sekretärin, hockte leichenblass auf dem Gang auf einem jener Stühle, die sonst den wartenden Studenten zustanden. Sie hatte die Farbe eines Knollenblätterpilzes, die ihren Haarschopf noch röter leuchten ließ. Mit einem Taschentuch tupfte sie sich immer wieder die Augen ab, aber vergeblich: Die Schminke lief schon in Bächen über ihr Gesicht.

»Morgen. Was ist los?«, fragte Katinka und trat näher.

»Hoppla!«

Aus dem Bibliothekszimmer schoss ein Polizist und packte Katinkas Arm. Sie riss sich ungeduldig los. »Bisschen vorsichtiger, ja?« Sie hielt ihm ihren Ausweis unter die Nase. Überrascht ließ der Polizist von Katinka ab.

»Frau Kommissar? Gucken Sie mal?«

Plötzlich redeten alle wild durcheinander. Laubach riss seinen Blick von dem, was er da fixierte, los, und rief ungeduldig: »Na endlich, wo bleiben Sie denn!«

Aus dem Assistentenzimmer trat eine Frau in Faltenrock und Mikrofaserjacke. »Morgen. Jetzt noch keine Besuchszeit, junge Frau.«

»Die junge Frau ist die Detektivin, die ich angeheuert habe, Frau Kommissar«, raunzte Laubach die Faltenrockträgerin an. »Und es wird wahrhaftig Zeit, dass sie sich hier blicken lässt.«

Katinka sah verwirrt einigen Männern in weißen Overalls nach, die ihre überdimensionierten Koffer zur Treppe schleppten. Dann fiel ihr Blick ins Sekretariat. Ein Mann, kaum größer als sie, stand über Frau Försts Schreibtisch gebeugt und schrieb etwas. Er füllt einen Totenschein aus, dachte Katinka entsetzt. Ohne auf die wütenden Rufe der Kommissarin zu achten, machte sie ein paar Schritte auf das Sekretariat zu.

Die Leiche war schon zugedeckt. Eine großflächige Blutlache bedeckte den Boden.

»Das gibt's nicht«, flüsterte Katinka.

»Erklären Sie mir das, ja?«, tobte Laubach. »Frau Först war heute Morgen als Erste da. Sie kam schon um halb acht, oder, Frau Först?«

Die Sekretärin nickte, während sie unter Schluchzern das

zerlaufene Make-up auf ihrem weißen Gesicht verrieb. Sie sah grotesk aus.

»Und sie fand die Leiche«, brüllte Laubach weiter. »Was für ein Schock! Haben Sie meine Mitarbeiter so in Angst und Schrecken versetzt? Was haben Sie sich dabei gedacht?«

»Jetzt halten Sie mal die Luft an«, schrie Katinka, um Laubachs Schimpfen, Frau Försts Schluchzen und das Gezeter der Kommissarin zu übertönen. Der Arzt, der immer noch am Schreibtisch im Sekretariat stand, drehte sich neugierig um. Sein Gesicht hatte griechische Proportionen, und zu allem Überfluss trug er einen ebenso griechisch aussehenden Bart.

»Ich habe niemanden in Angst und Schrecken versetzt, das wissen Sie besser als jeder andere. Es geht bei meinen Ermittlungen um Disketten und kaputte Dateien, aber nicht um Mord und Totschlag. Nehmen Sie das bitte zur Kenntnis.«

Zu Katinkas Erstaunen schwieg Laubach auf diesen Ausbruch hin, und auch die Kommissarin stellte ihr Gezanke für einen Moment ein.

Später dachte Katinka, wie eigentümlich es war, dass man in solchen Situationen auf das Wichtigste als letztes zu sprechen kam. Selbst ihr Denken rastete erst jetzt bei der Erkenntnis ein, dass jemand von Laubachs Leuten unter der Plane liegen musste. Sie hatte keine Ahnung, wer, und noch weniger, warum. Hatte sie so tief ins Wespennest gestochen, dass jemand gemordet hatte? Und wer? Der Diskettendieb? Das alles schien unendlich absurd. Die Stimmen der anderen wurden wieder lauter, aber Katinka nahm sie nur wie durch einen Filter wahr. Sie trat ein paar Schritte in das Sekretariat, von dessen Existenz sie vor 24 Stunden noch nichts geahnt hatte, und sagte leise: »Wer? Wer liegt da?«

Wieder wurde es still.

»Verdammt! Wer liegt da?«, schrie Katinka. Als niemand reagierte, legte der Arzt seinen Kugelschreiber auf den Schreibtisch und bückte sich. Er lupfte das eine Ende der Plane und hob sie an. Katinka beugte sich vor. Langsam, wie in Zeitlupe zog der Arzt die Abdeckung höher und höher. In Katinkas Ohren rauschte es. Sie presste ihren Rucksack an sich und starrte zu Boden. Die stoppelkurzen Haare waren über und über mit schwarzem Blut verklebt.

»Henry Wewerka«, flüsterte Katinka. Das Entsetzen schien sie einen Augenblick lang mitzureißen, aber da legte der Arzt die Plane schon wieder sorgsam an Ort und Stelle. Er nickte Katinka zu und fragte halblaut:

»Brauchen Sie was?«

»Nein, danke«, antwortete Katinka. Irgendwas kam ihr ganz seltsam vor, aber sie konnte nicht ausmachen, was. Sie blieb einfach stehen und schaute auf die groteske Szenerie. Frau Försts penibel geführtes Sekretariat war ein Tatort geworden. Mit Blutflecken, Überbleibseln der Spurensicherung und einem griechisch aussehenden Arzt. Wahrscheinlich war sie wegen der Unordnung zusammengebrochen.

»Also, Sie meinen, zwischen 19 und 21 Uhr gestern Abend, Dr. Wenzinger?«

»Ja«, antwortete der Arzt. Plötzlich hackte niemand mehr auf Katinka herum, und keiner meckerte sie an, sie solle sich aus dem Staub machen. Vielleicht macht ein Schock ja unsichtbar, dachte Katinka erstaunt.

»Er wurde mit einem schweren Gegenstand erschlagen. Wahrscheinlich war er sehr schnell tot, zumindest gleich bewusstlos. Ich kann nur drei oder vier Schläge auf seinen Kopf feststellen. Auf seinen Hinterkopf übrigens.«

»Tatwaffe?«

»Irgendwas Schweres mit einer scharfen Kante, aber warten Sie bitte die Obduktion ab.«

»Es war mein Briefbeschwerer«, hauchte eine verzweifelte Stimme.

»Wie bitte?«

Alle starrten auf Anna-Beata Först.

» Frau Först, halten Sie den Mund!«, versetzte Laubach.

Katinka erwachte allmählich aus ihrer Erstarrung, blieb aber ganz ruhig stehen, um die Aufmerksamkeit der anderen nicht auf sich zu ziehen.

»Weil er fehlt. Er steht immer an der gleichen Stelle.«

Wofür Ordnung doch gut ist, dachte Katinka.

»Sie wissen doch, Herr Laubach: Die Messing-Akropolis. Genauer gesagt, der Briefbeschwerer zeigt ja nur den Parthenon-Tempel.«

Auch das noch, eine Akropolis. Katinka spürte voller Grauen den typischen Erschöpfungslachreiz in sich aufsteigen. Bitte nicht, flehte sie zu allen Göttern, bitte nicht, keinen Lachkoller.

7. Kommissarin Johanna Winkler

»So, und jetzt zu Ihnen.« Die Kommissarin musterte Katinka herablassend aus ihren grauen Augen, während sie die Tür des Assistentenzimmers schloss. Alle Personalien waren schon aufgenommen worden. Aber der gestrengen Dame kam es wohl darauf an, einen nachhaltigen Eindruck zu hinterlassen.

»Wie bitte?«, fragte Katinka gefährlich leise.

»Was haben Sie mit der Sache zu tun?«

»Vielleicht sollten wir einander zunächst einmal vorstellen«, sagte Katinka so ruhig sie konnte. Zorn ballte sich in ihrem Hinterkopf zusammen. Sie ignorierte den Geruch nach Mottenpulver. »Mein Name ist Katinka Palfy. Herr Professor Laubach hat mich gestern engagiert, weil seit einigen Monaten wichtige Dokumente und Dateien an seinem Lehrstuhl verschwinden.«

»Ja. Das hat er mir bereits erzählt.«

»Gut, dann wissen Sie ja Bescheid, Frau …«

»Winkler. Aber Kommissar tuts auch.« Sie sah wütend drein. »Wo waren Sie gestern Abend zwischen 19 und 21 Uhr?«

»Bei meinem Freund«, sagte Katinka. »Eine gewisse Augustina Stingaciu kann das bestätigen, denn sie kam vorbei und brachte uns eine Pizza.«

»Wir prüfen das.«

»Klar.«

Katinka war sich bewusst, dass nur der momentane Ärger über ihr Auftauchen die Kommissarin zu ihrer unfairen Reaktion verleitete. Da ging es um Konkurrenz und darum, die eigene Position als die unanfechtbare darzustellen. Um der aufgebrachten Staatsdienerin ihre Kooperationsbereitschaft zu signalisieren, erzählte Katinka in groben Zügen, womit sie sich am Tag zuvor beschäftigt hatte. »Heute früh rief mich Professor Laubach völlig aufgelöst an und bat mich, herzukommen.«

»Schon ein komischer Zufall, oder? Dass Sie hier Ihre Nase reinstecken, und am Tag danach wird jemand umgebracht.«

»Was glauben Sie denn: Dass ich einen Mörder gedungen habe?«

»Werden Sie mal nicht frech. Ich muss erst noch herausfinden, wie tief Sie in der Sache drinstecken.«

Katinka stand auf und lehnte sich gegen einen der Computerarbeitstische. Durchatmen, befahl sie sich. Gestern hatte sie hier Laubachs Mitarbeiter in die Zange genommen, heute passierte ihr dasselbe. Tatsächlich keine angenehme Situation.

»Ich weise Sie ausdrücklich darauf hin, dass Sie keinerlei Befugnisse haben, sich in die Morduntersuchungen einzumischen. Fahnden Sie von mir aus nach Disketten. Aber halten Sie sich aus allem anderen raus.«

Bei diesen letzten Worten hatte es geklopft, und der dialektsprechende Polizist war eingetreten.

»Was ist denn, Herr Dütsch!«

»Brauchn Sie noch lang? Wir müssn zurügg. Soll jemand Sie späder abholn? Für Dauner wär das kein Broblem. Er müssde sowieso nachher nochmal nei die Stadd.« Im Gespräch mit der Kommissarin mühte er sich offenbar, Ts und Ps deutlich auszusprechen, aber so wurden sogar die Bs und Ds unbeabsichtigt hart.

»Nein, ich komme mit«, unterbrach die Kommissarin. »Wir melden uns bei Ihnen«, kauzte sie in Katinkas Richtung.

Sie fegte aus dem Raum und klopfte bei Laubach.

Dütsch wandte sich mit einem freundlichen Lächeln Katinka zu.

»Machn Sie sich nichts draus. Unsere Frau Kommissarin is hald a bissla derb. Aber sie meinds ned so.«

»Danke, das ist nett von Ihnen. Wie heißt sie nochmal?»

«Winkler, Johanna Winkler.«

Auch Katinka trat auf den Flur und beobachtete, wie Henry Wewerkas sterbliche Hülle die Treppe hinunterbalanciert wurde. Glücklicherweise hielt sie ihren leeren Magen unter Kontrolle.

Katinka radelte durch den Regen zurück. Die ganze Kapuzinerstraße fuhr sie auf dem linken Radweg in Gegenrichtung, kaufte beim Kapuzinerbeck Brötchen und Bamberger Hörnla und bog dann in die Hasengasse ein. Eigentlich hatte sie gleich zu Tom fahren wollen, aber sie brauchte ein kurzes Innehalten, nur wenige Minuten. Routiniert checkte sie Anrufbeantworter und Faxgerät wie jeden Morgen in den vergangenen Monaten. Aber heute fühlte sich alles ganz anders an. Sie steckte in einem Kokon aus Frustration, Entsetzen und Gleichgültigkeit. Ihr Wunschberuf erschien ihr plötzlich als eine Art Menschenfresserjob. Müde setzte sie Wasser auf und mixte sich einen Neskaffee. Sie war durstig und hungrig und biss in eines der Hörnla, aber es schmeckte schlicht nach Sperrholz.

»Ich kann doch meine Lizenz nicht zurückgeben!«, sagte sie widerwillig zu dem bisschen Licht, das aus der engen Gasse zu ihr hereinfiel. »Nicht gleich bei meinem ersten Fall.« Sie rührte in ihrem Kaffee. Ein paar Spritzer wirbelten auf ihre durchnässte Jacke. Katinka legte das angebissene Hörnla weg und setzte sich an ihren Schreibtisch. Ohne es zu wollen, nur um etwas zu tun zu haben, skizzierte sie das kurze Gespräch, das sie eben noch mit Laubach geführt hatte.

Schwergewichtig und übernächtigt hatte er auf seinem Stuhl gesessen. Katinka sah seine ratlose Miene noch vor sich.

»Was machen wir jetzt?«, fragte er matt. Seine Schimpftiraden hatten ihm wohl die letzte Energie aus dem Körper gesaugt.

»Jemand von Ihren Mitarbeitern wird es gewesen sein«, antwortete Katinka. »Die Polizei überprüft nun die Alibis. Aber wir …«

»Jemand von meinen Mitarbeitern, ja!«, sagte Laubach. »Jedoch: Was wollte Wewerka hier? Abends zwischen 19 und 21 Uhr? Mein Gott, ausgerechnet Wewerka! Ein wirklich ausgezeichneter Student, ein Talent!«

Katinka wartete ab.

»Wissen Sie, ich frage mich, ob nicht Wewerka es war, der unsere Daten gelöscht und die Post und die Diskette von diesem bedauernswerten Stielke genommen hat …«, sinnierte Laubach.

»Schon möglich. Wollte er dann gestern Abend wieder ein paar Daten löschen?«

»Kann doch sein, oder? Er hatte Bedenken, dass Ihre Ermittlungen voranschreiten, und wollte schnell noch mal zuschlagen.«

Katinka seufzte. Hatte sie mit ihren Befragungen tatsächlich eine Lawine ausgelöst? Schnell wischte sie die Schuldgefühle beiseite.

»Aber wer hat ihn dann umgebracht?«, insistierte sie. »Sehen Sie mal: Jemand muss ihn von hinten erschlagen haben. Die Wunden befanden sich an seinem Hinterkopf.«

Angeekelt verzog Laubach das Gesicht.

»Und das bedeutet«, Katinka holte tief Luft, »dass er seinem Mörder den Rücken zugedreht hat, weil er keine Angst vor ihm hatte, ihn – oder von mir aus sie – nicht als *Feind* sah.«

»Es muss jemand gewesen sein, der auch einen Schlüssel hat«, sagte Laubach langsam. »Die Polizei konnte keine Einbruchspuren finden, und ich habe meine Mitarbeiter angewiesen, ab 18 Uhr immer die Eingangstür abzuschließen, wenn sie im Büro sind.«

»Also: Henry Wewerka kommt, schließt von innen ab«, sagte Katinka. »Dann macht er sich an die Arbeit, wenn man so will.

Er startet das Computerprogramm und will Daten manipulieren. Ein anderer Mitarbeiter trifft ein, überrascht Henry, und ermordet ihn? Verzeihen Sie, aber – das ist nicht logisch.«

Noch etwas anderes schien Katinka nicht logisch, aber sie kam nicht drauf, obwohl die altbekannte Wespe brummend durch Katinkas Kopf sauste und ein ziemliches Getöse veranstaltete.

Laubach sah Katinka lange an, dann sagte er:

»Ich verstehe. Wer immer ihn in flagranti erwischt hat, hätte Sie oder mich anrufen können. Und weshalb wurde Wewerka im Sekretariat ermordet? Was suchte er überhaupt dort?«

Ermordet, ermordet, ermordet. Katinka zerbrach sich immer noch den Kopf darüber, was ihr so sonderbar vorgekommen war, als sie Wewerkas Leiche gesehen hatte.

»Trauen Sie Henry Wewerka diese Dateienlöscherei zu?«

»Nein«, sagte Laubach schlicht.

»Wir müssen herausfinden, ob die Computer in der vergangenen Nacht überhaupt angeschaltet worden sind, und wann!«, sagte sie rasch. »Ich kümmere mich darum. Dann frage ich bei der Polizei nach, ob bei Wewerka irgendwelche Sachen gefunden worden sind. Gestern Mittag hatte er eine Aktentasche bei sich. Haben Sie die irgendwo gesehen?«

Laubach schüttelte trübe den Kopf.

»Ich hätte früher dafür sorgen sollen, dass diese Vorfälle unterbleiben. Aber Sie glauben ja gar nicht, wie schwierig es ist, Menschen zu führen – vor allem studierte Menschen.«

Er grinste schief und strich mit seiner Pranke über die Schreibtischplatte. Schließlich hatte er Katinka halbherzig verabschiedet, nicht ohne ihr mitzuteilen, dass er alle seine Mitarbeiter verständigt hatte, heute nicht am Lehrstuhl zu erscheinen.

Während Katinka immer noch in ihrer nassen Jacke an ihrem Schreibtisch in der Hasengasse 2a saß, ging ihr die böse Anschuldigung der Kommissarin durch den Kopf. Ein scheußlicher Geschmack saß in ihrem Mund fest. *Schon ein komischer Zufall, oder? Dass Sie hier Ihre Ermittlungen anstellen, und am Tag danach wird jemand umgebracht.* Katinka schüttelte sich. Na gut, sie würde weitermachen, dranbleiben, wie Julius Liebitz immer sagte, dranbleiben. Nicht blenden lassen, nicht ablenken, nicht entmutigen lassen, und wenn, dann trotzdem dranbleiben.

Sie schlüpfte aus ihrer Jacke, hängte sie über den Stuhl, und in dem Moment fiel ihr ein, was so seltsam gewesen war an Wewerkas Leiche. Er hatte Joggingklamotten getragen. Eine ausgeleierte, ziemlich abgenutzte blaue Hose, ein weißes T-Shirt, Laufschuhe. Wollte er die Diskette, die er Carsten gestohlen hatte, an Ort und Stelle zurücklegen? War er zufällig vorbeigejoggt, hatte er Licht gesehen, wiederum zufällig seinen Büroschlüssel dabeigehabt? Hatte er den Datenmanipulator ertappt? Ihn zur Rede gestellt? Warum lag seine Leiche im Sekretariat? War der Fundort der Tatort?

Katinka malte ein paar Grinsgesichter in ihr Notizbuch, dann fasste sie sich ein Herz und rief bei der Polizei an, wo sie sich ins Morddezernat durchstellen ließ. Urban Dütsch war gleich am Apparat.

»Grüß Gott, Herr Dütsch. Katinka Palfy hier, die Detektivin von vorhin.«

»Ach, Frau Balfy, klar«, rief Dütsch in den Apparat. Er klang, als ob er sich tatsächlich freute.

»Ich ermittle nicht in der Mordangelegenheit. Nur, falls Ihre Chefin fragt«, erklärte Katinka rasch. »Es geht um ein paar harmlosere Ereignisse am Lehrstuhl Laubach.«

»O.k.«, sagte Dütsch.

»Hatte Henry Wewerka, das Opfer, persönliche Gegenstände bei sich? Können Sie mir das sagen? Wurde etwas am Tatort gefunden, das ... eher nicht dorthin gehört? Außerdem muss ein Schlüssel da gewesen sein, mit dem Henry Wewerka ins Haus kam.«

»Bleim Sie mal dran.«

Katinka konnte gar nicht glauben, dass es so leicht ging. Sie hatte sich schon darauf vorbereitet, Dütsch mit allen Mitteln weiblichen Charmes überzeugen zu müssen, ihr diese wenigen Informationen rüberzuschieben. So fiel es ihr jedenfalls leichter, seinen Dialekt zu ertragen. Kurz dachte sie an Tom. Er hätte schon die Flucht ergriffen. Tom hasste das bräsige Fränkisch, dem die Jahre seiner Geschichte die Ps und Ts weggewaschen hatten. Er ärgerte sich maßlos darüber, dass aus seinem zackigen Namen Tom Thiele in Bamberger Mund ein Dom Diele wurde.

Es dauerte sehr lange, bis Dütsch wieder an den Apparat kam.

»Hallo, Frau Balfy?«, sagte er. »Nichts. Keine bersönlichn Gegenstände, außer am Schlüssel, den er um den Hals gedragn had. Das ist sein Hausschlüssel, wie ein Kollege überbrüfd had. Wenn er an Schlüssel zu dem Büro hadde, dann ham wir ihn net gfundn. Die Dadwaffe, angeblich a Briefbeschwerer in Form der Agrobolis, haben die Kollegen auch noch ned sichergestelld.«

»Parthenontempel«, murmelte Katinka halblaut.

»Bart – was?«, fragte Dütsch.

»Ach, nichts. Vielen Dank für die Auskünfte! Das war wirklich sehr freundlich von Ihnen.«

»Keine Ursache«, kam es fröhlich zurück. »Schönen Tag dann noch!«

Katinka seufzte bei dem Gedanken, dass ein schöner Tag nicht gerade einer war, der mit einer Leiche begann.

Als nächstes wählte sie Laubachs Nummer. Er ging nach dem ersten Klingeln an den Apparat.

»Herr Laubach, hier Palfy. Würden Sie mal im Bibliothekszimmer an dem Computer, an dem Carsten Stielke seine Diskette zuletzt gesehen, nachschauen, ob sie nicht wieder im Rechner steckt?«

»Sie meinen, Wewerka hat sie gestohlen und wollte sie jetzt wieder zurückbringen?«

»Beispielsweise«, sagte Katinka.

Sie hörte, wie Laubach sich ächzend erhob und eine Tür klappte. Nach zwei Minuten kam er zurück. Die Lehnstuhlsonderanfertigung quietschte, als er sich setzte.

»Nein. Da ist nichts.«

»In einem anderen Computer?«

»Herrgott noch mal«, explodierte Laubach, »dann kommen Sie selbst her und sehen Sie nach. Schließlich bezahle ich Sie.«

Doch Katinka hörte wieder das vertraute Quietschen.

»Nichts«, sagte Laubach, als er wiederkam. Keine ominösen Disketten in irgendwelchen Laufwerken.«

Bevor Katinka noch irgendetwas sagen konnte, hatte er den Hörer auf die Gabel geworfen.

»Liebes Lieschen«, murmelte Katinka. Sie rief die Zentrale der Universität an und ließ sich zum Rechenzentrum durchstellen. Nach beinahe zwanzig Klingelsignalen meldete sich eine gehetzte Stimme: »Rechenzentrum, Liebknecht, guten Tag?«

Oho, eine Preußin, dachte Katinka erfreut.

»Morgen, Frau Liebknecht.« Sie erklärte so schnell sie konnte, was sie wollte: »Ist einer der Laubach-Rechner in der vergangenen Nacht benutzt worden? Lässt sich das überhaupt feststellen?«, fügte Katinka hinzu.

»Ja, im Prinzip schon«, kam die matte Antwort. »Aber wir haben keine Leute frei momentan. Alle sind irgendwo unterwegs. Ende nächster Woche könnte ich Ihnen Bescheid geben.«

Katinka schnappte nach Luft. Es war genauso, wie sie es noch in Erinnerung hatte.

»Das ist ein bisschen spät. Es geht um Leben und Tod. Ich muss es sofort wissen. Jemand ist heute Nacht in Laubachs Räumen umgebracht worden.«

Am Ende der Leitung war es still, dann sagte Frau Liebknecht: »Ich kümmere mich gleich drum.«

Katinka gab ihre Handynummer an und bedankte sich knapp.

Elfi Lodenscheidt hatte ihr gesagt, dass sich jeder, der das Rechnernetz der Uni nutzen wollte, mit einem Benutzernamen und einem Kennwort einloggen musste, auch die Lehrstuhlmitarbeiter. Das Passwort für das Projektprogramm war also erst der zweite Schritt.

Katinka spürte ihr Herz klopfen. Ein bisschen Glück und den Eifer der Frau im Rechenzentrum vorausgesetzt, würde sie in Kürze wissen, wer Henrys Mörder war.

»Machs dir nicht so einfach«, zischte die Kontrollwespe. »Der Mörder Schrägstrich die Mörderin wird doch nicht so dämlich sein, sich in der Mordnacht in den Computer einzuloggen.«

Vermutlich nicht, scheuchte Katinka die Wespe weg. Es sei denn, der Täter war ungeplant zum Mörder geworden.

Sie rief Britta an.

»He, du hast Glück, ich komme gerade aus der Redaktionssitzung«, sagte Britta. »Was gibt's?«

»Eine Leiche.«

»Bitte?«

»Willst du die Exklusivrechte?«

»Scheibenkleister, spinnst du? War das gestern nicht noch eine eher harmlose Kleinigkeit, die was mit Akademikerneurosen zu tun hatte?«

Katinka seufzte. »Gestern ist nicht heute.« Sie schilderte Britta in kurzen Zügen, was passiert war. »Ruf diesen Urban Dütsch an. Die Polizei wird zwar irgendwann eine Pressemeldung herausgeben, aber die Kommissarin hat Haare auf den Zähnen. Privatdetektivinnen mag sie nicht, und sicher auch keine Presseleute. Und sag nicht, dass du von mir kommst.«

»Für wen hältst du mich, den Stümper vom Dienst?« Britta legte auf.

»So, als nächstes ein Termin mit Rumolt Lennert«, sagte Katinka zu sich.

Man hat mir zu Diensten zu sein.

Wer das verpasst, kriegt, was er verdient.

Er war nur ein Student. Ich habe üblicherweise wenig für Studenten übrig. Sie sind faul, leicht ablenkbar, ihre Ambitionen beschränken sich auf Kunst, Kultur, Bier, Sport. Mit all dem kann ich nichts anfangen.

Ich brauche sie nur von Zeit zu Zeit für meine Zwecke. Dazu eignen sich manche mehr und manche weniger. Einige sind widerspenstig und weniger leicht zu lenken als andere. Also verzichte ich auf deren Mitarbeit. Aber ich behalte sie natürlich scharf im Auge. Sie sind zu kontrollieren, sie sollen keinen Ärger produzieren.

Man wird mir nicht auf die Schliche kommen. Ich habe es zu klug angestellt.

Ich habe vernunftbesimmt, rational und logisch gehandelt. Diesmal habe ich mich an meine eigenen Gesetze gehalten. Weder die Polente noch diese Privattussi werden finden, was sie suchen. Sie finden eine Leiche, aber keine Fingerabdrücke, keine Tatwaffe. Mein Vater wäre stolz auf mich. Wenn er denn wüsste. Aber er kann es natürlich nicht wissen. Ich bin in völliger Sicherheit.

Stringent, wie ich bin, verfahre ich nach einem neuen Plan. Ich rechne mit nichts anderem, als dass alle spuren. Vorsichtshalber werde ich die Detektivin im Auge behalten. Sie ist eine Frau, und manche haben ja diverse Intuitionen. Natürlich halte ich persönlich nichts von unklaren Ahnungen. Die Kommissarin hat sicher keine.

Die Gesellschaft verlangt permanent unsere allumfassende Flexibilität, Innovativkraft und unsere unerschütterliche Zielstrebigkeit. Ich verkörpere alle drei Eigenschaften auf geradezu ideale Weise.

Habe ich Angst?

Ich habe keinen Grund, Angst zu haben.

Ich werde ohnehin gewinnen.

8. Rumolt Lennert

Laubachs Absolvent wohnte in der Lugbank, gleich neben dem Gemüsegeschäft.

Katinka stapfte durch das enge, nach frischer Farbe riechende Treppenhaus, als ihr Handy klingelte. Atemlos ging sie dran. »Palfy?«

»Sag mal, wo steckst du?«

»Tom!« Keuchend blieb Katinka stehen. Ihr war völlig entgangen, wie lange sie schon unterwegs war. Aber immerhin hatte Tom ihre Abwesenheit bemerkt. Von Zeit zu Zeit überkamen Katinka tatsächlich Zweifel, inwieweit er sie neben all seiner Arbeit wahrnahm. »Du, ich muss dir was Wichtiges erzählen, aber ich bin gerade auf dem Weg zu einem ... Informanten, und ...«

»Ich meine nur, weil du auf deinem Abschiedszettel was von Brötchen geschrieben hast.«

»Ach du Schande!« Katinka schlug sich die freie Hand vor die Stirn. »Ich habe sogar die Brötchen noch im Rucksack. Ich komme in Kürze. Bist du schon lange wach?«

»Es ist gleich elf«, rief Tom. Seine Stimme klang besorgt. »Ist was passiert?«

»Kann man so sagen. In circa einer Stunde bin ich da.« Mit einem kurzen Tippen auf die rote Taste würgte sie Tom ab und erklomm eilig die letzten Stufen zu Rumolt Lennerts Wohnung. Er lehnte schon in der Tür und sah neugierig ins Treppenhaus.

»Hallo«, sagte Katinka. »Ganz schön steil, Ihre Stufen.«

»Denkmalschutz!«, nickte Rumolt und ließ Katinka eintreten. Er trug die langen braunen Haare zu einem Pferdeschwanz gebunden, Cargohosen und ein schlabberiges T-Shirt. Seine kleine Wohnung hatte er geschickt eingerichtet. Subtil erhaschte Katinka den Geruch von Jasmin.

»Sie sind nicht zufällig auch noch Innenarchitekt?«, fragte Katinka erstaunt, als sie die schmalen Sessel, die Regale mit ausfahrbaren Arbeitsplatten und den Schreibtisch bewunderte, an dessen Enden kleine Fächer als Ablagen heruntergeklappt werden konnten. Sie nahm ihre beschlagene Brille ab und wischte sie sauber.

»Meine Freundin ist Schreinerin.«

»Toll«, entfuhr es Katinka.

»Möchten Sie einen Tee? Oder Mineralwasser?«

»Tee wäre gut«, sagte Katinka. Neugierig folgte sie Rumolt in die Küche. Sie war so schmal, dass gerade eine Person zwischen Schrank und Herd passte, aber lang genug, um darin zu viert Schlange zu stehen. Rumolt füllte Wasser in eine gläserne Teemaschine.

»Blödes Wetter«, sagte er und wies aus dem winzigen Erkerfensterchen auf das wässrige Grau.

»Kann man wohl sagen«, nickte Katinka.

»Setzen wir uns nach nebenan«, schlug Rumolt vor. Er schnappte sich zwei Keramikbecher von einem Wandbrett.

»Ich wollte Sie sprechen«, begann Katinka, »weil Professor Laubach mir erzählte, dass Sie das Programm für sein Wortbildungsprojekt maßgeschneidert haben.«

»Ja, das stimmt«, bestätigte Rumolt und wartete ab. Katinka fragte sich, wieweit er mit den Nibelungen gekommen war.

»Gibt es eine Möglichkeit, das Passwort zu umgehen?«

Rumolt sah Katinka nachdenklich an, dann sagte er: »Die gibt es schon. Für mich. Aber nicht für einen Nutzer, der keine Ahnung vom Programmieren hat.«

»Wissen Sie um die Vorgänge am Lehrstuhl?«

Rumolt lehnte sich in seinem Sessel zurück und streckte die Beine weit von sich.

»Ich kann mir denken, worauf Sie hinauswollen. Offiziell hat mir dort keiner was gesagt. Aber … ich war vor nicht allzu langer Zeit dort, um einige Veränderungen zu aktivieren. Während man am Lehrstuhl herumsitzt und seine Arbeit macht, bekommt man schon ein bisschen was mit.«

»Sie haben sich zusammengereimt, was abgeht?«

»Spielen Sie Rätselraten?« Rumolt lachte. »Tja, meine Meinung ist, dass dort Argwohn und Neid herrschen und keiner dem anderen über den Weg traut. Alle scharwenzeln um Laubach herum. Hat er mal einen Schnupfen, schleichen die ganzen Typen geduckt durch die Gänge und flüstern: *er ist erkältet, er ist erkältet.*« Rumolt grinste. »Ich meine, jeder ist mal krank, oder?«

Aus der Küche tönte ein Piepen zu ihnen herüber.

»Der Tee! Momentchen.« Rumolt ging hinaus und kam mit einer Kanne und einem Stövchen zurück.

»Danke.« Katinka trank gleich einen großen Schluck. »Darf ich aus Ihren Worten schließen, dass Sie Laubachs Mitarbeiter ein wenig … sonderbar finden?«

»Ich finde sie krank«, sagte Rumolt direkt. »Ich habe bei Laubach meine Zulassungsarbeit geschrieben. Als Professor, als Lehrer mochte ich Laubach immer sehr gern. Er bewertet seine Studenten fair und seine Vorlesungen sind lebendig und interessant, keine Schlafmittel wie bei den meisten anderen Dozis.«

Katinka wartete ab.

»Ich war mal Hiwi an seinem Lehrstuhl«, machte Rumolt weiter. »Aber dann bekam ich ein Angebot von einem Germanistikprof, der auch eine Hilfskraft suchte. Mit Laubachs Einverständnis habe ich gewechselt. Dieses Familiengetue bei ihm kann man nicht aushalten. Ich habe ja nichts dagegen, mal mit Kollegen ein Bier trinken zu gehen. Aber dabei dann auch noch gelehrt daherzureden, das krieg ich nicht auf die Ketten.«

Komischer Ausdruck, dachte Katinka. Laut sagte sie:

»Zugegeben, die Familienatmosphäre wirkt ziemlich aufgesetzt, aber krank …?«

»Aufgesetzt ist noch beschönigend gesagt. Sie ist geheuchelt. Denn hintenrum will jeder jedem an den Kragen. Ich habe mitgekriegt, wie Montfort und diese Burgwart miteinander im Assistentenzimmer, wo ich auch arbeiten musste, schön getan haben. Dann ging Fria Burgwart raus, und Montfort verdrehte die Augen und sagte so laut, dass ich es garantiert hörte: *Die tickt wirklich nicht mehr richtig*. Na ja«, Rumolt trank seine Teetasse leer und schenkte sich nach. »Fria Burgwart spielt dort wohl die Rolle des elenden Robinson. Entschuldigung, möchten Sie noch Tee?«

»Inwiefern Robinson?« Katinka beobachtete, wie Rumolt nachschenkte.

»Sie ist komplett isoliert. Arbeitet wahnsinnig viel und sieht auch völlig ausgelaugt aus. Manchmal treffe ich sie in der Bibliothek.«

»Aber Sie sind doch fertig mit dem Studium?«

Rumolt wiegte den Kopf. »Das schon. Ich wollte Lehrer werden und hatte sogar schon eine Referendariatsstelle. Aber dann bekam ich die Krise. Die nächsten knapp 40 Jahre gegen immer pathologischere Kinder und ihre Erzeuger in den Krieg ziehen? Nein, vielen Dank.«

Katinka grinste. »Jetzt arbeiten Sie als Programmierer?«

»Ja. Gerade mache ich ein kleines Programm für das Mittelalterzentrum und recherchiere ab und zu aus Interesse Hintergründe in der Bib.«

Katinka sagte nicht, dass sie einen ebenso ambitionierten Programmierer kannte. Stattdessen fragte sie:

»Wer könnte Ihrer Meinung nach der Urheber der Datenmanipulationen sein?«

»Darf ich ehrlich sein?«

»Ich bitte darum.«

»Elfi Lodenscheidt traue ich es nicht zu. Sie hat nicht das Format. Sprich, sie käme gar nicht auf so eine Idee, und außerdem hätte sie nicht die Nerven, es routinemäßig zu tun.«

Katinka zückte ihren Bleistift. Beide, Rumolt und Elfi, hielten nicht gerade das Beste voneinander. Elfi hatte ihr zu verstehen gegeben, dass sie Rumolt durchaus zutrauen würde, die Daten zu manipulieren. Weil er nicht dazugehörte, von außen kam, wie sie sich ausgedrückt hatte.

»Also, Elfi scheidet aus.«

»Meiner Auffassung nach«, sagte Rumolt erschrocken. »Ob ich damit richtig liege, weiß ich nicht.«

»Die Sekretärin?«

»Frau Först? Kann ich mir nicht vorstellen. Sie hat mit den wissenschaftlichen Dingen ja gar nichts zu tun. Im Übrigen ist sie glücklich, wenn ihre Tabellen und Listen in Ordnung sind und Laubach ihr einmal im Vierteljahr eine Schachtel Pralinen auf den Schreibtisch legt.«

»Montfort haben Sie auch nicht gerade als liebenswerten Zeitgenossen beschrieben.«

»Ach, der!« Rumolt machte eine wegwerfende Handbewegung. »Ich glaube, ihm ist das alles ziemlich egal, was am Lehrstuhl passiert. Er will seine Karriere vorantreiben. Mit einem dreijährigen Aufenthalt an einer deutschen Uni kann er daheim hausieren gehen! Außerdem macht er sich in Bamberg eine schöne Zeit. Ich sehe ihn ziemlich oft in Bierkneipen rumsitzen.«

»Allein?«, fragte Katinka interessiert.

»Meistens allein, ab und zu aber auch mit einer Frau. Verschiedenen Frauen.«

Katinka schrieb in ihr Notizbuch.

»Helena Jahns-Herzberg?«

Rumolt sah verdutzt drein.

»Hat sie nicht Erziehungsurlaub?«

»Das schon, aber ich habe den Eindruck, dass sie dennoch mitmischt, beispielsweise bei so wichtigen Dingen wie Personalentscheidungen.«

»Hm«, machte Rumolt und sah nachdenklich in die Ferne. »Das kann ich mir ganz gut vorstellen. Laubach schätzt sie sehr, glaube ich, und sie kann machen, was sie will, er hält es meist unbesehen für gut. Na ja, und Montfort erwähnte mal so nebenbei, dass er die Jahns schon kannte, bevor er den Job in Bamberg bekam.«

Katinka sah Rumolt überrascht an.

»Tatsächlich? Sind Sie sich ganz sicher?«

Rumolt nickte und Katinka spürte ein Rauschen in ihrem Kopf.

»Im Klartext, würden Sie Helena Jahns-Herzberg zutrauen, Daten zu manipulieren?«

»Also, ich weiß nicht.« Nun stand Rumolt auf und ging in dem kleinen Zimmer auf und ab. »Wirklich, mir ist das unangenehm. Ich habe kein Recht, irgendjemanden zu beschuldigen.« Seine Stimme klang hoch und nervös.

»Ich betrachte Ihre Informationen nicht als Beschuldigungen, Herr Lennert«, sagte Katinka beruhigend. »Aber ein Außenstehender kann Zusammenhänge in einer ansonsten hermetisch abgeschotteten Gruppe oft messerscharf durchschauen.«

»Na gut.« Rumolt setzte sich wieder, aber überzeugt sah er nicht aus. »Ja, ich traue Helena Jahns-Herzberg zu, anderen zu schaden, um selber besser dazustehen und schneller voranzukommen in der wissenschaftlichen Karriere. Sie ist mir von der ganzen Mischpoke am wenigsten sympathisch. Sie kann nichts genießen. Selbst die wissenschaftlichen Erfolge, die sie erzielt, scheinen für sie selbst nichts zu gelten. Sie hat mit summa cum laude promoviert, und ihre Habilitationsschrift ist in der Fachwelt gut aufgenommen worden. Man lädt sie als Referentin zu internationalen Kongressen ein. Aber sie wird immer nur noch hektischer und unruhiger. Nichts ist ihr genug. Sie liegt Laubach schon seitdem ich als Hiwi aufhörte in den Ohren, sie in das Herausgeberkollegium von dieser komischen Publikation aufzunehmen – *Panorama der Romanistik* heißt sie.«

»Aber Laubach will nicht!«

»Nein. Vielleicht weil er dann zu deutlich merkt, dass er älter wird.«

»Wie viele Herausgeber hat denn das berühmte Romanistenorgan?«, fragte Katinka.

»Vielleicht vier oder fünf«, sagte Rumolt. »Das gewichtige Teil steht in der Bibliothek im Lesesaal. Schauen Sie rein, da steht ja vorne drin, wer verantwortlich zeichnet.«

»Aber Sie sagten, Laubach findet alles gut, was Helena tut.«

»Ja, schon«, gab Rumolt unwillig zu. »Aber vielleicht denkt er auch, dass sie zuwenig Zeit hat, sich diese Arbeit auch noch aufzuhalsen. Immerhin hat sie jetzt zwei Kinder.«

»Das wundert mich überhaupt«, sagte Katinka mehr zu sich selbst. »So ein völlig unmütterlicher Typ.«

»Die Jahns ist aseptisch«, sagte Rumolt, und zum ersten Mal legte er eine deutliche Spur Emotion in seine Worte. »Ich möchte wissen, wie ihr Mann die Kinder zeugen konnte.«

»Ach du liebes Lieschen!«, entfuhr es Katinka. »So schlimm?«

Rumolt lachte laut. »Wissen Sie, was ich glaube? Sie hat sich zwei Kinder angeschafft, weil das halt auch zu einem normgerechten und erfolgreichen Leben gehört. Nur Wissenschaftlerin, das wäre zu wenig. Nein, die Jahns muss das volle Programm absolvieren.«

»Kennen Sie Carsten Stielke auch?«, wechselte Katinka das Thema.

»Mehr vom Sehen. Er machte kurz nach mir Examen. Jetzt will er wohl ein berühmter Wissenschaftler werden. Ich schätze ihn als total karrieregeil ein.«

»Und Sie wissen um die Story mit der Diskette?«

»Was? Nein! Was für eine Story?«

»Er hat angeblich eine Diskette mit allen seinen Doktorarbeitsdateien am Lehrstuhl vergessen, im Rechner.«

»Kann schon mal passieren«, meinte Rumolt unbeeindruckt.

»Kann passieren. Aber würden Sie sagen, es kann passieren, dass ein Doktorand keine weiteren Sicherheitskopien hat?«

Rumolt starrte Katinka mit offenem Mund an und sagte nichts.

»Genau!«, trumpfte sie auf. »Er behauptet steif und fest, keine weiteren Sicherungen zu haben. Einen eigenen PC hat er nicht. Und auch keine zweite Diskette.«

»Dazu kann man nichts mehr sagen«, erklärte Rumolt. »Disketten sind unerfreuliche Gesellen. Warum benutzte er keinen Flashstick?«

»Dann wären da noch die beiden momentanen Hiwis«, sagte Katinka, ohne auf seine wahrscheinlich rhetorisch gemeinte Frage einzugehen. Es fiel ihr mit einem Mal schwer, am Ball zu bleiben. Sollte sie Rumolt erzählen, dass Henry Wewerka ermordet worden war? Plötzlich war mit Übermacht der Wunsch da, alles loszuwerden, was sie bedrückte, vor allem der schreckliche Vorwurf der Kommissarin Winkler: Katinka ist schuld, denn Katinka hat geschnüffelt. Sie riss sich zusammen und sagte mit, wie ihr schien, belegter Stimme: »Ruth Lebewang und Henry Wewerka. Kennen Sie die?«

»Ruth Lebewang? Sie hockt, wenn mich nicht alles täuscht, in der Fachschaft der Sprach- und Literaturwissenschaften und mischt den Laden auf. Laubach hat Ruth angestellt? Schwer vorstellbar.«

»Warum?«

»Sie ist ziemlich … anders als die Persönlichkeiten, die Laubach üblicherweise bevorzugt. Nicht so duckmäuserisch. Und wie hieß der andere noch mal?«

»Henry Wewerka.« Katinka täuschte einen Hustenanfall vor, um ihre Bewegtheit zu überspielen. Rumolt sah sie schon komisch an.

»Nein, der Name sagt mir nichts«, sagte Rumolt.

Er würde es morgen ohnehin in der Zeitung lesen können. Katinka öffnete den Mund und sagte:

»Er ist gestern Abend umgebracht worden. In Frau Försts Sekretariat.«

»Was?«

Rumolt sah so entsetzt drein, dass Katinka sich noch schuldiger fühlte. Sicher war er auch der Meinung, dass es ihre Schuld war, wenn Henry Wewerka, das vielversprechende Talent aus Laubachs Stall, nun niemals der Wissenschaft zu Diensten sein konnte. Über ihren Augenbrauen schlugen zwei Schmerzblitze ein. Nervus supraorbitalis. Teilast des Trigeminus-Gesichtsnervs.

»Geht's Ihnen nicht gut?«, hörte sie Rumolt fragen.

»Nein, nicht besonders«, gab Katinka zu.

Rumolt schenkte ihr Tee ein. »Möchten Sie ein paar Kreislauftropfen? Ich habe selber niedrigen Blutdruck, nehme eigentlich immer welche.«

Katinka schüttelte den Kopf und trank ihren Tee. »Danke, das ist nett. Morgen werden Sie es in der Zeitung lesen, vielleicht behalten Sie es bis dahin noch für sich?«

Aber sie wusste, dass das fast unmöglich war. Ein Mord in der Uni! Ganz Bamberg würde sich das Maul zerreißen, wo doch jetzt nach Ostern wieder mal eine Weile nichts los war in der Stadt.

Ihr Handy klingelte.

»Palfy?«

»Liebknecht hier. Es tut mir Leid, aber es kam noch was dazwischen, bis ich mit Ihrem … Problem anfangen konnte. Ich muss Sie enttäuschen: Gestern Abend hat niemand mehr einen der Rechner am Lehrstuhl Laubach benutzt. Der letzte Logout war um 16:01. Das war Anna-Beata Först.«

Katinka fühlte sich sehr schwindelig, als sie sich bedankte und das Gespräch beendete.

Sie verabschiedete sich von Rumolt und radelte zu Tom, die duftenden Brötchen immer noch im Rucksack. Gegen alle Vorschriften bahnte sie sich ihren Weg über die Obere Rathausbrücke. Während sie ein paar beschirmte Touristen beiseite schob, hatte sie kaum einen Blick übrig für die faszinierend farbenfrohen Gemälde an den Außenwänden des Alten Rathauses, sondern tauchte unter dem Barockbalkon des Brückenturms durch und erreichte so den alten bürgerlichen Teil der Stadt. Tausend Gedanken lärmten unter ihrer nassen Kapuze. Um sich zu beruhigen, hielt sie beim *Culinar* an und kaufte ein bisschen Obst ein, hängte die Tüte an den Lenker und radelte auf den Schönleinsplatz zu. Am eigenartigsten an dem ganzen Fall schien ihr die verschwundene Diskette. Wie ein Märchen, dachte Katinka. Wer weiß, was auf der Diskette eigentlich drauf ist. Sie bog in die Herzog-Max-Straße ein und brauste am Amtsgericht vorbei auf das gelbe Backsteinhaus zu, in dem Tom wohnte. Vielleicht hat Stielke der Mut verlassen und er kommt mit seinem Dissertationskram nicht weiter. Wäre ja peinlich, das zuzugeben …

9. Lisbeth Frinke-Laubach

»Ich«, begann Katinka und stellte ihren Rucksack ab, »muss dir ganz viel erzählen!«

Tom drehte sich von seinem Bildschirm weg. »Lass mich das hier gerade noch zu Ende machen«, bat er. »Ich komme gleich.«

Katinka achtete nicht auf ihn. »Ich habe meine erste Leiche!«

»Was?«

Tom drückte automatisch auf die Tastenkombination, die seine Arbeit abspeicherte, und starrte Katinka mit offenem Mund an.

»Scheiße, oder? Echt scheiße.« Katinka spürte, dass ihr die Tränen kamen, nahm rasch die Brille ab und legte sie auf einen Papierstapel neben Toms Rechner.

»Wer …?«, fragte Tom.

»Henry Wewerka, der Student, mit dem ich gestern noch gesprochen habe. Ich bin schuld, verflucht.«

»So ein Quatsch!«

Tom brauchte die nächsten zwanzig Minuten, während sie Kaffee kochten und einen verspäteten Frühstückstisch herrichteten, um Katinka den Floh wieder auszutreiben, den die Kommissarin ihr ins Ohr gesetzt hatte.

»Du musst das so sehen«, sagte Tom und schmierte sich Marmelade auf sein Brötchen. »Irgendwas liegt an diesem Lehrstuhl ganz furchtbar im Argen. Da fehlte nur noch ein letzter Anstoß, damit jemand durchdrehte. Du warst dieser letzte Anstoß, aber bestimmt nicht die Ursache!«

»Ich hoffe es«, seufzte Katinka. Umgeben von Kaffeearoma und Marmeladenbrötchen fühlte sie sich schon besser. Langsam ließ das Pochen über ihren Augenbrauen nach. »Ist ein abscheuliches Gefühl, gestern noch mit jemandem gesprochen zu haben, der heute blutverkrustet unter der Polizeifolie liegt.«

Sie wartete einen Moment ab, dann fragte sie: »Du meinst, der Mörder ist jemand vom Lehrstuhl?«

»Wer sonst?«, fragte Tom. »Bricht jemand in ein Uni-Gebäude ein und ermordet die dort arbeitenden Angestellten? Wohl kaum, oder? Jedenfalls nicht zwischen sieben und neun am Abend. Da ist es momentan noch hell.«

Katinka lächelte milde. Helligkeit hinderte niemanden daran, zu morden, sofern die übrigen Umstände für das Vorhaben günstig waren. Aber dann fiel ihr wieder ein, was sie die ganze Zeit schon irritiert hatte:

»Henry war joggen. Er hatte Sportklamotten an und nichts bei sich, keine Aktentasche, wie er sie mittags noch mitschleppte. Der ist nicht zum Arbeiten gekommen, sondern er kam zufällig vorbei, auf seiner abendlichen Trainingstour. Womöglich fiel ihm ein, dass er irgendwas schnell erledigen konnte, oder vielleicht musste er aufs Klo oder hatte Durst. Eigenartig nur, dass man keinen Büroschlüssel bei ihm gefunden hat.«

»Der Mörder könnte seine Sachen weggetragen haben.«

»Dennoch, mit Joggingklamotten! Würdest du verschwitzt und schnaufend mal schnell eine Stunde arbeiten?«

Tom schüttelte den Kopf und goss sich noch ein Glas Orangensaft ein: »Was ist mit der Tatwaffe?«

»Ist auch nicht zu finden. Die Sekretärin schwört, ihr Parthenon-Tempel-Briefbeschwerer sei nicht mehr da.«

»Was willst du jetzt machen?«

»Weiterforschen«, grinste Katinka schief. »Ich mache mir eine Liste mit den Persönlichkeitsprofilen der Leute. Die Polizeitante hat mir zwar die Hölle heiß gemacht, ich sollte mich bloß nicht einmischen, aber ich muss ja noch den Datenfresser finden und den Diskettendieb.«

Tom sah zweifelnd drein. »Beides hängt womöglich zusammen. Du wirst der Polizei früher oder später in die Quere kommen. Außerdem finde ich das Ganze nicht gerade ungefährlich.«

Katinka legte ihr Messer hin, mit dem sie eben ein Brötchen hatte aufschneiden wollen. »Hör mal«, fing sie an. »Das ist mein Job. Gefahr gehört dazu.«

»Ja«, erwiderte Tom, und es schien ihm peinlich zu sein. »Aber wenn du zwischen die Fronten gerätst ... Vielleicht bringt der Psychopath auch noch die Privatdetektivin um die Ecke?«

»Du setzt voraus, dass der Urheber der Misslichkeiten bei Laubach und der Mörder identisch sind. Aber das muss ja nicht sein.«

»Wie ist es dann?«

»Will ich ja rauskriegen, gedulde dich.«

Tom schüttelte den Kopf. »Vielleicht solltest du den Fall lieber abgeben.«

»Wie meinen?« Katinka sah ihren Freund ehrlich entsetzt an. »Endlich habe ich einen Fall, und dann willst du, dass ich ihn schmeiße, bloß weil ich über die erste Leiche gestolpert bin?«

»Ich will nicht unbedingt, dass du ihn schmeißt«, erklärte Tom. »Aber ich kann mir Besseres vorstellen, als dass übermorgen die Bullen bei mir anrufen und mir deinen Rucksack und deine Klamotten vorbeibringen, weil du keine Verwendung mehr dafür hast.«

»Pah!«, rief Katinka und pfefferte ihr Brötchen zurück auf den Teller. »Tom, ich habe meinen Job, du deinen. Du kannst von mir aus deine Netzhaut bis ans Ende deiner Tage an den Bildschirm kleben, und ich kann Psychopathen hinterherspüren. Leben ist tödlich.«

Tom hob die Arme und streckte die Handflächen nach vorn.

Ihm war anzusehen, dass er keinen Streit wollte, und schon tat es Katinka Leid, gestänkert zu haben.

»Halte mich wenigstens öfter mal auf dem Laufenden. Ruf zwischendurch an. Wozu gibt 's Handys.«

Nachdem Tom sich halbwegs beruhigt wieder an seinen Schreibtisch zurückgezogen hatte, schrieb Katinka stichpunktartig nieder, was sie über die Persönlichkeiten der Laubach-Mitarbeiter erfahren hatte. Dabei kam ihr plötzlich der Gedanke, ob nicht auch Laubach selbst verdächtig war, und sie schrieb ihn mit dazu. Dann suchte sie sich die Förstschen Listen heraus, wo auch die Privatnummer des Professors notiert war. Dabei fiel ihr Blick auf eine weitere Tabelle: Lehrzeiten, stand darüber. Interessiert stellte Katinka fest, dass Laubach alle seine Lehrveranstaltungen auf Donnerstag und Freitag gelegt hatte, und zwar jeweils auf 14 bis 16 und 18 bis 20 Uhr. Welcher Student ging eigentlich freitags um sechs noch in die Uni? Sie sah auf die Uhr. Während Laubach lehrte, bestand sicher eine gute Möglichkeit für Katinka, sich mit seiner Frau auszutauschen. »Die wohnen in Breitengüßbach«, brummte Katinka mit dem Finger auf der Liste. Laubach und seine Leute waren anscheinend allesamt Frischluftfanatiker und Stadtflüchtlinge.

Sie lenkte Toms alten Ford Fiesta durch Schnüre von grauem Regen nach Breitengüßbach. Lisbeth Frinke-Laubach hatte ihr den Weg exakt beschrieben, und so bog sie an der Kreuzung ab und fuhr gleich nach der Eisenbahnbrücke wieder links. Im Gewirr all der Wohnstraßen stand unter einem tropfenden Regenschirm eine ziemlich bunte Person in Gummistiefeln und winkte ekstatisch dem Auto zu.

Katinka lehnte sich über den Beifahrersitz und öffnete die Tür: »Frau Laubach?«

»Ich dachte, ich hole Sie ab, sonst finden Sie unsere Bude vielleicht nicht!«, sagte Lisbeth. Sie klappte den Schirm zusammen, strich das lange, sacht rotgetönte Haar zurück und ließ sich auf den Sitz plumpsen. Sofort beschlugen sämtliche Fenster. Katinka kurbelte ihres herunter und versuchte, sich zu orientieren. Querstraßen und Sackgassen zweigten von der großen Wohnstraße ab.

»So verwirrend habe ich mir das hier gar nicht vorgestellt.«

»Ja, ja«, sagte Lisbeth klagend. »Wohngebiete werden verkehrsmäßig immer ein wenig seltsam erschlossen.«

Dicke Fliederbüsche ließen ihre von Blütenpracht und Wasser schweren Zweige über die Gartenzäune hängen. Die Kühle und der heftige Regen nahmen ihren berauschenden Geruch jedoch mit sich fort. Lisbeth Frinke-Laubach dirigierte Katinka durch einige Straßen und klopfte dann mit der Hand ans Fenster: Stopp, hier sind wir schon, halten Sie so nah wie möglich an der Gartenmauer.«

Katinka bremste und stellte den Motor ab.

»Dann wollen wir mal!« Die Professorengattin stieß die Tür auf, entfaltete zeitgleich den Schirm und tauchte in den Regen. Seufzend hastete Katinka hinterher.

»Schönes Haus«, sagte sie, als sie hinter Lisbeth Frinke-Laubach eintrat. Soweit sie sehen konnte, dämpften überall dicke Teppiche in fröhlichen Farben die Schritte. An den Wänden ragten Büchertürme auf, und da, wo ein wenig freier Platz geblieben war, prangten sonnenhelle Gemälde.

»Wir hatten einen italienischen Architekten«, antwortete Lisbeth fröhlich und schlüpfte aus ihrer Regenjacke. Darunter trug sie ein Leinenkleid in klassischem, nicht gerade figurnah zu nennendem Schnitt. Die Gummistiefel flogen in eine Ecke. Sie lief barfuß über die Teppiche und führte Katinka ins Wohnzimmer. Im Kamin brannte ein Feuer.

»Hm, herrlich«, sagte Katinka.

»Ja, bei diesem Wetter, nicht? Aber worüber wollten Sie mit mir sprechen? Über diesen bedauernswerten jungen Mann?«

»Auch. Kannten Sie ihn?«

»Ich erinnere mich an ihn, denn bei der letzten Weihnachtsfeier am Lehrstuhl war ich auch dabei – wie jedes Jahr.«

»Ist Ihnen an ihm irgendwas Besonderes aufgefallen?«

»Aber nein, nicht, dass ich wüsste.«

»Erzählen Sie mir doch etwas über die anderen Mitarbeiter Ihres Mannes«, bat Katinka. »Es ist nicht einfach, sich ein Bild zu machen, wenn man von außen kommt.«

Der Appell an Lisbeths Hilfsbereitschaft funktionierte. Sie sprang wieder vom Sofa auf, klappte eine Tür der Schrankwand auf, hinter der sich ein Kühlschrank verbarg, und holte eine Flasche Cidre heraus.

»Mögen Sie?«, fragte sie und hielt die Flasche hoch. »Also, ich kenne die hauptamtlichen Mitarbeiter sehr gut. Wir sind sehr befreundet mit dem Ehepaar Herzberg, Helena und Hermann. Ich spiele auch manchmal Babysitter für die beiden.«

Soso, dachte Katinka erstaunt. Laut fragte sie: »Helena ist sehr erfolgreich, oder?«

»Das schon, aber zufrieden ist sie eigentlich noch nicht. Ich finde, dass eine Frau ihres Alters allmählich eine Professorenstelle bekommen sollte. Sie bewirbt sich auf jede freie Professur, aber so einfach ist das nicht.«

»Einmal kamen ihr die Bewerbungsunterlagen abhanden?«

»Ja, eine schlimme Geschichte. Ich persönlich habe ja Fria im Verdacht. Die beiden sind wie Hund und Katze. Eine typische Frauenfeindschaft.«

Lisbeth lachte, als handele es sich um etwas Erfreuliches, und stellte zwei Gläser mit Cidre auf den Tisch.

»Sehen Sie, Helena kommt aus einer Akademikerfamilie. Der Vater Philosophieprofessor, die Mutter Mikrobiologin, hat lange am Max-Planck-Institut gearbeitet. Tja, und Fria kommt aus dem Proletariat. Ihr Vater war bei der Bahn.«

Katinka spürte, wie der Wunsch, zu widersprechen, irgendwas Zynisches zu sagen, das in ihrem Magen manövrierte, aber sie drängte das Brodeln in ihrem Innern zurück, um Lisbeths Redeschwall nicht zu unterbrechen.

»Mein Mann ist die blindeste Blindschleiche, die an seinem Lehrstuhl herumläuft, was Zwischenmenschliches betrifft«, verkündete Lisbeth, und stellte damit ihre eigene Befähigung auf diesem Gebiet heraus. »Wenn er nicht mit dem Kopf gegen irgendwas stößt, bemerkt er nichts.«

»Abgesehen von Ihrem Verdacht gegen sie – was halten Sie von Fria Burgwart?«

»Ich mag sie nicht. Sie merken, ich spreche ganz offen. Frau Burgwart arbeitete schon einige Monate am Lehrstuhl, bevor mein Mann sie fest anstellte, und zwar mit einem Werkvertrag. Ich habe Milo abgeraten, Fria zu nehmen. Ich mochte sie von Anfang an nicht, sie war und ist mir irgendwie suspekt.«

»Gibt es dafür einen besonderen Grund?«, fragte Katinka höflich. Alle hackten auf Fria herum. Sie tat Katinka beinahe Leid.

»Also, kommen Sie! Sie läuft herum wie ein Haufen Altkleider! Hat keine Freunde, keinen Mann, keinen Liebhaber, und lesbisch ist sie auch nicht. Finden Sie das normal?«

Lisbeth Frinke-Laubach schien tatsächlich auf eine Antwort zu warten, denn sie fixierte Katinka über ihr Cidreglas hinweg eindringlich.

»Sie hat tatsächlich keine Freunde?«

»Keinen Einzigen. Kein Wunder, wenn sie tatsächlich nur arbeitet, nie ausgeht, nie Urlaub macht, wie mir Helena immer sagt.«

»Hat sie überhaupt keine Familie?« Katinkas Mitleid vertiefte sich noch um eine Spur.

»Doch sicher, ihre Eltern sind noch am Leben, und soweit ich weiß hat sie einen Bruder. Sie fährt ab und zu an den Wochenenden zu den Eltern. Sie wohnen irgendwo bei Schweinfurt.«

»Erzählen Sie mir etwas über Ludovic Montfort.«

»Ludovic!« Auch Lisbeth legte diesen eigentümlichen Singsang an den Tag, als sie seinen Namen aussprach, beinahe wie Helena. »Ja, er ist ein Sonderling. Die Weihnachtsfeier nahm er zum Anlass, sich mit Punsch zu betrinken, und er kommt kaum zu den anderen Treffen, die wir regelmäßig abhalten.«

»Nehmen Sie immer daran teil, Frau Frinke-Laubach?«

»Laubach genügt.« Sie kicherte. »Als ich heiratete, hatte ich seltsame Kleinmädchenansichten. Nein, ich stoße ab und an dazu. Sagen wir, ich komme zu jedem dritten Treffen. Und die Weihnachtsfeiern lasse ich mir auch nicht entgehen. Sie sind ja so romantisch. Wissen Sie, wenn man keinen eigenen Job hat, nicht einmal einen Beruf, so wie ich, dann benötigt man eine Verankerung im Berufsleben des Ehemannes. Ich jedenfalls halte es so, und es hat bisher keinem geschadet.« Sie strich über ihr Kleid.

»Halten Sie Ludovic für fähig, Daten zu manipulieren?«

»Das kann ich nicht sagen. Aber ihm wird alles Mögliche einfallen. Vielleicht macht er es aus Jux und Tollerei? Ich sage meinem Mann immer, Milo, sage ich, du musst strengere Maßstäbe an deine Leute anlegen. Aber er hat kein Interesse daran, denn seine Wissenschaft interessiert ihn viel mehr. Milo ist vergesslich, das können Sie sich kaum vorstellen! Wenn ich ihm nicht mit allem hinterherlaufe … aber die Wissenschaft, die hat er im Griff. Er merkt sich jede Zeile, die er liest, und jede, die er schreibt.«

Das Telefon klingelte. Lisbeth Frinke-Laubach winkte ab.

»Ich habe den Anrufbeantworter angeschaltet, wir können uns ruhig weiterunterhalten. Das habe ich mir längst abgewöhnt, ständig für alle erreichbar zu sein. Man muss Prioritäten setzen.«

Katinka nickte und fahndete nach der nächsten sinnvollen Frage. Eine ruhige, angenehme Männerstimme sprach auf das Band.

»Können Sie mir auch was über Elfi Lodenscheidt verraten?«

»Elfi? Ach, ein nettes Mädchen. Bisschen naiv. Vielleicht sollte man sie mal zur Typberatung schicken, damit sie nicht immer herumläuft wie eine russische Putzfrau.«

Katinka staunte Bauklötze. In Sachen politischer Korrektheit schien Frau Frinke-Laubach ebenfalls ihre eigenen Ansichten zu haben.

»Na ja. Sie wird keine große Wissenschaftlerin, aber ihr Traum wäre es, bei einem Verlag unterzukommen. Ach, das war Hermann«, sagte Lisbeth mit einem Blick auf den Anrufbeantworter. »Gerade haben wir über ihn und Helena gesprochen, nicht?« Sie leerte ihr Glas und schenkte sich nach. »Ja, jedenfalls. Elfi ist auch Single. Carsten übrigens auch. Glauben Sie, dass er schwul ist?« Ihre Augen blitzten ironisch.

Katinka war sich hundertprozentig sicher, dass Carsten Stielke nichts von einem Schwulen hatte. Lisbeth wartete jedoch nicht auf Katinkas Reaktion, sondern sagte fröhlich: »Das junge, aufstrebende Talent hat keine Zeit für die Liebe. Bloß für die Wissenschaft.«

Katinka notierte sich noch Lisbeths ziemlich unersprießliche Meinungen zu den anderen Lehrstuhlmitarbeitern, aber nichts davon kam ihr sehr aufschlussreich vor. Entmutigt bedankte sie sich für die Auskünfte und den Cidre und verließ das Haus.

Als sie in Toms Wagen durch Hallstadt rollte, fragte sie sich, ob sie jemals ein Haus wie die Laubachs bewohnen würde, und welche Bemerkung ihr Architektenvater jetzt machen würde, könnte er ihre Gedanken lesen.

10. Drohungen

Katinka plante, bei Tom zu übernachten, aber sie brauchte einige Kleinigkeiten aus ihrer Wohnung. Nachdem sie den Ford Fiesta wieder in der Herzog-Max-Straße abgestellt hatte, radelte sie in die Gabelsberger Straße hinüber. Die turmhohen Kastanienbäume am Wilhelmsplatz öffneten die ersten Blüten. Das dichte Laub tauchte den Platz vor dem Oberlandesgericht beinahe ins Dunkel. Als Katinka über die Brücke fuhr, dachte sie zum hundertsten Mal darüber nach, weshalb sie eigentlich nicht zu Tom zog. Sie könnten sich dann die Miete teilen, Toms Wohnung war außerdem größer, und neben der finanziellen Ersparnis wäre auch ein wenig mehr Ruhe in ihrem Leben von Vorteil. Es schien Katinka ein sinnloser Aufwand, ständig zwischen Gabelsberger Straße, Herzog-Max-Straße und Hasengasse hin und her zu radeln. Sie bog ab und fuhr ein kurzes Stück unter den Kastanienbäumen am Kanal entlang, bis sie nach rechts in die Gabelsberger Straße kurvte. Nur der restfeministische Urgrund, auf dem sie sich eingerichtet hatte, hielt sie noch davon ab, ihre so genannte Freiheit aufzugeben. »Wer ist schon frei«, murmelte Katinka vor sich hin, »und was ist eigentlich so toll an der Unabhängigkeit?« Sie fragte sich ernsthaft, ob es irgendjemanden auf dieser Welt geben konnte, der tatsächlich unabhängig war, und kam zu dem Schluss, dass kein Mensch als komplette Neutralität durch die Welt spazierte. Wozu auch, dachte sie, während sie vom Rad stieg und es durch die parkenden Autos hindurchschob.

Sie schloss die Eingangstür auf und lief schon die Treppen hinauf, als hinter ihr Beinerts Wohnungstür aufging.

»Frau Balfy«, kam er ins Treppenhaus gewuselt. »Frau Balfy, wardns amol!«

Katinka war zwar zu einem gewissen Grad von Toms Abneigung gegen eine zu starke Ausprägung des fränkischen Dialekts beeinflusst, aber ihr stießen weniger die viel zu häufigen Bs und Ds auf als vielmehr die direkt und unbeschwert ausposaunten Kommandos und Befehle.

»Herr Beinert, ich habe gerade keine Zeit!«, rief Katinka über die Schulter. Sie hatte keine Lust, seine braune Strickjacke über den Hosenträgern, die graue Flanellhose und die blauen Socken in den beigen Sandalen anzustarren.

»Nur an Momend!«, flehte Beinert geradezu. »Singers sind überzeugt, dass bei Ihna ana eingebrochn hod.«

Wie immer, wenn Hugo Beinert mit Katinka sprach, wechselte er zwischen seinem Mutterdialekt und einer Version des Deutschen, die er selbst für Hochdeutsch hielt, hin und her.

»Bei mir oder bei Singers?«, fragte Katinka zerstreut nach und klimperte mit ihrem Schlüsselbund.

»Bei Ihna, Frau Balfy«, rief Beinert aufgeregt und stippte mit seinem Zeigefinger zur Verdeutlichung nach Katinka. »A Fraa wor do, die wolld zu Ihna, Frau Balfy, aba Sie worn ned do, do hot sa on Ihra Tür manibuliert.«

»Manipuliert?«, fragte Katinka, deren Herz ein bisschen schneller ging. Dennoch durfte sie sich nicht allzu sehr beunruhigen, denn Beinert hatte auch schon den zehnjährigen Enkel der Singers als Panzerknacker entlarvt.

»Wilhelm Singer socht, die Fraa wolld nei Ihra Wohnung, mit am Zweidschlüssel!«

»Wie sah die Frau aus?«

Katinka konnte sich nicht erinnern, irgendjemandem einen Zweitschlüssel gegeben zu haben, außer Tom, und der lagerte sicher neben Toms Computern in einer Geldkassette.

»Na ja, hald a Fraa«, sagte Beinert zögerlich und tänzelte auf seinen beigen Sandalen näher. Katinka gab sich einen Ruck.

»Danke, Herr Beinert, ich frage mal bei Singers nach.«

»Ja, aber …«

Gott sei Dank ist er lauffaul, dachte Katinka grimmig, während sie den Schlüssel in ihr Schloss steckte. Sonst würde er mir bis zur Tür und vielleicht noch weiter hinterherrennen. Sie betrachtete ihre Tür und ihr Schloss genau, aber anscheinend war die ominöse Besucherin nicht hereingekommen. Nachdenklich ging Katinka durch die kleine Wohnung. Nichts sah verändert aus. Zu stehlen gab es hier auch nicht viel, das schon eher in der Hasengasse, da stand die ganze Bürotechnik herum, die sie sich hatte leisten können, Laptop, Anrufbeantworter, Fax, aber das war eigentlich auch schon alles.

Sie ging ins Schlafzimmer und warf ein paar Sachen in ihren Rucksack, Wäsche, Strümpfe, eine frische Jeans. In der Küche fiel ihr auf, dass der Wäschekorb beinahe überlief. Sie könnte die Waschmaschine jetzt anwerfen und abwarten, bis sie fertig war, bevor sie wieder zu Tom aufbrach.

Es klingelte in dem Moment, als Katinka auf den Ein-Schalter der Waschmaschine drückte. Zuerst war sie sich nicht sicher, ob sie tatsächlich die Türglocke gehört hatte, denn das Wasser gurgelte in die Maschine und machte einen Lärm wie ein mittlerer Gebirgsbach. Aber dann klingelte es wieder, diesmal lang und anhaltend.

Katinka ging zur Tür und ertappte sich bei dem Gedanken, jetzt gerne ihre Beretta bei sich zu haben – aber die lag, im Sinne des Gesetzgebers verschlossen, in der Hasengasse. Sehr schlau, dachte Katinka und spähte durch den Spion.

Ihr Besucher war allerdings ungefährlich.

»Herr Singer«, sagte sie überrascht. Sie riss die Tür auf.

»Guten Abend, Frau Palfy«, sagte Wilhelm Singer. »Ich störe

ja ungern, aber Agathe meinte, ich sollte doch mal bei Ihnen vorbeischauen, ob alles in Ordnung ist.«

»Kommen Sie rein«, sagte Katinka. Eine Kohorte Ameisen marschierte durch ihren Bauch.

»Nein, ich will nicht lange bleiben.« Er warf einen verunsicherten Blick die Treppe hinunter. Er kontrolliert, ob Beinert in Hörweite ist, dachte Katinka genervt. Es wurde wirklich Zeit, dass sie auszog. Rasch komplimentierte sie den alten Herrn in ihren Korridor.

»Nur auf ein Wort, Frau Palfy«, sagte er, »heute Nachmittag hat eine Frau versucht, in Ihre Wohnung zu gelangen.«

»Wie sah die Frau aus?«

»Tja«, sagte Singer hilflos. Das hatte sich Katinka schon gedacht. Zu einer exakten und damit nutzbringenden Personenbeschreibung war er nicht in der Lage.

»Ich würde sagen, vielleicht so groß und schlank wie Sie, Frau Palfy. Sie hatte ein Kopftuch auf und trug eine Sonnenbrille. Ich finde, das ist doch verdächtig bei diesem Wetter, nicht wahr?«

Das fand Katinka auch.

»Wie war sie sonst gekleidet?«

Wilhelm Singer zuckte bedauernd die Schultern. Er konnte weder angeben, ob die Frau eine Hose, noch, ob sie einen Rock getragen hatte.

»Ich habe es meiner Frau erzählt. Wir fanden das beide so eigenartig, verstehen Sie, und Agathe meinte, wo Sie doch so einen gefährlichen Beruf haben ...«

Katinka musste lächeln. So viele Leute, die sich Sorgen machten um die Risiken, die das Privatdetektivinnendasein mit sich brachte!

»Wann genau war das, Herr Singer?«

»Um vier, ziemlich genau«, sagte er stolz. »Kurz, bevor wir unseren grünen Tee trinken, bin ich nach unten zum Briefkasten gegangen, weil Agathe immer so gerne durch die Werbemagazine blättert, die den ganzen Tag über eingeworfen werden. Also, ich komme aus unserer Wohnung, und vor Ihrer Tür steht diese Frau!«

Um vier, überschlug Katinka rasch. Um die Zeit war sie bei Lisbeth Frinke-Laubach im Wohnzimmer gesessen.

»Danke, das ist lieb, dass Sie mir Bescheid gesagt haben«, sagte Katinka.

»Sehen Sie sich vor, Frau Palfy. Wenn ich nicht gekommen wäre, vielleicht hätte die Frau Ihre Wohnungstür aufgekriegt. Sie hatte einen riesigen Schlüsselbund dabei.«

»Ach?«, entfuhr es Katinka, aber dann lächelte sie. »Schönen Abend!«

Wilhelm Singer verschwand mit einem Kopfnicken in seiner Wohnung auf der anderen Seite. Als er die Tür ganz aufstieß, sah Katinka im Schatten des Flurs die kleine Agatha Singer stehen.

»Einen Schlüsselbund«, sagte sie nachdenklich zu sich selbst, als sie in der Küche die Mokkakanne auf den Herd stellte. »Wieso einen ganzen Schlüsselbund?«

Es begann zu brodeln, und zischend flutete der Kaffee in die obere Hälfte der Kanne. Katinka schnupperte genüsslich. Sie liebte das Aroma von frisch zubereitetem Mokka, Espresso, Kaffee, egal in welcher Variation. Durstig holte sie sich eine *tazzina* und goss sich die heiße, schwarze Flüssigkeit ein. Als sie den Zuckerstreuer zur Hand nahm, klingelte ihr Handy.

»Hallo?«, rief sie aufgeregt hinein.

»Katinka? Hier Britta. Du, ich muss mich unbedingt bei dir melden. Ich habe einen Artikel für die morgige Ausgabe. Was meinst du … ich lese ihn dir vor, ja?«

Mit gemischten Gefühlen lauschte Katinka Brittas Text. Aber zu ihrer Beruhigung kam weder sie selbst als Quelle vor, noch steckten irgendwelche Andeutungen in dem Artikel, dass es am Lehrstuhl Laubach eigenartige Vorkommnisse gegeben hatte.

»Habe ich was Wichtiges vergessen?«, fragte Britta.

»Nein, ich denke nicht.«

»O.k.«, sagte Britta. »Ich muss den Text rausgeben, deshalb bin ich in Eile. Außerdem muss ich mir ja noch ein bisschen Stoff zurückhalten, damit für die Samstagsausgabe auch was übrig bleibt.«

»Warte mal, Britta!«, sagte Katinka eilig und stellte ihr Mokkatässchen ab. »Du wolltest dich doch mal umhören, was Laubach betrifft …«

»Ich rufe in Kürze zurück. Der Text muss nur raus. Bis gleich.«

Katinka war dankbar, dass sie nicht wie Britta sklavisch an Zeiten gebunden war. Tatsächlich stellte sie es sich extrem stressig vor, irgendeinen Bericht binnen einer genau einzuhaltenden Frist zu schreiben. Ich wäre total blockiert, dachte Katinka, spülte Mokkakanne und Tasse aus und trat auf den Balkon. Allmählich konnte der Regen schon ein bisschen nachlassen, fand sie. Apropos Bericht. Sie müsste für Laubach, ihren Auftraggeber, eine Zusammenfassung ihrer Aktivitäten tippen. Aber das hatte Zeit bis morgen, fand sie. Im Augenblick spukten ihr so viele Gedanken durch den Kopf. Wer war die Frau an der Tür gewesen, weshalb besaß sie einen Schlüsselbund mit offensichtlich reichhaltiger Auswahl an Schlüsseln, wie er zur Ausstattung von Schlüsseldiensten gehörte? Kopftuch und Sonnenbrille … Katinka grinste, als sie beim Durchgehen ihrer weiblichen Verdächtigen automatisch an Elfi Lodenscheidt dachte. Zu ihr würde die Verkleidung gut passen. Stielke als Frau verkleidet allerdings … Katinka rieb sich die Stirn. Verdächtig breitschultrig war er ja nicht gerade.

Während Katinka der Waschmaschine beim Waschen zusah, erschien ihr die Aussicht, heute Nacht bei Tom zu schlafen, ziemlich angenehm.

Britta rief zurück.

»Also, was Laubach betrifft«, begann sie. »Stichpunktartig

die wesentlichen Sachen, aber ich denke, du kennst sie schon. International sehr anerkannt im Fach, was auch den Bekanntheitsgrad der Universität Bamberg im Ausland enorm steigert. Er verfügt über gute Kontakte zu Romanisten in Frankreich, im französischsprachigen Teil Kanadas und in anderen Ländern. Einmal im Jahr, im September, reist er nach Quebec zu Vorträgen. Er gibt eine anscheinend sehr geschätzte Publikation heraus, wie hieß das noch gleich ...« Katinka hörte Britta mit Papier rascheln.

»*Panorama der Romanistik*«, half sie aus.

»Exakt«, rief Britta erfreut. »Ich sage ja, du weißt schon alles. In dem Herausgeberkollegium sind nur Männer, das ist vielleicht nicht unüblich. Es wird bei dem Verlagshaus in Berlin, wo es erscheint, im Internet heftig beworben.«

Katinka schlug sich an die Stirn. Natürlich, ein paar Internetrecherchen hätten genügt. Wieso verließ sie sich so auf Brittas Spürnase?

»Was meinst du mit heftig?«

»Na ja, dass eben alle fünf Herausgeber die geachtetsten, geschätztesten, prominentesten und damit tollsten romanistischen Zeitgenossen sind, die man sich vorstellen kann!«, sagte Britta. Sie schien in irgendeinen Keks zu beißen, denn es krachte ein wenig, während Britta weitersprach, und die nächsten Sätze kamen recht undeutlich bei Katinka an.

»Demnächst plant er ein Symposion in Bamberg«, fuhr sie fort. »Darüber hat Alban schon ganz kurz berichtet, und er ist von Laubach sogar eingeladen worden, an der Veranstaltung teilzunehmen. Die Uni hat zwar einen eigenen Pressesprecher, aber Laubach verlässt sich lieber auf uns.« Britta biss in den nächsten Keks.

»Entschuldige, ich bin heute vor Aufregung um den armen Studenten nicht zum Essen gekommen. Du kennst meine Meinung über unsere Zeitung, aber natürlich freuen wir vom FT uns, wenn die Unileute uns zur Abwechslung mal loben.«

»Ich glaubs dir«, sagte Katinka matt. »Weißt du irgendwas über Laubach privat? Gesellschaftliche Aktivitäten, zum Beispiel.«

»Alban ist überzeugt, dass Laubach Mitglied beim Lions Club ist.«

»Bei seiner Preislage ist das zu erwarten«, bestätigte Katinka.

»Dann solltest du dir die Internetseiten des Lehrstuhls mal zu Gemüte führen. Vielleicht gibt dir das einigen Aufschluss.«

»Warum?«

»Die Selbstinszenierung ist einfach der Wahnsinn«, sagte Britta. »Sie feiern sich wie ein Königshaus. Was sie alles tun und können und wie wunderbar sie sind. Man sollte die Seite knacken und ein letztes Foto von Henry dazuschalten.«

Brittas Bemerkung versetzte Katinka einen Stich in der Herzgegend. Schnell fragte sie:

»Hat dir Johanna Winkler Informationen gegeben?«

»Der Pressesprecher auf der improvisierten Pressekonferenz. Die Tusse hat Haare auf den Zähnen. Wie gut, dass wir Zeitungsfritzen mal wieder als Verteiler gebraucht werden. Bisher hat die Kommissarin keine Zeugen und anscheinend auch keinen Anhaltspunkt. Du, ich muss Schluss machen. Trinken wir einen spontanen Kaffee nächste Woche, ja?«

Dass Britta keinen Vorschlag für eine Wochenendgestaltung machte, kam Katinka verdächtig vor. Vermutlich wurde es doch was mit Alban Hanke, dem Redakteur der Hochschulseite.

Katinka nahm die Wäsche aus der Trommel und überlegte. Wenn Montfort und Helena Jahns-Herzberg sich schon länger gekannt hatten ... Sie ließ die Schlafanzughose, die sie gerade auf die Leine hängen wollte, in den Plastikkorb zurückfallen und schnappte sich ihr Handy. Sie erreichte Montfort zu Hause. Er ging sofort an den Apparat.

»Katinka Palfy hier.«

»Bonsoir, Madame«, surrte er.

»Ich habe noch einige Fragen«, begann Katinka. »Seit wann kennen Sie Helena Jahns-Herzberg?«

Am anderen Ende herrschte einen Augenblick Schweigen, dann sagte Montfort:

»Sie wissen es doch sicher schon, sonst würden Sie die Frage nicht so stellen, nicht wahr? Also gut, am Lehrstuhl sollte es niemand wissen, aber ich kenne Helena seit einem guten Jahr. Wir lernten uns auf einer Tagung kennen.«

»Frau Jahns-Herzberg hat Ihnen die Stelle bei Laubach verschafft, oder?«

Wieder Stille. Montfort rang mit sich, das war deutlich zu hören.

»Ist das wichtig?«

»Allerdings«, erwiderte Katinka. »Denn wenn Sie Frau Jahns-Herzberg Ihren Posten verdanken, stehen Sie doch sicher in der Pflicht.«

Montfort stieß ein Geräusch hervor, das Katinka nicht recht deuten konnte. Seine Stimme klang genervt, als er sagte:

»Und? Was meinen Sie damit?«

»Nichts«, sagte Katinka milde und grinste vor sich hin. Er leugnete nicht. Die Sache schien auch zu eindeutig. Was dies für ihren Fall bedeutete, war ihr allerdings noch nicht klar. Zu wie viel und wozu konkret konnte Montfort von Helena gezwungen werden?

»Könnten Sie im Auftrag von Helena Jahns-Herzberg Daten vernichtet haben?«

Montfort schnaubte.

»Was bilden Sie sich denn ein?«, rief er ins Telefon. »Am Ende habe ich auch noch Henry ermordet, weil Helena es mir suggeriert hat, ja? Hören Sie mal, die Polizei hat mich heute schon ausreichend unter Druck gesetzt, nur, weil ich in ihren Augen kein vernünftiges Alibi habe. Ich habe die Schnauze wirklich voll.« Es hörte sich beleidigt an. »Helena sieht mich jedenfalls nicht als Konkurrenten, wie gewisse andere Leute am Lehrstuhl«, beendete Montfort seine Schwadronade.

Ja, weil du nicht ihre Klasse hast, dachte Katinka grimmig. Leider bist du mir trotzdem kein bisschen sympathischer. Sie wünschte Montfort einen angenehmen Abend und drückte den Aus-Knopf.

Am Freitagmorgen schloss Katinka einigermaßen ausgeschlafen ihre Detektei auf und warf ihren Rucksack mit Schwung auf den Schreibtisch. Am Abend zuvor hatte sie sich noch einige Kleinigkeiten notiert, die zu tun waren. Routinemäßig bei der Polizei anrufen, möglichst Urban Dütsch an den Apparat kriegen und nachfragen, ob es Neuigkeiten gebe. Im Internet die Webseiten von Laubachs Lehrstuhl ansehen. Dann musste sie unbedingt noch einen ersten Arbeitsbericht für Laubach zusammenstellen, obwohl sie bisher so gut wie nichts herausgefunden zu haben glaubte.

Doch alles kam anders. Der Anrufbeantworter blinkte. Erstaunt drückte Katinka auf *Wiedergabe*.

»Halt dich raus. Halt dich raus. Halt dich raus!«, schepperte es aus dem kleinen Lautsprecher.

Katinka fuhr heftig zusammen. Ihr Herz hatte schon den schnelleren Gang eingelegt. Es klickte, und der Anrufbeantworter gab sein übliches Getute von sich, mit dem er signalisierte, dass sich keine weiteren Nachrichten auf dem Band befanden.

»Das gibt's nicht«, flüsterte Katinka. Instinktiv sah sie sich um. Bisher hatte sie immer unbehelligt in ihrem kleinen Büro gesessen, bei unverschlossener Tür. Wollte sie denn nicht, dass Kunden hereinspazierten und ihr Aufträge erteilten? Sollte sie sich jetzt verbarrikadieren? Durch die Hasengasse kamen wenige Leute. Womöglich war es ganz einfach, sie unbemerkt an ihrem Schreibtisch zu liquidieren. Durch die große Scheibe gab sie die perfekte Zielscheibe selbst für stümperhafte Schützen ab. Ein Schalldämpfer, ein gezielter Schuss, und die aufstrebende Detektivin war nicht mehr.

Julius Liebitz' alteingesessene Detektei lag im ersten Stock. Katinka hatte sich dort stets sicher gefühlt. Ein Videoauge bewachte den Eingang, und wer hineinwollte, musste seinen Namen nennen und angeben, um welchen Fall es sich handelte. Niemand konnte einfach so rein. Doch ihr kleiner Raum war mal ein Reisebüro gewesen, mit großformatigen Schaufenstern.

Katinka starrte unsicher auf den Anrufbeantworter. Zu Hause in der Gabelsberger Straße hatte sie das kleine Schuhschränkchen so dicht wie nur möglich hinter die Wohnungstür geschoben. Wer jetzt hineinkam, würde als erstes gegen das Schränkchen rasen. Katinka hatte eine kleine, clevere Vorrichtung angebracht, deren Zustand ihr darüber Auskunft geben würde, ob jemand in der Wohnung gewesen war. Dennoch kam ihr das alles mit einem Mal nicht mehr spannend vor. Sie überwand sich und drückte noch mal auf die Wiedergabetaste.

»Halt dich raus. Halt dich raus. Halt dich raus!« Weshalb kam ihr die Stimme vage bekannt vor? Ihre Knie fühlten sich ganz weich an. Sie konnte nicht einmal sagen, ob ein Mann oder eine Frau auf das Band sprach. Es hörte sich an, als spreche die Person durch ein Glas oder ein Butterbrotpapier. Woher sollte sie die Stimme kennen? Katinka zerbrach sich den Kopf, während sie wieder einen besorgten Blick zur Tür warf, dann kurz entschlossen den Schlüssel von innen ins Schloss steckte und ihn zweimal umdrehte.

»Ich werde neurotisch«, beschimpfte sie sich selbst. Mit zitternden Händen setzte sie den Wasserkocher in Betrieb. Eine Tasse Tee konnte jetzt nicht schaden.

Wilhelm Singer hatte sich diese Geschichte mit einer Kopftuch bewehrten Frau, die sich Zugang zu ihrer, Katinkas, Wohnung verschaffen wollte, bestimmt nicht ausgedacht. Er hatte ehrlich besorgt gewirkt. Katinka kritzelte auf ein Schmierblatt die Namen der Frauen, mit denen sie im Fall Laubach bisher zu tun gehabt hatte: Helena Jahns-Herzberg, Fria Burgwart, Elfi Lodenscheidt, Ruth Lebewang, Anna-Beata Först, Lisbeth Frinke-Laubach. Welcher von ihnen sollte sie zutrauen, sich mit einem Vorrat an Schlüsseln bewaffnet in ihre Wohnung schleichen zu wollen? Lisbeth kam nicht in Frage, denn wenn Singers Zeitangabe stimmte, stand die Unbekannte gerade da vor Katinkas Wohnung, als sie selbst mit Lisbeth Frinke-Laubach in Breitengüßbach Cidre getrunken hatte. Katinkas Fantasie schickte ein Bild los, wie sich Carsten Stielke mit Kopftuch und Sonnenbrille ausrüstete.

Ruth könnte ich mir in dieser Rolle ganz gut vorstellen, dachte Katinka, während sie in ihren Tee pustete, damit er schneller abkühlte. Konnte die unheilvolle Stimme zu einer der sechs gehören? Katinka überwand sich und ließ das Band wieder ablaufen.

»Halt dich raus. Halt dich raus. Halt dich raus!«

Die Stimme rührte an irgendeine sehr flache Erinnerung. Irgendwo in ihrem Gedächtnis sauste ein Prozessor auf Hochtouren hin und her, um sie zutage zu fördern, aber ohne Erfolg.

Routinemäßig kontrollierte Katinka Waffenschränkchen und Waffe.

Tom hatte sie gestern nichts von dem versuchten Einbruch erzählt. Er hätte glatt durchgedreht.

Zusammenziehen ... Allmählich machte schon allein das Wort Katinka Schwierigkeiten. Tom wollte wohl gern, dass sie bei ihm einzog, aber Katinka dachte an die Rückzugsmöglichkeit, die ihr eine eigene Wohnung bot. Außerdem hatte sie viel zu lange emanzipatorische Thesen vertreten. Sie und Britta waren beide der Meinung, dass frau sich keinesfalls von einem Mann abhängig machen sollte. Jedenfalls nicht materiell, wenn das Herz schon nicht zu beeinflussen war. Männer, so Brittas Credo, sollten immer in einer gewissen Unsicherheit gehalten werden, damit sie in ihren Bemühungen nicht nachließen. Apropos Britta: Sollte Katinka ihr Bescheid geben, wegen der Frau an der Tür?

Rasch fingerte sie aus ihrem Rucksack den FT von heute.

Rätselhafter Mord an Bamberger Uni, lautete die Schlagzeile. Britta hatte die Geschichte klug aufbereitet und sogar eine kleine psychologische Abhandlung über den Anteil von Akademikern an Gewaltverbrechen eingebaut. Hoffentlich bekam sie keine Schwierigkeiten. Im Lions Club saß außer Laubach sicher auch der Chefherausgeber des einzigen Bamberger Blattes.

»Britta? Ich bin's, Katinka.«

»Super, dass du anrufst. Ist gut platziert, meine Geschichte, nicht wahr?«

»Absolut. Gut geschrieben, Britta. Wobei ich die Polizeiversion, die sicher aus dem Mund der Winklerin kam, nicht glauben kann: ein privater Hintergrund, gar ein Eifersuchtsdrama …«

»Tja«, machte Britta. »Das wurde auf der Pressekonferenz kolportiert.«

»Hör mal, was anderes: Mein Nachbar, der alte Wilhelm Singer, schwört Stein und Bein, dass gestern Nachmittag eine Frau mit einem Nachschlüssel in meine Wohnung einbrechen wollte. Und gerade kam ich in die Hasengasse und hatte eine scheußliche Drohung auf dem AB.«

»Drohung?« Britta wurde hellhörig. Sie lauschte Katinkas Bericht, und sagte dann: »Vielleicht liegt Tom nicht ganz falsch mit seiner beständigen Nervosität, dass dein Job riskant werden kann.«

»Was soll ich denn machen«, rief Katinka wütend ins Telefon. »Umschulen? Kassentante bei *Aldi* spielen? Wer bequatscht meinen Anrufbeantworter mit Abfall, verdammt noch mal! Und wer wollte in meine Wohnung?«

Britta schwieg nachdenklich, bevor sie ihr journalistisches Statement abgab:

»Natürlich sollst du dich nicht raushalten. Du musst so vorgehen, dass du einen Verdächtigen nach dem anderen aussortierst. Geh doch mal mit diesem Montfort ein Bier trinken. Kann doch sein, dass er dir da ein bisschen mehr erzählt, als bei einem offiziellen Verhör an seinem Arbeitsplatz.«

»Das war kein Verhör, das war eine Befragung«, verbesserte Katinka ärgerlich. »Ich melde mich bei dir.«

Genervt legte sie auf. Draußen liefen zwei Studenten auf dem Weg vom nahen Copy Shop zur Uni vorbei. Sie schleppten Berge von Büchern mit sich herum. Neugierig linsten sie in Katinkas Büro, einer blieb sogar stehen und las ihr Schild.

Ich könnte mir Lamellenvorhänge zulegen, dachte Katinka, eigentlich sitze ich hier wirklich wie auf dem Präsentierteller. Am besten investiere ich gleich Laubachs Kohle.

Dabei war ihr schon länger der Gedanke an Kontaktlinsen im Kopf herumgespukt. Gerade an diesen Regentagen war es eine Art Zufall, wenn sie nach drei Minuten auf dem Fahrrad überhaupt noch irgendetwas sah. Tom juxte manchmal herum, es wäre sicher billiger, Scheibenwischer auf den Brillengläsern zu installieren, als sich Kontaktlinsen zuzulegen. Katinka fand das normalerweise nicht witzig, und am allerwenigsten heute morgen. Wenn ihr an Tom etwas auf die Nerven ging, dann dieses Herumreiten auf dem Thema *Geld*. Wahrscheinlich, weil ich nicht genug habe, dachte sie. Legte gleich eins nach: Typisch Frau, sich immer zuerst selbst die Schuld zu geben.

Versonnen nahm sie die Brille ab und stierte in ihre Teetasse. Je länger sie hier bewegungslos am Schreibtisch saß, umso mühevoller wurde es, wieder irgendwas Sinnvolles zu tun.

Rasch setzte sie die Brille wieder auf und klickte sich ins Internet.

Britta hatte recht gehabt. Die Webseiten, die Laubachs Lehrstuhl vorstellten, begnügten sich nicht mit Informationen. Die Darstellung der Qualifikationsarbeiten, Teilnahmen an vernetzten Projekten, eingeworbenen Drittmittel und Lehrveranstaltungen, die Berichte über die Anzahl der Studierenden und die Berufserfolge der Absolventen tummelten sich allesamt im Superlativ. Katinka klickte auf den Link *Mitarbeiter*. Die Visagen all ihrer Verdächtigen bauten sich auf dem Bildschirm auf. Zuoberst befand sich Helenas Bild. Alle blickten lächelnd auf den Betrachter, und sogar Elfi Lodenscheidt sah auf dem Foto ganz annehmbar aus. Nur Frias Blick wirkte irgendwie versteinert, fand Katinka. Vielleicht war sie zornig gewesen, in ihrer vielen Arbeit unterbrochen zu werden, um sich für ein Digitalfoto porträtieren zu lassen. Erstaunt stellte Katinka fest, dass jeder der wissenschaftlichen Mitarbeiter am Lehrstuhl eine beachtliche Liste mit Veröffentlichungen nachweisen konnte. Sogar Elfi Lodenscheidt und Carsten Stielke, die ja erst ganz am Anfang ihrer akademischen Karriere standen, hatten bereits zwei Aufsätze publiziert.

»O.k., in *Panorama der Romanistik*«, murmelte Katinka, als sie sich die bibliographischen Angaben genauer ansah. »Hätte ich mir ja denken können.«

Einer plötzlichen Eingebung folgend wählte sie Rumolt Lennerts Nummer.

Hoffentlich saß er nicht in der Bibliothek und stuckte mittelhochdeutsche Verse.

»Lennert?«

»Katinka Palfy hier.«

»Ach, hallo Frau Palfy«, sagte Rumolt aufgeräumt.

»Ich habe nur eine kurze Frage: »Haben Sie die Internetseiten für Laubach gemacht?«

»Ja«, kam es zurück.

Und warum hast du Superidiot mir das gestern nicht gesagt, dachte Katinka grimmig. Laut sagte sie:

»Sie sind sehr gut gelungen. Sagen Sie, als Sie die Fotos aufnahmen, gab es da …»

»Ich habe die Fotos nicht aufgenommen, das hat Hermann Herzberg gemacht, der Mann von Helena.«

»Ach so?« Katinka blickte interessiert auf die Seite unter dem Link *Mitarbeiter*. Das konnte erklären, warum Fria nicht gerade entspannt in die Kamera geguckt hatte.

»Hatten Sie Vorgaben? Zum Beispiel, was den Aufbau der Mitarbeiterseite angeht?«

»Laubach versteht nicht viel von Computern, aber das Internet nutzt er ziemlich ausgiebig, habe ich den Eindruck«, begann Rumolt. »Er hatte sehr ausgefeilte Vorstellungen, wie seine Seiten angelegt werden sollen. Er hat auch festgelegt, in welcher Reihenfolge die Mitarbeiter aufgelistet werden sollen, falls Sie das meinen«, fuhr er fort.

Katinka schwieg einen Moment erstaunt, aber dann sagte Rumolt:

»Wissen Sie, in seinem Oberseminar sitzen die Mitarbeiter nach Rangordnung. Für Laubach ist der feste Sitzplan eine Art Ranking, eine Anordnung nach Hierarchie, Alter, Erfolg, Wichtigkeit, was weiß ich.«

Katinka hatte in all ihren Studienjahren an der Uni nichts Vergleichbares erlebt. Alte Zöpfe dieser Art kannte sie eigentlich nur von Leuten, die in den sechziger Jahren des vergangenen Jahrhunderts studiert hatten. Laubach war wohl noch einer vom ganz alten Schlag.

»Danke, Herr Lennert.«

Ein wenig entmutigt warf sie ihren Bleistift auf den Schreibtisch und stand auf, um sich noch einen Tee aufzubrühen, als das Telefon läutete.

»Palfy, private Ermittlungen, grüß Gott?«, sagte sie. Ganz leise verspürte sie in ihrem Innern eine ziehende Furcht, wieder eine verzerrte Stimme zu hören, die *Halt dich raus* murmelte. Stattdessen sagte jemand gut gelaunt:

»Grüß Godd, Frau Balfy. Hier ist Bolizeimeister Urban Dütsch. Sie kennen mich doch sicher noch.«

»Klar, Herr Dütsch«, freute sich Katinka und setzte sich erleichtert auf ihren Stuhl. So musste sie Dütsch nicht selbst anrufen.

»Ich hab a Neuigkeit für Sie. Kommissarin Winkler mussde den Fall Wewerka abgeben, Hauptkommissar Uddenreuder arbeided jetz dran.«

»Warum das denn!« Zu spät, die Ungeduld noch zu zügeln.

»Hauptkommissar Uddenreuder war auf einer Fordbildung, und als er heude morgen zurüggkam, hield er es für das Besde, den Fall zu übernehma«, sagte Dütsch. »Das is auch der Grund meines Anrufes.« Er sagte *Aaaanruf*, mit einem lange A. Gespannt wartete Katinka ab.

»Hauptkommissar Uddenreuder würde sich gerne mit Ihnen treffen, und er schlägt 20 Uhr im *Spezial* vor.«

»Gut, ich komme«, sagte Katinka. »Gibt es sonst neue Erkenntnisse?«

»Nichts, was ned auch in der Zeidung stehd heude«, blockte Dütsch ab.

Katinka hopste aufgeregt und hocherfreut in ihren kleinen Nebenraum. Das hätte sie sich nie träumen lassen, dass der Kriminalhauptkommissar sie sprechen wollte. Vielleicht kam nun Bewegung in den Fall.

Sie raffte sich auf und machte sich an den Bericht für Laubach.

11. Harduin Uttenreuther

Katinka kaufte am Gemüsestand im *Culinar* einen Eichblattsalat, an der Metzgertheke zwei große Stück Leberkäse und machte sich auf den Weg zu Tom.

»Der Salat ist als Kompensation gedacht, damit wir auch was Gesundes essen, außer Leberkäse.«

»Ach was, Leberkäse ist gesund«, grinste Tom, der hervorragende Koch, unübertreffliche Bäcker und Spezialist für Hefezöpfe. Hatte er ausreichend Zeit, konnte er mit Leichtigkeit ein Vier-Gänge-Menü zaubern, wobei er den einzelnen Gerichten dann außergewöhnliche Namen gab, wie *Doktor-Schiwago-Imbiss*, wenn er Pastinaken (»klingt doch wie Pasternak«) verarbeitet hatte, oder *Mond, Sand und Sterne* für eine Mozzarella-Vorspeise, die mit Mandelstreuseln abgerundet wurde. Im Grunde war Katinka überzeugt, mit Tom das große Los gezogen zu haben, was sie im Augenblick aber nicht dazu bringen konnte, von dem eigentümlichen Anruf zu berichten. Sie hatte ja nicht einmal die geheimnisvolle Einbrecherin erwähnt, die Wilhelm Singer vertrieben hatte. Tom würde nur wieder schlechte Stimmung produzieren und sie verunsichern. Für Katinka kam es ohnehin nicht mehr in Frage, den Fall zurückzugeben. Inzwischen hatte sie sich festgebissen, und sie konnte sich doch nicht gleich zu Beginn ihrer Selbständigkeit ins Bockshorn jagen lassen. Wenn sie nur darauf käme, an wen die Stimme sie erinnerte. Vielleicht sollte sie doch Tom einweihen und ihm das Band vorspielen? Oder Britta?

»Übrigens habe ich einen Kontakt zu Hauptkommissar Uttenreuther geknüpft«, sagte sie stolz, während sie zusah, wie der Leberkäse in der Pfanne braun wurde. Der Duft heizte ihren Hunger gewaltig an. »Heute Abend treffe ich mich mit ihm im *Spezial.*«

»Gute Idee«, sagte Tom. Katinka sah ihn scheel an.

»Ja, super, nicht? Diese Tussi von Winkler musste die Untersuchung an den Ranghöheren abtreten. Was auch immer das heißt.«

»Der Ober sticht eben den Unter«, sagte Tom in Erinnerung an die Schafkopfregeln. Dies gehörte zu seinen unvorhersehbaren Seiten: Einerseits war er nur aus Versehen, wie er gerne betonte, in Franken hängengeblieben. Er hatte sein Geschichtsstudium nicht abgeschlossen, sondern sich in Fernkursen und durch Fleiß und Selbstdisziplin zum Programmierer weitergebildet. Bamberg, so seine offizielle Version, hatte er nur wegen Katinka noch nicht wieder verlassen. Andererseits hatte er sich im Umfeld von neun örtlichen Brauereien, romantischen Bierkellern, wie die Biergärten in der Stadt der sieben Hügel genannt wurden, und Schafkopfrennen in diversen Gastwirtschaften sehr umfangreich akklimatisiert. *Auf den Keller gehen* war der erste geflügelte Bamberger Ausdruck, den Tom gelernt hatte, wie er selbst behauptete. Seinen Berliner Freunden, die von Zeit zu Zeit den Weg nach Süden wagten, erklärte er jedes Mal voller Eifer den Begriff *Bierkeller*: »Die Brauereien haben vor Erfindung des Kühlhauses ihr Bier im Berg, im Keller gekühlt. Und getrunken wird es auf dem Berg, deswegen geht man in Bamberg *auf* den Keller«, pflegte er eilig zu erläutern.

Fragte ihn jemand nach seiner Herkunft, weil den Bambergern schnell die ungewohnte Aussprache auffiel, stellte er sich als Berliner Konfessionsloser im Kulturkampf vor. Das war Tom.

»Das heißt, ich komme heute Abend später«, sagte Katinka nur, während sie den Leberkäse auf die Teller verteilte und sich setzte.

»Schon gut«, nickte Tom.

Vielleicht wäre das die ideale Möglichkeit gewesen, das Zusammenziehen zu diskutieren, aber Katinka schreckte davor zurück. Sie war sich nicht sicher, wie Tom reagieren würde. Sollte er die Entscheidung vor sich herschieben, würde das dem heutigen Tag einen unschönen Stempel aufdrücken.

Wie jeden Freitagnachmittag stand auf Toms Plan das Fitnessstudio. Katinka räumte das Geschirr in die Spülmaschine und machte sich auf den Weg in die Gabelsberger Straße. Sie klingelte vorsichtshalber bei Singers, aber der alte Mann versicherte, er habe niemanden bemerkt, und selbstverständlich würde er ein Auge auf ihre Wohnung haben.

In der Hasengasse checkte Katinka sofort den Anrufbeantworter. Keine neuen kranken Nachrichten. Sie machte sich daran, den Bericht für Laubach anzufertigen, geriet aber ständig aus dem Tritt. Komisch eigentlich, dachte Katinka. Die Laubachs und die Herzbergs scheinen ja miteinander ziemlich befreundet zu sein. Wieso nahm Laubach seine Assistentin nicht in das Herausgeberkollegium auf? Sie behauptete doch, ihm jetzt schon bei der Betreuung von *Panorama der Romanistik* zur Hand zu gehen. Weshalb stellte er Fria an, wenn seine Frau so gegen sie war? Und war Lisbeth nur gegen Fria, weil sie nicht schick genug auftrat? Katinka holte sich ein Glas Wasser und betrachtete unzufrieden die wenigen Zeilen auf dem Bildschirm.

Elfi Lodenscheidt tippte Katinka. Naiv sei sie, so hatte Lisbeth sich ausgedrückt, sie würde sicher keine große Wissenschaftlerin werden. Wie sollte Lisbeth das wissen? Sie war schließlich nicht vom Fach, und mochte auch Menschenkenntnis fächerübergreifend sein, so konnte man sich Urteile über die berufliche Qualifikation eines oder einer anderen nur auf einer professionellen Basis erlauben. Plapperte sie ihrem Mann nach dem Mund? Oder eher Helena?

Katinka nahm sich vor, Uttenreuther nach den Alibis für Mittwochabend fragen. Wenn sie nur wüsste, wozu er sie sprechen wollte. Im Stillen hoffte sie auf so etwas wie ein Angebot zur Zusammenarbeit, aber womöglich wollte er sie nur aushorchen, ohne selbst von seinem eigenen Wissen etwas preiszugeben.

Katinka ging kurz weg, um sich einen Döner zu holen. Ihr Lieblingsdöner verbreitete seinen Duft in der Unteren Königstraße, nicht weit vom *Lichtspiel*-Kino. Das war zwar nicht der nächste Weg, aber wenigstens konnte sie so ein bisschen Luft schnappen. Als sie vom *Imbiss Muhabbet* durch den Regen in die Hasengasse zurückhastete, drängte sie die Gedanken an ihre Verdächtigen weg.

Sie schloss die Tür auf. Wie üblich musste sie sich mit Schwung dagegenstemmen, der Holzrahmen schrappte über den Boden. Dabei übersah Katinka den Zettel, der nun zu Boden segelte. Mit ihren nassen Schuhen trat sie drauf, und entdeckte ihn erst, als sie die Tür wieder zuschob. Nun prangte ein schmutzig-nasser Sohlenabdruck darauf. Sie hob den Fetzen auf und spürte, wie ihr Herz schnell und unregelmäßig raste. Der Zettel bestand aus einem Stück braunem Packpapier. Mit einem dicken Bleistift hatte jemand daraufgeschrieben:

Halt dich raus, sonst bist du dran.

Für einen kurzen Moment hatte Katinka den Eindruck, ihr Herz setze aus. Hektisch stolperte es jedoch weiter, und sie warf rasch einen Blick auf die Hasengasse. Düster hockte der Abend zwischen den Mauern. Hinter ihr lag der Raum im Dunkeln. Sollte jemand versucht haben, auch hier einzudringen? Vielleicht ist es jetzt an der Zeit, die Beretta mit mir spazierenzutragen, dachte Katinka panisch. Sie überwand sich, schaltete das Licht ein. Alles leer. Sie legte den angebissenen Döner ab und griff nach der Mineralwasserflasche auf ihrem Schreibtisch, wog sie in der Hand, öffnete die Tür zum Nebenraum. Rhythmisch blinkte das rote Lämpchen des Anrufbeantworters. Katinka fuhr mit der Hand tastend über die Tapete. Das Klicken des Lichtschalters erschreckte sie. Niemand. Auch die Tür, die in den Hauskorridor führte, war verschlossen und sah unversehrt aus. Eilig, wie um es schnell hinter sich zu bringen, drückte Katinka auf die Wiedergabe-Taste. Die erste Nachricht kannte sie schon. Jetzt hatte sie sie schriftlich. Die zweite bestand aus vier Wörtern: *Geh nachts nicht heim.*

»Was denn, soll ich nachts in der Stadt herumlaufen?«, sagte sie laut zu dem leeren Raum. Der Nachhall ihrer eigenen Stimme ließ sie frösteln. Wer hatte sie gesehen, als sie gerade zum Dönerstand in der Königsstraße unterwegs gewesen war? Oder versuchte da jemand, ihr aufs Geratewohl Angst einzujagen? Ohne Zweifel wollte man ihr den Fall aus den Händen nehmen. Nicht die Untersuchung des Mordes an Henry, denn darum kümmerte sich ja die Polizei. Vielmehr sollte sie nicht mehr nach Carsten Stielkes Diskette und dem Dateienfresser suchen, soviel war sicher. Oder wusste der geheimnisvolle Anrufer und Zettelschreiber nicht, dass Katinka keine Befugnis hatte, wegen des Mordes vom Mittwochabend zu ermitteln?

Wer von Laubachs Mitarbeitern sprach da?

Katinka stellte die Flasche ab und suchte sich ein Glas aus dem Schränkchen. Sie hielt es sich vor den Mund und sprach hinein. »Geh nachts nicht heim.« Es hallte unangenehm. Aber eine gewisse Ähnlichkeit war doch festzustellen. Jemand sprach ins Telefon und hielt sich ein Gefäß vor den Mund. Verstellte die Stimme noch ein wenig. Sprach da ein Mann oder eine Frau? Vom Lehrstuhl war es niemand. Katinka rief sich die Stimmen der Mitarbeiter ins Gedächtnis. Einer der Laubach-Leute konnte einen Freund oder eine Freundin gebeten haben, die heimtückischen Nachrichten zu hinterlassen. Dazu musste er allerdings recht viel Vertrauen zu der entsprechenden Person haben. Katinka kam das unwahrscheinlich vor. Laubachs Leute kultivierten ein gewisses Misstrauen gegenüber Außenstehenden.

Gedankenverloren nahm Katinka die Brille ab und begann, sie zu putzen. Sie hatte die Stimme schon einmal gehört. Aber wo, aber wo, aber wo. Katinka zermarterte ihr Gedächtnis. Ohne Erfolg.

Seufzend schaltete Katinka ihren Laptop an und machte sich an den Bericht für Laubach. Halbherzig nagte sie an dem kalten Döner. Sie entschied, zunächst einmal eine komplette Version zusammenzustellen mit allen Schnüren, deren Enden sie schon in der Hand hielt. Es waren viele Gedankensplitter, viele Personen, die die Hand im Spiel haben konnten. Die Substanz ließ nach Katinkas Meinung allerdings noch zu wünschen übrig. Was wusste sie wirklich? Gewissenhaft notierte sie auch die Versuche einer Unbekannten am Donnerstagnachmittag, in ihre Wohnung einzudringen.

Sie druckte ihren Bericht aus und begann, die Persönlichkeitsprofile der Laubach-Mitarbeiter zu erstellen, wobei sie sich an ihren Notizen entlanghangelte. Sie schrieb auch einen kleinen Absatz über Lisbeth Frinke-Laubach, war sich aber sicher, dass dieser ihrer inneren Zensur zum Opfer fallen würde. Sicher legte Laubach keinen gesteigerten Wert darauf, von einer Detektivin ein Psychogramm seiner Gattin geliefert zu bekommen.

Von Zeit zu Zeit spähte Katinka nach draußen in die Hasengasse. Sie lag nun ganz im Dunkeln, und Katinka erkannte nichts außer ihrem eigenen Spiegelbild. Sie löschte für einen Augenblick das Licht. Nichts regte sich draußen. Es war Freitagabend. Es regnete. Die Leute gingen ins Kino, in die Kneipe oder richteten sich vor dem Fernseher häuslich ein. Niemand hatte auch nur den geringsten Anlass, die Hasengasse zu passieren.

Ich bräuchte ein anderes Schlupfloch, dachte Katinka erschöpft, aber woher nehmen und nicht stehlen. Entschlossen schaltete sie das Licht wieder an und arbeitete weiter.

Kurz vor acht speicherte sie ihre Daten, zog sich grinsend eine Kopie auf Diskette, steckte sie in eine Plastikhülle und verstaute sie in ihrem Rucksack. Die Ausdrucke knickte sie in der Mitte und legte sie mitsamt dem anonymen Zettel aus braunem Packpapier in ihr Notizbuch.

Der Regen fiel sehr fein. Sie schwang sich aufs Rad und fuhr los.

Bisher, während des Studiums und auch bei ihren ersten beruflichen Gehversuchen, hatte sie sich akribisch auf jedes Treffen vorbereitet und sich genau zurechtgelegt, wie sie ein Ziel erreichen wollte. Doch mittlerweile hatte sie gelernt, dass es unter Umständen besser sein konnte, sich nur ungefähre Vorgaben zu machen und ansonsten auf die Eigenmächtigkeit der Situation zu vertrauen und die eigenen Intuitionen zu schärfen. Bei soviel Spontaneität bekam sie dann allerdings schnell ein schlechtes Gewissen und redete sich ein, nicht konkret genug vorzugehen. Dabei wusste sie sehr wohl, dass eine entspannte Grundstimmung für ein Gespräch hilfreicher sein konnte als eine buchstabengetreue Vorbereitung. Wenn sie nur irgendeine Ahnung gehabt hätte, was Uttenreuther für ein Typ war! Sie wusste nicht mal, wie er mit Vornamen hieß, was nichts zu bedeuten hatte, aber jeder klitzekleine Anhaltspunkt hätte ihre Nervosität gemildert. Ich gebe zu, es liegt daran, dass ich mit Polizisten noch nie so gut auskam, redete Katinka sich ein. Und alles nur wegen dieser dämlichen Demo vor x-Jahren.

Katinkas Jeans waren durchnässt, als sie im *Spezial* ankam. Es war kurz nach acht. Einige Minuten Verspätung würden sie davor bewahren, alleine in einer jener urigen Bamberger Kneipen zu sitzen, in denen es laut und burschikos zuging, stämmige Bedienungen die Gäste freimütig duzten, jeder jeden kannte und zur Begrüßung mit der Faust auf die Tische hieb, dass die Bierkrüge davonhopsten. Sie sah sich um, behindert durch ihre beschlagenen Brillengläser, nahm die Brille ab, wischte sie an ihrer Jacke halbwegs sauber, und blinzelte in die Runde. Fünf lange Tische standen in dem Raum, an dessen oberem Ende das Bier ausgeschenkt wurde. Die Luft war verraucht, es roch nach Frittierfett. Der Lärmpegel übertraf Katinkas Befürchtungen, aber andererseits mochte sie das Rauchbier, das der Chef noch persönlich und mit eigenem Quellwasser braute. Sie betrat den Nebenraum. Den Kommissar erkannte sie sofort. Sie hätte sich keine Sorgen zu machen brauchen, wie sie ihn unter den Gästen identifizieren sollte. Er saß mit Blick zur Durchgangstür, ganz hinten am Fenster, und beobachtete mit wachen Augen, was um ihn herum vorging. Er hatte einen breiten, völlig kahlen Schädel. Den Tisch hatte er ein wenig von sich weggeschoben, um seinen Bauch zwischen Tisch und Sitzbank klemmen zu können. Von der Statur erinnerte er sie ein wenig an Laubach, doch er wirkte trotz seiner Leibesfülle trainiert und beweglich. Katinka rückte ihre Brille gerade und sprach sich Mut zu. Tu es für die Kontaktlinsen, sagte sie sich, trat auf Uttenreuthers Tisch zu und lächelte ihn an:

»Grüß Gott.« Bevor sie weiterreden konnte, erhob er sich gewandt, streckte ihr seine Hand entgegen und sagte: »Hardo Uttenreuther.«

»Hardo?«, entfuhr es Katinka, und sie hätte sich am liebsten die Hand auf die Lippen gepresst. Aber da es nun schon raus war, lächelte sie entschuldigend und sagte: »Ein ungewöhnlicher Name, Herr Hauptkommissar.«

Er zuckte die Schultern, wies auf den Stuhl ihm gegenüber, setzte sich wieder und strich sich über das karierte Hemd, das ihm aus der Jeans hing.

»Kommt von Harduin. Meine Eltern wollten mir Böses.«

Katinka lachte. Sie hätte sich den Anfang nicht so leicht vorgestellt.

»Was möchten Sie trinken?«

»Ein Bier natürlich«, sagte Katinka erstaunt. Was sonst sollte sie hier trinken.

»Betti, noch ein Bier«, dröhnte Uttenreuther der Bedienung zu, die gerade durch die Durchgangstür kam. »Essen Sie auch etwas? Ich habe mir schon was rausgesucht.«

Katinka musste schon wieder grinsen. Der hat aber ein positives Verständnis vom Leben, dachte sie, überflog kurz die Speisekarte und bestellte ein Schnitzel.

»Bevor wir aufs Geschäftliche zu sprechen kommen, sollten wir uns ein wenig kennen lernen. Ich habe einen ganz guten Überblick, was die Detekteien in der Stadt und im Oberfränkischen allgemein betrifft. Aber die private Ermittlerin Palfy ist mir noch nicht untergekommen.«

Katinka bezweifelte, dass Uttenreuther keine Erkundigungen über sie eingezogen hatte. Die Polizeiakten konservierten einige, zugegeben nebensächliche Infos über Katinka Palfy, die bei einer Anti-Kernkraft-Demonstration vor etlichen Jahren auffällig geworden war.

»Ich bin noch nicht lange selbständig«, sagte Katinka. »Um ehrlich zu sein, dies ist mein erster Fall, seit ich mein eigener Chef bin.«

Uttenreuthers graue Augen betrachteten Katinka genau. Sie war sich sicher: Mochte er auch auf gut Wetter machen und dem Abend den Anstrich eines Stammtischtreffens geben, so hatte er doch seine sämtlichen verfügbaren Seismographen aktiviert.

»Was haben Sie vorher gemacht?«

»Archäologie und Geschichte studiert.«

»Donnerkeil«, sagte er. »Ich bin ein verkrachter Germanist.«

Katinka starrte ihn verblüfft an: »Tatsächlich?«

»Tatsache! Ich habe nach der Zwischenprüfung aufgehört. Das Ambiente behagte mir nicht.«

»Lauter Melancholiker und Wichtigtuer, oder?«

Er lachte dröhnend. Die Bedienung knallte Katinka kontrapunktisch das Bier auf den Tisch. Sie hatte die Maße eines Brauereipferdes und ein hinreißendes Lächeln auf den Lippen. »Zum Wohl, die Herrschaften!«

Katinka griff sofort nach dem Krug. »Prost«, sagte sie, stieß mit dem Kommissar an und beide stellten den Krug wieder für einen winzigen Moment auf dem Tisch ab, bevor sie tranken.

Uttenreuther wischte sich den Schaum vom Mund. »Archäologin? Und dann Detektivin? Waren Ihnen die Archive zu verstaubt oder hatten Sie's im Kreuz?«

Katinka sah ihn verwirrt an. »Im Kreuz?«

»Ich dachte, Archäologen graben so einiges aus. Erdbewegungen eben, Schaufel, Spaten«, sagte er angelegentlich.

»Ach so. Wissen Sie, ich kann Detektivin und Archäologin ganz gut unter einen Hut bringen. Beide schnüffeln nach verborgenen Geheimnissen. Die Geschichte bietet das nötige Basiswissen und lehrt Selbstdisziplin und Geduld.«

Uttenreuther trank sein Bier aus. »Sie brauchen die Hilfe der Polizei?«

Katinka betrachtete ihn eine Weile. Ein Tipp von Tom: Nicht gleich antworten, Kat the Catey, du hast doch Zeit! Uttenreuther erwiderte ihren Blick kühl. Ein gerissener Hund, dachte Katinka.

»Herr Dütsch gab mir zu verstehen, dass Sie mich sprechen wollten«, betonte sie und wartete ab.

»Ich habe mir Winklers Unterlagen angesehen«, sagte Uttenreuther und blickte Katinka unverwandt an. »Sie findet es eigentümlich, dass am Abend, nachdem eine Privatdetektivin am Lehrstuhl von Professor Laubach Ermittlungen angestellt hat, ein Student und Mitarbeiter ermordet wird.«

Katinka wurde rot. Sie hasste es.

»Wo waren Sie am Mittwochabend?«, fragte der Kommissar.

»Bei meinem Freund.« Sie fühlte sich schwindelig und griff nach dem Bier.

Er grinste. »Winkler sieht manchmal eigenwillige Zusammenhänge«, sagte er. »Insbesondere, wenn die beteiligte Detektivin mal einen Polizisten verprügelt hat.«

»Ich habe niemanden verprügelt«, sagte Katinka ruhig. »Die Akten sagen genau das: dass es keine ausreichenden Beweise gab.«

Uttenreuther ging nicht darauf ein.

»Sie kennen Laubachs Mitarbeiter mittlerweile sicher. Ich nehme an, dass der Täter in diesem Kreis zu finden ist. Was denken Sie?«

»Das Gleiche«, nickte Katinka, erleichtert, dass sie die Erinnerung an die Demo wieder vergraben konnte.

»Interessanterweise hat außer der Sekretärin, Jahns-Herzberg und Laubach selbst niemand ein Alibi.«

»Ach so?«, sagte Katinka interessiert und griff nach ihrem Notizbuch. Ein Grinsen blitzte kurz in Uttenreuthers Gesicht auf.

»Betti, noch eins!«

Er wandte sich wieder Katinka zu. »Alle drei waren mit ihren Männern Schrägstrich Frauen zu Hause. Die Sekretärin hatte Gäste, also ein recht solides Alibi.«

Katinka sah der Bedienung zu, die sich zu ihrem Tisch durchkämpfte und das Bier auf die Platte knallte.

»Montfort ist im *Schlenkerla* gewesen, aber erst gegen halb zehn. Theoretisch hätte er es gewesen sein können. Was meinen Sie?«

Katinka wiegte den Kopf. Sie fühlte sich mit der Situation überfordert. Wollte Uttenreuther ganz harmlos und menschenfreundlich mit ihr Informationen austauschen? Was würde sie nachher bekommen?

»Ich finde es merkwürdig«, begann sie, »dass Henry Wewerka an diesem Abend in Joggingklamotten ins Büro kam. Was wollte er dort? Wohl kaum arbeiten. Außerdem hat mir Herr Dütsch gesagt, dass kein Schlüssel außer seinem Hausschlüssel bei ihm gefunden worden wäre …« Wieder hätte Katinka sich am liebsten die Zunge abgebissen.

Hardo Uttenreuther zog die Augenbrauen hoch. »Ja, der gute Dütsch«, sagte er. »Aber Sie haben Recht. Was brachte Wewerka dazu, ins Büro zu gehen? Ich nehme an, er wollte sich mit jemandem treffen, und organisierte das zeitlich so, dass er von seinem Training aus hinging.«

»Kommt mir seltsam vor«, sagte Katinka. »Wenn man gelaufen ist, hat man Durst wie eine Wüste und will duschen und ausschnaufen. Und kein Arbeitstreffen veranstalten.«

»Das Treffen kann phänomenal wichtig für Wewerka gewesen sein«, erwiderte Harduin. »Wir sind überzeugt, dass die Person, mit der er sich traf und die ihn umbrachte, ein Kollege vom Lehrstuhl war. Keine Anzeichen von Einbruch. Der Schlüssel zum Sekretariat wird im Zimmer der Assistenten aufbewahrt. Da konnte Wewerka kaum ran!«

»Sie meinen«, begann Katinka, malte in dem Kondenswasser an ihrem Bierkrug herum und ärgerte sich, dass sie die Schlüsselorganisation am Lehrstuhl nicht durchschaut hatte, »dass einer der Assistenten ...?«

»Laut Laubach hat jeder Mitarbeiter den Haustürschlüssel und den Schlüssel zu seinem Zimmer. Wewerka konnte also nicht ins Assistentenzimmer. Dort aber baumeln die Schlüssel für Sekretariat und Bibliothekszimmer an einem Brett.«

Katinka war verblüfft, wie gut sich Uttenreuther an Details erinnern konnte, ohne auf Notizen zurückgreifen zu müssen.

»Ich möchte Ihre Meinung hören«, fuhr er fort. »Wer der drei Assistenten, einschließlich Jahns-Herzberg, Erziehungsurlaub hin oder her, könnte den Mord begangen haben?«

»Es ist möglich, dass sich ein anderer Mitarbeiter tagsüber den Sekretariatsschlüssel aus dem Assistentenzimmer geholt hat«, gab Katinka zu bedenken. »Es gibt immer unbeobachtete Momente.«

»Geschenkt«, sagte Uttenreuther und trank sein Bier leer.

Katinka zögerte. Helena hatte ein Alibi, aber es war ein

schwaches, wenn ihr Mann für sie einstand. Fria und Montfort hatten keines. War es vorstellbar, dass der lebenslustige Ludovic Henry umbrachte und sich dann im Schlenkerla mit dem berühmten Rauchbier mit Schinkengeschmack besoff? Und die dünne, nervöse Fria Burgwart? Katinka konnte sich beim besten Willen nicht vorstellen, wie sie einen Parthenontempel-Briefbeschwerer in der Luft schwang und auf Henry herniederkrachen ließ.

»Die Beziehungen der Lehrstuhlleute untereinander sind verwickelt«, begann Katinka. »Was Montfort allerdings betrifft, so gleichen sich alle Meinungen über ihn: Er fühlt sich nicht wohl am Lehrstuhl. Die erzwungene Vertrautheitsatmosphäre geht ihm auf die Nerven. Er klinkt sich aus den gemeinsamen Freizeitaktivitäten aus. Er ist als Einziger«, Katinka zögerte wieder, »auffällig wenig emotional mit dem Laubach-Getue verbunden.«

Sie wartete auf Uttenreuthers Reaktion. Er bestellte sich ein weiteres Bier.

»Ich habe rausgefunden, dass Montfort auf Anraten von Helena Jahns-Herzberg die Vertretungsstelle bekommen hat. Offiziell behauptet Helena, sie habe aufgrund ihrer Ahnungen in Personaldingen Montfort aus der Masse der Bewerber herausgefischt und ihrem Chef empfohlen. Aber inzwischen weiß ich, dass die beiden, Ludovic und Helena, sich schon vorher kannten. Montfort habe ich darauf angesprochen. Er hat es sofort zugegeben. Na ja, es passieren bei Stellenbesetzungen permanent solche Sachen, es muss also nichts mit dem Mord an Henry zu tun haben.«

Uttenreuther machte ein undurchdringliches Gesicht.

»Burgwart?«

»Fria Burgwart«, begann Katinka und war dankbar, erst vorhin die Persönlichkeitsprofile ins Reine geschrieben zu haben, »könnte den Wunsch haben, die anderen in ihrem wissenschaftlichen Fortkommen zurückzuwerfen. Das gilt meiner Ansicht nach für alle Mitarbeiter, aber nicht für Montfort, zumindest nicht in dem ausgeprägten Maße. Alle, mit denen ich bisher gesprochen habe, beschreiben Fria als sehr fleißig, als ehrgeizig, und als teilweise völlig erschöpft, weil sie nächtelang an ihrer Arbeit sitzt.«

»Kann ihr denn ein Student in die Quere kommen, wissenschaftlich gesehen?«, sagte Uttenreuther beiläufig, die grauen Augen in seinem Krug versenkt. »Also hat Wewerka etwas gewusst, was er nicht ausplaudern sollte. Frage: Warum hat er es Ihnen nicht gesagt? Sie haben doch am Mittwoch mit ihm gesprochen?«

Katinka fand es beängstigend, dass Uttenreuther so gut Bescheid wusste. Oder kombinierte er nur? Zu deutlich spürte sie, wie viel Berufserfahrung er ihr voraushatte. Es entmutigte sie.

»Er wirkte fahrig und nervös«, sagte sie. »Er brauchte ein Bier, um sich zu beruhigen«, sie wies lächelnd auf ihren und Hardos Krüge, »und als die Befragung beendet war, sah ich ihn mit Ruth heiß diskutieren. Ich ging den beiden nach und hörte, wie sie sich darüber stritten, warum man nicht sagen könne, wen man im Verdacht hätte, wenn man schon danach gefragt würde. Ruth Lebewang warf Henry sozusagen vor, er hätte seinen Verdacht nicht geäußert. Sie selbst stellte Fria Burgwart als die wahrscheinliche Täterin hin.«

»Interessant«, murmelte Uttenreuther.

Betti brachte das Essen. Uttenreuther bekam Sülze mit Musik. Hungrig stürzte sich Katinka auf ihr Schnitzel.

»Normalerweise rede ich beim Essen nicht gern über die Arbeit«, erklärte Uttenreuther und zerlegte seine Sülze. Er schaufelte die Zwiebeln auf seine Gabel und schleuderte Brotbrocken in die Essigsoße. Katinka musterte ihn verstohlen, während sie an ihren Pommes knabberte.

»Finden Sie nicht, dass es zu Helena Jahns-Herzberg passen würde, Unliebsames verschwinden zu lassen?«, fragte Katinka. »Auch … Menschenleben.«

»Ist das Ihre eigene Meinung? Oder die Ihrer Quellen!«

»Tja«, machte Katinka und betrachtete nachdenklich ihr Schnitzel. Es war ewig her, dass sie eines gegessen hatte. »Helena Jahns-Herzberg wird sehr geschätzt. Frau Frinke-Laubach bezeichnet sie als so was wie eine Überfliegerin. Meine Meinung ist«, fing Katinka unschlüssig an und kam ins Schleudern.

»Ihre Meinung?«

»Sie ist eiskalt.«

Uttenreuther schwieg. Er sah aus, als sei er allein beim Essen, so eindringlich befasste er sich mit seiner Sülze. Katinka dachte an die rätselhaften Nachrichten auf ihrem Anrufbeantworter. Sollte sie Uttenreuther davon erzählen? Wie wäre seine Reaktion? Aber diese Anrufe und auch der eigenartige Zettel an ihrer Tür, der momentan zwischen den Blättern ihres Notizbuches klemmte, hatten nichts mit dem Mord zu tun. Sie bezogen sich auf Katinkas Ermittlungen, auf die verschwundene Diskette und die gelöschten Programmdateien. Sie untersuchte ja gar nicht den Mordfall. Nein, es war besser, Uttenreuther nicht alles zu sagen. Sie schätzte hoch ein, dass er ihr die Informationen zu den Alibis der Verdächtigen gegeben hatte. Musste sie im Gegenzug alles andere breittreten? Auch das mit der Unbekannten vor ihrer Wohnungstür?

»Es sind noch zwei Leute am Lehrstuhl beschäftigt«, sagte er nun, schob den Teller, in dem noch ein Rest Essigsoße vor- und zurückschwappte, von sich und heftete seine grauen Augen auf Katinka. »Stielke und Lodenscheidt.«

»Stimmt«, sagte Katinka und wunderte sich über sein Gedächtnis. »Elfi Lodenscheidt wird als naiv beschrieben, als fleißiges Lieschen.«

»Was denken Sie?«, fuhr Uttenreuther rau dazwischen.

»Unvorstellbar, dass sie sich als Mörderin entpuppt«, überlegte Katinka. »Aber sie ist dem Lehrstuhl sehr verbunden, anscheinend auch persönlich. Sie versteht den Familienzusammenhalt als eine Art unschätzbaren Wert, und sie hat was gegen Leute, die von außen hineinkommen.«

»Stielke?«

»Der ist der Sonderbarste unter den Sonderbaren«, gab Katinka zu und berichtete von ihrem Argwohn, was den Verlust seiner Diskette betraf.

»In der Tat sehr eigenartig«, bestätigte Uttenreuther. »Aber ist Ihnen schon mal aufgefallen, dass sich dieser Lehrstuhl hierarchisch in zwei Schichten teilt?«

Katinka sah Uttenreuther nachdenklich an, nachdem sie das letzte Stück Schnitzel genossen hatte. »Betti!«

Auch Katinka bestellte noch ein Bier. Uttenreuther wartete ab. Das ist eine Art Test, stöhnte Katinka bei sich. Sie hatte keine Lust, Rätselraten zu spielen. »Wie meinen Sie das?«

»Die Oberen, die Unteren«, sagte Uttenreuther und sah Katinka eindringlich an. Sie meinte zu verstehen, worauf er hinauswollte.

»Sie meinen, Laubach selbst und seine Assistenten verstehen sich als die Ranghöheren, während der Rest …«

»… unter der Rubrik *Dorfdepp* verbucht wird«, bestätigte Uttenreuther. »Damit die Klugheit der Hierarchieoberen besonders deutlich zu Tage tritt. Lodenscheidt wird als trübe Tasse diffamiert, und Stielke als zu blöd, um auf seine Daten aufzupassen.«

Hierarchie? Katinka ließ den Prozessor durch ihr Gedächtnis sausen, um herauszufinden, woran sie das nun wieder erinnerte. Rumolt!

»Der Computerfreak, der das Programm für Laubachs Projekt maßgeschneidert hat, behauptet, in Laubachs Oberseminar würden alle Teilnehmer ihren Sitzplatz nach Rangfolge zugewiesen bekommen.«

Uttenreuther lachte dröhnend. »Ja, das ist wahrlich eine alte akademische Tradition. Seltsam, dass der Zopf noch nicht abgeschnitten wurde.« Seine Augen verengten sich zu Schlitzen:

»Könnte es nicht sein, dass wir es mit einer Geschichte zu tun haben, die die Assistenten ausgeklügelt haben, während die unteren Chargen nur mitspielen oder zuschauen dürfen? Könnte es sein, dass Wewerka Wind davon bekommen hat und singen wollte?«

»Schon«, erwiderte Katinka und rieb sich die fettigen Finger an den Jeans ab. »Aber worum geht es bei der Verschwörung?«

»Laubachs Projekt im Schlamm versacken zu lassen, zum Beispiel.«

»Daran habe ich auch schon gedacht«, sagte Katinka, »aber damit würden sie sich doch selbst schaden. Jedenfalls Helena Jahns-Herzberg und Fria Burgwart. Montfort mag es ja egal sein ...«

»Passen Sie auf«, sagte Uttenreuther und hob seinen Bierkrug. »Wir kümmern uns ein wenig um die drei Königskinder Montfort, Burgwart und Jahns-Herzberg. Hier ist meine Karte.« Er warf eine zerknitterte Visitenkarte auf den Tisch. »Ich bin immer erreichbar, Tag und Nacht.«

Katinka reichte ihre Karte an den Kommissar weiter. »Was bringt Sie dazu, mit mir zusammenzuarbeiten?«

»Ganz einfach!« Uttenreuther scannte kurz das kleine Stück weißen Karton und stellte den Bierkrug ab. »Sie sind intelligent, und Sie haben Einblick in die Sippschaft. Sie bleiben an der Diskettengeschichte, ich an dem Mord. Sollte einer von uns beiden bezüglich der anderen Sache etwas herausfinden, informieren wir uns gegenseitig.«

»Geht klar«, sagte Katinka. Sie dachte wieder an die Drohanrufe und an den Zettel. Sie sollte Uttenreuther wenigstens das Geschmier auf dem Packpapier geben. Er könnte das Material untersuchen lassen, die Schrift … Aus irgendeinem Grund sagte sie nichts, aber Uttenreuther fragte: »Gibt's noch was?«

»Ja«, sagte Katinka. »Was hat die Obduktion ergeben? Sind irgendwelche Faserspuren gefunden worden? Könnte man ein DNA-Profil des Täters erstellen lassen?«

»Haare«, sagte Uttenreuther. »Aber wir wissen noch nicht, von wem. Der Pathologe bestätigt, dass Wewerka sofort tot war, er hat sich nicht gewehrt, und auf diese Weise hatte der Täter auch kaum Gelegenheit, irgendetwas am Körper seines Opfers zu hinterlassen. Die Tatwaffe ist verschwunden, wir suchen danach.«

»Wussten Sie, dass die Eheleute Laubach und Jahns-Herzberg dicke Freunde sind?«

Uttenreuther zog die Augenbrauen hoch. »Sieh an«, sagte er.«

Sag das mit den Drohanrufen und dem Zettel, mahnte surrend die Kontrollwespe, aber Katinka schwieg trotzig.

12. Verfolgt

Es war halb elf und dunkle Nacht, als Katinka aus dem verrauchten *Spezial* trat und ihr Rad aufschloss. Sie hatte keine Lust, sofort nach Hause zu fahren. Sie brauchte ein bisschen Bewegung, wollte nachdenken.

Durch die Luft waberte der altbekannte Geruch nach Mälzerei. Katinka rümpfte die Nase. Eklig, dachte sie. Vielleicht war es am Fluss erträglicher. Die Nacht war eigentlich mild, es hatte aufgehört zu regnen. Sie wandte sich nach links und radelte wieder einmal gegen die zugelassene Richtung auf dem Radweg los.

Uttenreuther hatte angeregt, sich gegenseitig Informationen zukommen zu lassen. Ein Traum wird wahr, dachte Katinka, aber sie fühlte sich weder glücklich noch erleichtert bei dem Gedanken. Der Hardo beutet dich aus, stichelte die Kontrollwespe. Katinka schüttelte ungestüm den Kopf und stieß fast mit einigen späten Kinogängern zusammen, die zum *Lichtspiel* hasteten, um den Spätfilm zu sehen. Sie bog nach links in die Markusstraße. Auf der Brücke blieb sie stehen und betrachtete das schwarze Wasser im Kanal tief unten. Was sollte sie gegen ihre Verfolger unternehmen? Wer steckte dahinter?

Denk mal logisch, befahl sie sich und starrte in die Tiefe. Du kannst das. Du hast es gelernt.

Ein Schwall Malzgestank fegte herbei, und sie begann, einen Verdächtigen nach dem anderen abzuhaken. Helena Jahns-Herzberg? Nein, sie hatte eine viel gepresstere Stimme. Fria Burgwart sprach schriller. Carsten Stielke? Es mochte ein Mann gesprochen haben, das erschien ihr wahrscheinlich. Aber Stielke? Sie konnte sich nicht vorstellen, dass er sich ein Glas vor den Mund hielt und Warnungen auf Anrufbeantworter sprach. Schließlich hatte er damit zu tun, die Dateien seiner Doktorarbeit wiederherzustellen, und in einer knappen Woche musste er seinen Vortrag halten. Hatte er nicht selbst darauf hingewiesen, dass es eigentlich unmöglich war, dieses Pensum in der kurzen Zeit zu bewältigen? Welcher Mann war aber noch verdächtig? Katinka überlegte hin und her. Montfort? Spielte er nur den coolen Bierliebhaber, der sich für das intime Schicksal des Laubach-Lehrstuhls nicht interessierte und sich lieber einen Wanst antrank?

Katinka seufzte und stieg wieder aufs Rad. An der Kreuzung bog sich nach rechts ab, zur Weide.

Tu's nicht, surrte die Wespe.

Leck mich, dachte Katinka, die es zunehmend anstrengend fand, in sich selbst permanent Gerichtsverhandlungen beizuwohnen. Sie neigte generell zu exzessiver Selbstkritik, war selbst Richterin, Staatsanwältin und Angeklagte zugleich, aber die dumme Bemerkung der Kommissarin Johanna Winkler hatte die Kontrollwespe noch aggressiver gemacht. Es ist nicht meine Schuld, redete sie sich zu. Es ist nicht meine Schuld.

Vor dem Marcushaus war es dunkel. Katinka hatte manchmal Vorlesungen dort gehabt. Sie mochte das Gebäude, das schön renoviert und mächtig in der abgelegenen Straße thronte. Die Bäume rauschten laut. Katinka verspürte keine Angst, nicht einmal ein leichtes Flattern meldete ihr Magen. Das liegt am Bier, dachte sie, zwei Seidla, sprich ein Liter, und du bist ruhig und zufrieden. Ganz leise rollte das Fahrrad auf das graue Unigebäude zu. Nur die Gangschaltung tickerte.

Katinka blieb stehen. Zwischen ihr und Weide 18 lagen ein paar Bäume, geparkte Autos und ein Spielplatz. Was will ich hier, fragte sie sich, während sie abstieg und vorsichtig den Fahrradständer herunterklappte. Es knirschte. Der Mörder würde kaum zwei Tage nach der Tat hier vorbeischauen. Im Gegenteil, er würde versuchen, möglichst weit weg zu sein, am besten in Gesellschaft vieler. Dunkel zeichnete sich das graue Gebäude im Schein der Straßenbeleuchtung ab. Weshalb hatte man dem berühmten Professor nicht Räume in einem repräsentativeren Unigebäude zugewiesen? Wollte Laubach womöglich gar hier am Ende der Welt sitzen? Ungestört? Wozu? Um mit seiner Lieblingsassistentin Helena zu mauscheln? Vernichtete Helena die Daten auf Anweisung Laubachs?

Katinka hatte nicht erwartet, jemanden zu sehen. Sogar die Konzerthalle weiter unten am Fluss lag im Dunkeln, anscheinend hatte heute Abend keine Veranstaltung stattgefunden. Beinahe verpassten ihre schläfrigen Augen den Schatten, der sich auf Weide 18 zubewegte. Katinka erstarrte. Dann riss sie sich zusammen und pirschte sich näher heran. Sie stieg über den kleinen Zaun, der den Spielplatz umgab. Vorsicht, mahnte sie sich und ihr fiel ein, dass sie im Büro noch überlegt hatte, die Waffe mitzunehmen, sich dann aber dagegen entschieden hatte. Der Schatten besaß einen Schlüssel, den er jetzt in die Eingangstür steckte. Die Tür wurde einen winzigen Spalt aufgeschoben. Katinka reichten die paar Augenblicke, um über die Straße zu sprinten und den späten Bürogänger festzuhalten.

»Ruth!«, rief Katinka verwundert.

Ruth schien paralysiert. Sie wand sich zwar ein wenig in Katinkas Griff, doch dann blieb sie einfach stehen und rührte sich nicht mehr. Katinka bugsierte sie in das Gebäude. Mit dem Ellenbogen drückte sie auf den Lichtschalter. Gelbes Licht erhellte das Treppenhaus.

»Verraten Sie mir, was Sie hier tun? Dateien löschen? Post verschwinden lassen? Kollegen ermorden?«

»Das geht Sie nichts an«, sagte Ruth tonlos. »Lassen Sie mich.«

Katinka lockerte ihren Griff etwas.

»Antworten Sie schon.«

»Sie haben den Mord nicht zu untersuchen, hat die Kommissarin gesagt. Und wenn Sie nicht so blöd rumgeschnüffelt hätten, wäre Henry noch am Leben.«

»Themenwechsel«, sagte Katinka wütend. »Was wollen Sie hier?«

Ruth deutete ein Schulternzucken an. »Nachsehen, ob Fria wieder mal Aktenvernichter spielt!«

»Warum Fria?«

»Warum denn nicht Fria?«, zischte Ruth. Sie trug einen dicken Wollpulli. Die Fasern kitzelten Katinkas Nase. »Es kann ihr doch nur in den Kram passen, wenn sie schneller mit ihren Arbeiten vorankommt als wir alle zusammen mit unseren.«

Das Licht ging aus.

»Das verstehe ich nicht«, antwortete Katinka ungehalten und tippte mit dem Ellenbogen wieder auf den Schalter. »Drücken Sie sich mal ein bisschen deutlicher aus.«

»Sie klaut Carstens Diskette, damit Carsten seinen Vortrag nicht halten kann: Kapiert? Aber sie baut Carstens Ergebnisse in ihren Vortrag ein. Plagiierung nennt man so was, Ideenklau.«

Katinka war wie vom Donner gerührt. Doch irgendwas an dieser Idee, so logisch sie auch erschien, gefiel ihr nicht. »Würde das nicht jeder sofort merken?«

»Sie sind doch echt dämlich!«, regte Ruth sich auf. »Merken vielleicht, aber wie will Carsten beweisen, dass die Ideen, die Fria präsentiert, eigentlich seine sind? Wenn er keine Kopie mehr hat?«

Eben, dachte Katinka, und das wundert mich ja so. Entweder er ist wirklich so ein Schussel, oder … Fria soll etwas in die Schuhe geschoben werden. Ihr wurde heiß bei dem Gedanken. Dass sie darauf noch nicht gekommen war!

»Was wollen Sie hier, Ruth?«

Aber Ruth sagte nichts mehr. Katinka war sich bewusst, dass sie nichts unternehmen konnte. Ruth arbeitete hier, das Büro war von der Polizei wieder freigegeben worden, und Ruth hatte das Recht, Tag und Nacht ein- und auszugehen. Es würde Katinka nichts nützen, Uttenreuther Bescheid zu geben.

Ihr Handy klingelte. Sie ließ Ruth los, die sich sofort umdrehte und mit dem Rücken gegen die Wand lehnte. Zornig starrte sie Katinka an.

»Ich habe dich gewarnt, du mischst dich weiter ein!«

Gleißend schoss der Kopfschmerz durch Katinkas Stirn. Sie warf hastig einen Blick auf das Display, aber dort war keine Nummer angegeben, nur *unbekannter Anrufer*.

»Wer spricht da?«

Vor lauter Hektik drückte sie auf die Lautsprechertaste. Ruth konnte mithören.

»Halt dich raus!«

Der Anrufer, Katinka war nun überzeugt, dass es sich um einen Mann handelte, betonte jedes Wort und zog es in die Länge wie Kaugummi. Sie beobachtete Ruth. Auf deren Gesicht spiegelte sich für den Hauch eines Augenblicks ein Lächeln. Ein kleines, schamloses, gemeines Lächeln.

»Wer sind Sie?«, rief Katinka. Sie riss die Eingangstür auf. Wenn der Kerl wusste, dass sie hier war, dann war er ihr gefolgt und stand vielleicht irgendwo da draußen rum. Das Gespräch wurde unterbrochen. Zittrig suchte Katinka die parkenden Autos ab. Sinnlos. Hier war niemand so blöd, sich gut sichtbar mitten auf die Straße zu stellen.

Katinka warf einen letzten Blick in die Nacht und betrat dann wieder das Treppenhaus. Das Licht war ausgegangen und Ruth lehnte im Dunkeln an der Wand. Mit einem Mal wurde Katinka kalt. Dies gefiel ihr nicht. Sie brauchte einige Sekunden, bis sie sich entschied, auf den Lichtschalter zu drücken.

»Wer hat da gesprochen?«, fragte sie heiser, aber Ruth hob die Schultern und sagte beiläufig:

»Woher soll ich das wissen?«

»Sie haben die Stimme erkannt!«

»Nein.«

Katinka insistierte zwei weitere Male, doch Ruth blieb stur. Ein Rest ihres durchtriebenen Lächelns klebte in ihrem Gesicht, aber die harte Schale war nicht zu durchbrechen.

»Wenn Sie«, sagte Katinka leise und drohend, »einen mutmaßlichen Mörder schützen, machen Sie sich strafbar. Die Untersuchung des Mordes an Henry Wewerka liegt nicht mehr in den Händen der Kommissarin Winkler. Sie ist an den Hauptkommissar weitergereicht worden, und zufällig kenne ich den Mann sehr gut.«

Ruths Gesicht verzog sich spöttisch. Anscheinend glaubte sie Katinka kein Wort.

»Gute Nacht!«, sagte Katinka und trat auf die Straße. Liebend gerne säße sie schon auf ihrem Rad, aber noch musste sie an dem Spielplatz vorbei, an Hunderten von geheimnisvollen Schatten, parkenden Autos, Bäumen. Wenigstens hatte sie nicht abgeschlossen. Sie drehte das Rad um, stieg auf und fuhr los.

Irgendwo weiter unten am Fluss sprang ein Motor an.

Sie fuhr sehr schnell. An der Ampel bremste sie nicht ab, sondern fuhr bei Rot weiter. Es herrschte kein Verkehr. Katinka jagte den Radweg entlang, vorbei am ehemaligen Schlachthof, wo ihr der prachtvolle steinerne Ochse über dem Eingang erstaunt nachblickte.

Ich muss die Kette mal wieder ölen, dachte Katinka, als sie die Lange Straße entlangsauste. Die klappert und knirscht wie verrückt.

Ein Auto würde sie nie und nimmer einholen können. Kraftfahrzeuge durften diese Richtung nicht nehmen. Nur Radlern war es erlaubt, gegen die Fahrtrichtung zu fahren. An der Kreuzung am Schönleinsplatz stand die Ampel auf Rot, und Katinka musste halten, da etliche Autos vorbeisausten. Verstohlen sah sie sich um. Gab es einen Wagen, der auffällig langsam fuhr?

Die kleine Grünanlage am Schönleinsplatz kam ihr bedrohlich vor. Sie trat stehend in die Pedale. Erleichtert bog sie bei der Herzog-Max-Apotheke nach rechts und sah schon in der Ferne die Lichter der Pizzeria. Bestimmt waren die letzten Gäste gegangen, aber Augustina, der Nonno und der Koch saßen noch zusammen, wie jeden Abend, und stärkten sich mit Pasta und Weißwein.

Es gibt ein Leben, dachte Katinka voller Erleichterung. Ein ganz normales Leben.

Als sie die Straße querte, sah sie sich kurz um. Weiter hinten, vor dem Amtsgericht, stand ein Auto mit abgeblendeten Scheinwerfern.

Achtlos lehnte Katinka ihr Rad an die Wand und stürzte ins Haus. Sie klingelte Sturm an Toms Wohnungstür. Er öffnete erstaunt.

»Hast du keinen Schlüssel mitgenommen?«, fragte er, als würde sie fest hier wohnen.

»Tom, ich werde verfolgt!« Sie schnappte nach Luft und schlug die Tür hinter sich zu.

»Was?«

Tom starrte sie verständnislos an.

»Erkläre ich dir gleich. Ein Wagen«, sie musste Luft holen, »beim Amtsgericht. Der ist mir irgendwie auf die Spur gekommen.«

Tom schlüpfte in ein Paar ausgelatschte Turnschuhe und stürmte die Treppe hinunter. Katinka rannte ihm nach. Wozu die Anwesenheit eines Mannes doch gut war.

Tom riss schon die Haustür auf. Als Katinka kurz hinter ihm auf die Straße stürzte, quietschten irgendwo ein paar Reifen.

»Der ist weg«, sagte Tom. Sie gingen einige Schritte die Straße entlang, spähten auch in die Querstraßen, aber alles sah friedlich aus, nach beginnendem Wochenende.

»Bist du dir sicher?«, fragte Tom, als sie wieder die Treppe hinaufstiegen.

»Ich erzähl dir gleich alles«, sagte Katinka keuchend. »Zuerst brauche ich ein Glas Wein oder so.«

Ziele sind auf Zweckmäßigkeit zu überprüfen.

Gut *und* schlecht *sind Konstrukte. Es gibt nur angemessene und unangemessene Handlungen. Die Voraussetzungen sind entscheidend. Meine Handlungen sind gut, wenn sie meinen Zwecken dienen. Ich bin nicht gewissenlos. Mein Leben folgt nur anderen Voreinstellungen. Der Vergleich mit einem Computer drängt sich auf. Wie sehen die Parameter aus?*

Selbstverständlich behalte ich mir vor, ein weiteres Mal zu morden. Ich beabsichtige es nicht unbedingt, aber sollten die Notwendigkeiten es erforderlich machen, würde ich nicht zurückschrecken.

Frauen regen mich auf. Sie sind so viel schwerer einschätzbar als Männer. Ein generelles Problem mit Frauen habe ich nicht. Nur mit bestimmten. Wie mit der Detektivin. Was für eine Dummheit sie begeht. Sie ist kaum berechenbar. Das macht sie gefährlich. Aber jeder Mensch wird durch die Angst bestimmt und gelenkt. Die Angst ist eine der größten Triebfedern, vermutlich die größte Triebfeder unseres Handelns. Sie wird einen Fehler machen. Ich weiß es. Alle machen irgendwann einen Fehler. Diesen gilt es zu nutzen.

Am negativsten wirkt sich die Kurzsichtigkeit aus.

Und die Angst.

Ich habe keine Angst, also mache ich auch keinen Fehler.

13. Beschattung

Tom zeigte sich wenig erfreut von Katinkas Erlebnissen. Vor allem, dass sie mitten in der Nacht zum Tatort geradelt war und sich in Gefahr gebracht hatte, passte ihm gar nicht.

»Ruf diesen Kommissar an und erzähle ihm alles. Das muss er einfach wissen«, insistierte Tom.

»Jaha, klar«, sagte Katinka. »Mach ich morgen.«

Doch am Samstag früh, als sie neben Tom aufwachte, hatten sich die Schatten der vergangenen Nacht verflüchtigt. Tom hatte alle Funktionen ihres Handys durchgetestet, doch die Identität des Anrufers war nicht feststellbar.

Während sie sich im warmen Bett umdrehte, nahm sie sich vor, noch heute Vormittag die Beretta aus der Hasengasse zu holen. Mit Waffe würde sie sich sicherer fühlen, vor allem, wenn sie sich an diesem Wochenende noch intensiv mit Fria Burgwart beschäftigen würde, und das hatte sie vor. Ihr Liebster stellte sich quer.

»Solltest du nicht eine Pause machen?«, fragte er beim Frühstück. »Vielleicht klären sich dann deine Gedanken etwas.«

»Aber sie sind glasklar!«, widersprach Katinka. »Sieh mal, wenn dieser Carsten absichtlich eine Diskette hat verschwinden lassen, oder auch nur behauptet hat, seine Diskette sei geklaut, damit Fria das dann in die Schuhe geschoben werden kann …«

»Das ist *eine* Theorie«, sagte Tom. »Ich finde sie ehrlich gesagt zu kompliziert. Denn was hätte Ruth damit zu tun? Und wie passen ihr nächtlicher Besuch und die gelöschten Dateien zusammen, wenn es letztendlich nur um Stielkes Diskette und um die Tagung geht?«

Katinka zuckte die Schultern. Toms Nachfragen machten sie nervös. Wieder meldeten sich ihre gereizten Nerven, ließen den neuralgischen Punkt über ihren Augenbrauen vibrieren. Um Tom abzulenken, wechselte sie das Thema und erzählte von Harduin Uttenreuther, dem verkrachten Germanisten.

»Irgendwie sind wir alle der Uni noch rechtzeitig von der Schippe gesprungen«, philosophierte Tom grinsend.

Nach mehreren Tassen Kaffee und etlichen Honigbrötchen war er bereit, Katinka am Samstagnachmittag ziehen zu lassen, um Ermittlungen anzustellen. »Aber heute Abend machen wir was Schönes«, sagte er. »Komm also nicht zu spät!«

Katinka schüttelte den Kopf. Tom begleitete sie nach unten.

»Mit den Verbrechen in dieser Stadt kann es nicht so schlimm sein«, sagte Katinka lächelnd, als sie ihr Rad packte und ihm einen freundlichen Klaps auf den Sattel gab. »Es war nicht abgeschlossen. Ich hätte noch ein Schild aufstellen sollen: *Zum Mitnehmen.*«

»Diese alte Schindmähre klaut keiner«, sagte Tom. »He, warte mal!«

Katinka sah ihn fragend an. Tom schnappte sich Lenker und Sattel und rüttelte an Katinkas Fahrrad.

»Was machst du da?«, fragte Katinka. Plötzlich spürte sie etwas Heißes in ihrem Magen.

»Ich glaub, mein Schwein pfeift«, sagte Tom. »Schau dir das an. Da hat jemand dein Hinterrad gelockert.«

Katinka staunte. »Ich habe gestern Abend schon gedacht, dass die Kette ziemlich dolle klappert.«

»Von wegen Kette.« Tom schüttelte entsetzt den Kopf. »Und das Vorderrad sieht mir auch nicht gerade fest aus.«

Er lehnte das Rad wieder an die Mauer und blickte Katinka

beunruhigt an. »Du solltest das deinem Kommissarsfreund erzählen.«

Katinka wand sich. Im Augenblick fand sie das manipulierte Fahrrad zwar lästig, aber nicht unbedingt Furcht einflößend.

»Tom, leihst du mir dein Rad?«

Er schnaubte. »Spinnst du? Hör mal, du hättest absteigen können bei voller Fahrt. Und dann bist du auch noch ohne Helm unterwegs, das heißt, ich hätte dich gestern Abend im Klinikum besuchen können!«

Katinka schüttelte den Kopf. »So schlimm wird's schon nicht sein«, sagte sie, aber es klang selbst in ihren eigenen Ohren wenig überzeugend. »Bitte, Tom. Du kriegst meinen Drahtesel doch repariert, oder?«

Tom verdrehte die Augen, nahm Katinka in den Arm und sagte sorgenvoll: »Bist du sicher, dass du auf dich aufpassen kannst?«

»Klar!«

In der Hasengasse angekommen, bugsierte Katinka Toms Trekkingrad durch die Tür und lehnte es an ihren Schreibtisch. Der Anrufbeantworter blinkte nicht. Erleichtert fuhr sich Katinka durchs Haar und checkte ihre E-Mails. Auch Fehlanzeige. Mit neuem Mut wählte sie Fria Burgwarts Nummer. Sie war sofort am Apparat.

»Grüß Gott Frau Burgwart, hier spricht Katinka Palfy.«

»Ach, hallo«, kam es wie Brei zurück.

»Können wir uns nochmal unterhalten? Sind Sie zu Hause? Ich komme vorbei, es dauert nicht lange.«

Fria Burgwart sagte ein Weilchen nichts, dann seufzte sie und sagte: »Ich bin ziemlich intensiv am Arbeiten, aber o.k., schauen Sie vorbei. Ich wohne am Grünhundsbrunnen.«

Weiß ich doch, schließlich habe ich die Listen eurer tollen Sekretärin, dachte Katinka, aber laut sagte sie:

»Ich bin gleich da.«

Sie legte auf, schloss das Waffenschränkchen auf und kontrollierte die Beretta. Lange war sie nicht mehr am Schießstand gewesen, es wurde wieder mal Zeit, aber sie vertraute der Waffe sowieso mehr in der Funktion einer Drohgebärde. Das Halfter zwickte unter ihrer Jacke, jedoch gab ihr das schwere, kalte Metall ein Gefühl von Sicherheit. Sie prüfte sämtliche Türen, auch die Fenster des kleinen Nebenraums, trug Toms Rad wieder hinaus und machte sich auf den Weg zum Grünhundsbrunnen.

Schon auf der Unteren Rathausbrücke musste sie absteigen. Der samstägliche Flohmarkt blockierte die Durchfahrt. In der Dominikanerstraße wälzten sich Touristenströme in beide Richtungen, blieben direkt auf der Straße vor dem *Schlenkerla* stehen und philosophierten über den eigenartigen Namen der berühmten Brauerei und Bierkneipe. Den könnte ich euch schon erklären, dachte Katinka, während sie sich mit ihrem Rad an der Mauer des Hotels *Alt Ringlein* vorbeiquetschte. Entnervte Autofahrer versuchten, die Menge aus dem Weg zu hupen.

»Schauen Sie auf den Ausleger«, riet Katinka einer verdutzten Touristin in Mikrofaserjacke, grauen Jerseyhosen und beigen Gesundheitsschuhen mit Keilabsatz. »Sehen Sie die krummen Beine? Der arme Wirt hatte einen Unfall und musste danach mit den Armen schlenkern, um sein Hinken auszugleichen. Deswegen *Schlenkerla*.«

»Wie schrecklisch! Wird dat denn nisch mehr besser?«, fragte die Dame in Ruhrpottsingsang mit großen Augen und starrte auf den Lorbeerkranz, in dessen Mitte die Figur des bedauernswerten Gastronomen zu sehen war.

»Nein, der ist schon seit über hundert Jahren tot«, verkündete Katinka mit Grabesstimme und schob sich grinsend weiter.

Fria öffnete auf ihr Klingeln sofort, als hätte sie hinter der

Tür gelauert. Katinka warf einen prüfenden Blick auf Toms Fahrrad und sagte:

»Tut mir Leid, dass ich Sie störe, aber es dauert ganz bestimmt nicht lang!«

»Verstehen Sie, ich bin in Druck wegen der Tagung.« Fria trug dieselben fleckigen Jeans wie vor kurzem an der Uni und ein völlig formloses T-Shirt mit ausgebleichtem Aufdruck. Sie führte Katinka in ein mit Büchern vollgestopftes Zimmer. Alle Wände waren mit Regalen zugestellt. Ein Computerbildschirm besetzte einen winzigen Schreibtisch. Das Flimmern gab dem düsteren Raum ein eigentümliches Licht. In der Mitte stand ein Sofa, als wartete es jede Minute auf den Abtransport zum Sperrmüll. Fria bot Katinka Platz an und setzte sich selbst auf die Kante ihres Schreibtisches, wozu sie zunächst einige Papierstapel wegschieben musste.

»Erste Frage«, sagte Katinka. »Kennen Sie sich mit Fahrrädern aus?«

»Wie, mit Fahrrädern?«, fragte Fria zurück und sah ehrlich erstaunt aus.

»Zweite Frage. Haben Sie private, freundschaftliche Kontakte zu einem Schlüsseldienst?«

»Schlüsseldienst?« Frias Gesicht war ein einziges Fragezeichen.

»Drittens«, sagte Katinka. »Haben Sie einen Freund, Geliebten oder auch nur einen männlichen Bekannten, der in Ihrem Auftrag Drohanrufe auf fremde Anrufbeantworter tätigt?«

Fria schüttelte stumm den Kopf.

O.k., abgehakt, dachte Katinka fast ein wenig enttäuscht. Sie hat nichts damit zu tun, jedenfalls nicht mit der Manipulation von Rad, Anrufbeantworter und Wohnungstür. Katinka wies auf den flimmernden Bildschirm und sagte:

»Arbeiten Sie da gerade die Ergebnisse von Carsten Stielke ein?«

Bingo. Fria wurde rot wie ein Hummer. Ihre dürren Hände fuhren zu ihrem Haargummi, den sie mit einer zittrigen Bewegung festzurrte. Die roten Locken sahen stumpf und leblos aus. Mit ein bisschen Pflege, lenkte sich Katinka für einen winzigen Moment ab, könnte sie richtig was aus sich machen.

Fria ließ die Arme herunterhängen und sagte leise:

»Ich habe nichts mit Carstens Diskette zu tun!«

»Frau Burgwart«, versuchte es Katinka mit der freundlichen Variante, »wenn Sie mir die Diskette mit Stielkes Ergebnissen geben, dann bekommt er sie von mir zurück und es bleibt unter uns, wo ich sie aufgetrieben habe.«

»Nein!«, rief Fria hektisch und wieder riss sie die Hände hoch und fummelte an ihren Haaren. »Ich habe die Diskette nicht.«

Die Röte in ihrem Gesicht vertiefte sich. Katinka war sich sicher, dass Fria log. Aber sie musste auch ihre Theorie in Frage stellen. Denn wenn Fria tatsächlich Stielkes Diskette gestohlen hatte, dann wurde ihr nichts in die Schuhe geschoben. Doch wie passte der Mord an Henry dazu?

Katinka konnte es nicht lassen:

»Wo waren Sie am Mittwochabend, als Henry Wewerka umgebracht wurde?«

»Zu Hause!«, sagte Fria bestimmt und wurde nun wieder ruhiger.

»Haben Sie auch die Post entwendet?«

»Nein!«, entgegnete Fria und sah zu Boden.

»Wie ist Ihr Verhältnis zu Helena?«

»Helena?«, sagte Fria erstaunt, wobei sie den Kopf hob und Katinka anblickte. Ihr Gesicht sah völlig versteinert aus. »Mit Helena kann man kein Verhältnis haben, nicht als Kollegin, nicht als Bekannte.«

»Ihr Freundeskreis liegt mehr außerhalb der Uni, stimmts?«

»Ja«, sagte Fria tonlos.

»Haben Sie Freunde, Frau Burgwart?«

»Ja!«

Aggressiv sah Fria Katinka an.

»Und kein Alibi für Mittwochabend?«

»Nein«, rief Fria. »Ich muss arbeiten. Ich habe einen Vortrag zu halten. Sie mögen nicht wissen, wie viel Energie und Zeit man hineinstecken muss, aber ich weiß das sehr gut. Ich arbeite seit Wochen daran. Ich möchte neue Ergebnisse vorweisen. Ich habe mich monatelang in die Geschichte verkrochen. Dabei ...«

Katinka verbot sich das Grinsen, das sich in ihrem Gesicht anbahnte. In die Geschichte verkrochen zu sein, war ein Zustand, den sie zur Genüge kannte.

»Haben Sie ein Tagungsprogramm da?«, fragte sie neugierig.

Fria, die sich jäh unterbrochen fühlte, verteilte mit der flachen Hand einige Papiere auf der Schreibtischplatte und fischte dann ein gelbes Faltblatt hervor.

»Bitte!«

Die Vorderseite sah aus wie eine kleinformatige Ausgabe des Plakates, das Katinka vor wenigen Tagen in der Uni gesehen hatte. Sie blätterte es auf.

»Das sind ja anderthalb Tage volles Programm!«, rief sie. »Und schon in einer Woche!«

»Sehen Sie, dass ich jetzt wirklich weiterarbeiten muss?«

»*Französisch und Spanisch – ein gemeinromanisches Bewusstsein im 15. Jahrhundert*«, las Katinka laut vor, »das ist Ihr Thema?«

»Allerdings.« Fria nickte enthusiastisch.

»Sehr interessant«, sagte Katinka und meinte es ehrlich. »Kann man denn davon ausgehen, dass die Leute damals tatsächlich ein Bewusstsein von Gemeinsamkeit hatten? Ich meine, Franzosen und Spanier, die gab es doch gar nicht als homogene Gruppen, oder?«

»Nein, natürlich nicht, aber ich habe historische Quellen gefunden, die darüber berichten, wie Pilger mit Anderssprachigen in Kontakt kamen. Die Leute früher haben durchaus über sich und die anderen nachgedacht. Die waren auch nicht blöder als wir.«

»Was für Quellen?«, fragte Katinka neugierig. Die Historikerin wurde aus ihrem Schlummer geweckt.

»Kommen Sie doch zu dem Vortrag«, schlug Fria ungeduldig vor. Verstohlen warf sie einen Blick auf ihre Armbanduhr.

»Das mache ich«, versprach Katinka. »Darf ich das Programm mitnehmen?«

»Klar«, sagte Fria und ging schon voraus zur Tür.

»Sie sprechen ja direkt nach Carsten Stielke«, sagte Katinka, die Nase wieder in dem kleinen Faltblatt. »Übrigens: Sind die Quellen auf der Diskette verzeichnet, die Stielke vermisst?«

Fria starrte Katinka mit unverhohlener Wut an.

»Lassen Sie mich in Ruhe, o.k.?«

»Die Polizei wird bei einer Hausdurchsuchung herausfinden, was zu finden ist«, sagte Katinka lächelnd. Es war ein schlechter Bluff, und sie wusste es. Fria hatte, war sie die Diskettendiebin, längst die Dateien von Carsten kopiert und in ihre eigenen Daten integriert. Dennoch schien es ihr gelungen, Fria nervös zu machen. Sie war ganz weiß im Gesicht und zupfte an ihrem T-Shirt herum.

Katinka verabschiedete sich und trat hinaus in den Nachmittag. Als Erstes nahm sie Toms Trekkingrad genau unter die Lupe, aber es schien völlig in Ordnung. Sie trug das Fahrrad die Stufen zum Eisernen Tor hoch und überlegte, was sie als nächstes tun sollte. Wenn Fria tatsächlich Stielkes Diskette genommen hatte, und nun dessen Ergebnisse in ihre einarbeitete, wenn Stielke wirklich keine Sicherheitskopien hatte, dann würde Fria die Plagiierung schwer nachzuweisen sein. Stielke konnte noch so sehr beteuern, dass die Gedanken, die sie präsentierte, seine waren – wie sollte er es belegen?

Damit war allerdings auch Katinkas vorheriger Verdacht, dass Fria der Diebstahl der Diskette nur in die Schuhe geschoben werden sollte, entwertet: Womöglich war der Fall gar nicht so kompliziert, und niemand hatte eine Verschwörung gegen Fria geplant, Laubachs Leute waren zwar eigensinnige, kauzige Klugscheißer, aber keine Verbrecher.

Was ist mit den gelöschten und überspielten Dateien, meldete sich die Kontrollwespe. Gehen die auch auf Frias Konto?

Katinka lehnte sich gegen die Mauer und ließ den Blick über den Ostflügel der Residenz schweifen. Die unscheinbare Gedenktafel erinnerte an einen anderen ungelösten Todesfall, der allerdings schon fast 200 Jahre zurücklag. Alexandre Berthier, ein Getreuer Napoleons, hatte sich am 1. Juni 1815 aus Verzweiflung und seelischer Zerrissenheit aus dem obersten Stockwerk auf die Straße gestürzt. Aufgrund der politischen Umstände war es ihm nicht mehr möglich gewesen, sich auf die Seite Bonapartes zu schlagen, nachdem dieser aus der Verbannung zurückgekehrt war. Im offiziellen Bericht des Bamberger Appellationsgerichtes war von Selbstmord die Rede gewesen. Dennoch, fand Katinka, wäre auch Mord vorstellbar. Wer konnte schon die inneren Konflikte durchschauen, die die Menschen umtrieben? Es war schwierig genug, die eigenen einigermaßen nüchtern hinzunehmen.

Sie beobachtete Frias Haustür und versuchte dabei, all ihre Gedanken zu sortieren. Es wurde ein langer, öder Nachmittag. Zwei Mal telefonierte sie mit Tom. Er redete ihr ein, es sei sinnlos, herumzustehen und Frias Wohnung anzustarren.

»Wo sollte sie hingehen, wenn sie die ganze Zeit arbeitet? Welche Freunde sollte sie besuchen, wenn sie keine hat?«, fragte er, und Katinka hörte seine Enttäuschung über den wohl verlorenen Samstagabend. Erstaunt stellte sie fest, dass sie zwar den Hauch eines schlechten Gewissens verspürte, Toms Frust sie aber positiv stimmte. Immerhin lieferte er ihr einen Beweis, dass ihm wirklich an ihrer beider Zusammensein lag.

»Ich habe sie nervös gemacht«, erwiderte Katinka. »Und das Wissen, dass ich sie halbwegs durchschaue, wird sie umtreiben. Ich bleibe jetzt mal hier, es wird sich schon noch was tun.«

»Na denn«, murrte Tom. »Ich für mein Teil habe einen Hefeteig angesetzt.«

»Hej, Tom, das ist klasse«, rief Katinka ehrlich erfreut.

»Allerdings wäre ich dankbar, wenn ich den Zopf vor Mitternacht mit dir essen könnte«, fügte er hinzu.

»Klar. Hej, Tom Dooley, sei nicht sauer.«

»Eher schon«, gab Tom ehrlicherweise zu.

Katinka seufzte tief, als sie das Gespräch beendete. Wahrscheinlich hatte Tom Recht, und es erschien ihr selbst unplausibel, Fria hinter dem Ofen vorgelockt zu haben. Doch nun hatte sie schon soviel Zeit investiert. Sie beschloss, noch nicht abzubrechen und noch ein klein wenig zu warten.

Als die Dämmerung herbeischlich, klingelte ihr Handy.

»Hauke von Recken«, dröhnte es ihr entgegen.

»Ach, ich grüße Sie«, antwortete Katinka perplex.

»Sagen Sie mal, gerade habe ich mit Milo telefoniert. Was haben Sie denn da ausgelöst?«

Unerwartet stürzten mehrere Gedankenblitze zugleich auf Katinka ein. Wie immer in solchen Momenten ergriff sie Panik und sie versuchte vergeblich, Intuitionen in ihrem Kopf festzunageln.

»Ich wüsste nicht, dass ich etwas ausgelöst hätte, Herr von Recken«, sagte sie kühl und zerrte an der Kordel ihres Rucksacks, um an ihr Notizbuch zu kommen.

»Na, hören Sie mal! Milo ist ehrlich entsetzt! Am Mittwoch beginnen Sie Ihre Nachforschungen, und sogleich wird jemand … ermordet! Ich muss schon sagen!«

»Was müssen Sie sagen?«, fragte Katinka und kritzelte *Recken über Laubach befragen* auf eine freie Seite.

»Ja, ich bin … ich bin sprachlos!«

»Ich ehrlich gesagt nicht«, sagte Katinka locker. »Der Täter hat sich in die Enge gedrängt gefühlt. Womöglich hat der getötete Student ihm gedroht.«

»Nun untersucht aber die Polizei den Vorfall«, fragte von Recken besorgt. »Das ist recht gefährlich für eine … für Sie.«

Katinka nahm an, er wollte *für eine Frau* sagen.

»Den Mord untersucht selbstverständlich die Polizei. Allerdings habe ich ein Joint Venture mit dem Hauptkommissar.« Sie konnte nicht anders, sie musste einfach ein bisschen angeben.

»Glauben Sie denn, dass der Datenvernichter, der Laubachs Leuten das Leben schwer macht, der Mörder ist?«, fragte der Archäologieprofessor neugierig.

»Wissen Sie«, sagte Katinka langsam und lehnte sich müde vom Herumstehen gegen die Mauer, »der Datenvernichter, der Laubachs Leuten das Leben schwer macht, ist einer von Laubachs Leuten.« Sofort biss sie sich auf die Zunge. Das hättest du ihm nicht sagen sollen, schnurrte die Wespe bitterböse.

»Aber, das ist …« Hauke von Recken blieb einen Moment lang die Spucke weg. »Das ist ja … pathologisch!«

»In der Tat«, sagte Katinka, »und nicht gerade drollig. Können Sie mir einen Ihrer Psychologenkollegen empfehlen?«

»Brauchen Sie eine Therapie?«

»Nein, ein paar Informationen über Persönlichkeitsprofile und -pathologien.«

Hauke von Recken zögerte, dann sagte er: »Dr. Gabriele Borst halte ich für eine sehr kompetente Frau. Sie ist Assistentin bei den Psychologen, eine gute Nachwuchswissenschaftlerin.«

Katinka notierte die Nummer, die von Recken ihr diktierte. Dann fragte sie:

»Wie gut kennen Sie und Professor Laubach sich eigentlich?«

»Wir sind ganz gut befreundet«, gab von Recken zur Antwort.

»Sind Sie auch mit seiner Frau befreundet?« Sie wurde rot, unwillkürlich, und hätte sich am liebsten selbst ausgelacht. »Ich meine …«

»Ich habe Sie schon verstanden«, sagte von Recken und lachte sein kleines, sympathisches Lachen. »Ja, meine Frau und ich sind mit den Laubachs befreundet.«

»In welcher Weise hat Prof. Laubach denn die Vorfälle Ihnen gegenüber erwähnt? Sprach er öfter davon? Schon seit längerem?«

»Eigentlich nicht«, sagte von Recken, der sich Zeit nahm, um in seiner Erinnerung zurückzublenden. »Nein, er erwähnte es einmal am Rand einer Sitzung.«

»Wenn ich mir das nicht falsch gemerkt habe«, machte Katinka weiter, »dann äußerte doch Laubach persönlich den Verdacht, dass einer seiner Leute die Datenbestände durcheinander bringt, gelinde gesagt.«

»Schon, ja. Worauf wollen Sie raus?«

Warum bespreche ich das mit dir, dachte Katinka bei sich, dann sagte sie:

»Wie kommt es dann, dass Sie so erstaunt sind, dass ein Mörder …«

»Aber, ich bitte Sie!« Von Reckens Stimme klang ehrlich entrüstet. »Das ist doch was ganz anderes! Disketten zu stehlen und Daten zu löschen, als einen Mord zu begehen! Um Himmels willen, Katinka!«

Genervt zog Katinka eine Grimasse in Richtung der Gedenktafel für den bedauernswerten Alexandre Berthier. Von Recken hatte wie manche männliche Dozenten älteren Baujahrs die Angewohnheit, Vertrautheit herzustellen, indem er seine Studentinnen mit dem Vornamen ansprach, aber der professionellen Distanz halber beim Sie blieb. Bislang hatte sie sich keine Meinung zu dieser Praxis gebildet, aber im Augenblick passte sie ihr wenig.

»Welche Erfahrungen haben Sie denn mit Psychopathen an der Uni?«

Sie erwartete, dass Hauke von Recken irgendwas über fehlende Trennschärfe zwischen normal und pathologisch sagen würde, aber er seufzte nur tief und meinte:

»Es ist schon wahr, davon gibt es bei uns mehr als genug.«

Am Grünhundsbrunnen tat sich etwas. Katinka starrte überrascht hinüber zu Frias Tür. Es war nun beinahe dunkel, und sie erkannte, wie Fria ein Hollandrad aus dem Haus schob, die Tür hinter sich zuzog und zweimal abschloss. Sie hatte eine Umhängetasche über der Schulter und stieg auf den Sattel.

»Ich rufe zurück«, zischte Katinka in ihr Handy und drückte auf die Ende-Taste. Rasch warf sie all ihre Sachen in den Rucksack zurück, schnappte sich Toms Rad und sauste um die Kurve, die Elisabethstraße hinunter. An der Kreuzung bremste sie scharf und drückte sich in den Schatten der Häuser. Fria fuhr an ihr vorbei, ohne sie zu sehen. Aufrecht saß sie auf ihrem Rad, das rote Haar wehte offen hinter ihr her. Sie wirkte auf Katinka verrückt und verschroben, wie eine Walpurgishexe.

Pathologisch genug, um einen anderen umzubringen, fragte sich Katinka, während sie die Verfolgung aufnahm.

Die Luft war viel milder als die Tage zuvor. Fria radelte über die Marcusbrücke. Beschaulich lagen die Fischerhäuser am dunklen Regnitzufer, goldene Fenstervierecke spiegelten sich verzerrt im Wasser, und die Schatten einiger kleiner Boote dümpelten vor sich hin. Katinka wunderte sich wieder einmal, über wie viele Jahre hinweg man sich von Bambergs Romantik verzaubern lassen konnte. Tom wischte diese Behauptungen zwar gerne beiseite und redete etwas von schwärmerischer Verstiegenheit. Doch im Stillen war Katinka sicher, dass er sich der Seelenfülle der Stadt ebenso wenig zu entziehen vermochte wie sie selbst.

Sie bremste ein wenig ab, um Fria nicht zu nahe zu kommen, die nun an der roten Ampel abwartete. Gleich fährt sie links, in ihr Büro, dachte Katinka gebannt. Manipuliert ein paar Daten, ich ertappe sie in flagranti, und das war's.

Doch als die Ampel auf Grün sprang, fuhr Fria geradeaus. Irritiert folgte ihr Katinka über die Löwenbrücke und durch die Äußere Löwenstraße in die Untere Königstraße. Vor dem Schaufenster des Beate-Uhse-Ladens verlangsamte die Verfolgte plötzlich ihre Fahrt, und Katinka blieb abrupt stehen. Ein Radfahrer hinter ihr fluchte halblaut und sonderte irgendetwas Unverschämtes ab, während er sie überholte. Katinka verbiss sich die Antwort, um Fria nicht auf sich aufmerksam zu machen.

Fria Burgwart interessiert sich für Erotikauslagen, staunte Katinka und rückte an ihrer Brille. Sie hatte Beate Uhses Erfolgsstory immer bewundert. Es mochte an ihrem Faible für eigenständige Unternehmertypen liegen, die mit einer Geschäftsidee zunächst nur Lacher, dann aber Erfolge ernteten. Weil ich selbst gern so wäre, überlegte sie ein wenig selbstkritisch, doch Fria setzte ihren Weg schon fort. Sie schob ihr Hollandrad an der Kreuzung zwischen Königstraße und Luitpoldstraße über den Fußgängerüberweg und dann auf dem linken Gehsteig weiter Richtung Bahnhof. Katinka stieg ebenfalls ab, wechselte aber in einem günstigen Moment die Straßenseite und hielt einen größeren Abstand ein. Sie geht vielleicht ins Kino, überlegte sie. Doch Fria interessierte sich nicht für den hell erleuchteten Eingang zum *Odeon*, beachtete auch die Schaukästen mit den Filmplakaten nicht, von denen sich Katinka immer unwiderstehlich angezogen fühlte. Zu ihrer großen Verwunderung stellte Fria das Rad vor der Spielothek *Merkur* ab.

Katinka starrte über die Straße. Das gibt's nicht, dachte sie. Fria betrat die Spielhölle.

Katinka sah auf die Uhr. Es war kurz nach zehn. Viel los war nicht auf der Straße, ab und zu zogen ein paar Leute an ihr vorbei. Schwülstiger Parfümduft blieb in der Luft kleben. Sie brauchte einen Moment, um sich zu überwinden, bevor sie die

Glastür ebenfalls aufdrückte. Nicht, dass sie Angst gehabt hätte vor der Atmosphäre, die Orte des Glücksspiels gewöhnlich ausstrahlten, im Gegenteil: Sie war hin und wieder sogar mit Tom in einen Spielsalon gegangen, und sie hatten den einen oder anderen Automaten mit Münzgeld gefüttert, nur so zum Spaß. Zweimal hatten sie fünfzig Euro gewonnen und waren dann kichernd und aufgekratzt wieder abgezogen. Allerdings hatte Katinka sich bisher nicht mit den *richtigen* Glücksspielen auseinandergesetzt, wie Tom sie nannte. Roulette erschien ihr uninteressant, mit anderen Spielen kannte sie sich nicht aus, und so war es bei den einarmigen Banditen geblieben.

Katinka kramte in ihrem Rucksack und warf einen Blick auf das Kleingeld. Sie hatte genug Münzen, um ein Spiel an einem der Automaten zu probieren. Buntes Lichtgeblinker warb um ihre Euros. Sie positionierte sich vor einem der Spielautomaten. Da wurde sie abgelenkt. Fria stand ganz hinten, im Halbdunkel. Sie diskutierte heiß mit einem Mann, der ebenso knochig und dürr aussah wie sie. Seine Haare waren zu verfilzten Rastalocken verwachsen, er trug eine Nickelbrille, Klamotten im Armeestil und wirkte fahrig und nervös. Während Fria auf ihn einredete, schlackerten ihre Hände vor seinem Gesicht herum. Beinahe hätte sie ihm die Brille von der Nase gefegt. Der Typ zuckte zurück. Mit beiden Händen stieß er gegen Frias Brustbein. Sie schwankte und torkelte ein paar Schritte. Katinka hatte ihr Handy ebenso schnell in der Hand wie Uttenreuthers Visitenkarte. Fria fing sich, tänzelte wieder auf den Mann zu. Das Gespräch der beiden wirkte hitzig, begleitet von wilder Gestik. Dass sie soviel Temperament aufbringt, wunderte sich Katinka. Sie konnte nicht verstehen, was gesprochen wurde. Ein paar Wortfetzen nur. Fria und der Typ waren nicht gerade nett zueinander. Katinkas Finger schwebten über den Handytasten.

Ein anderer Kerl mischte sich in die Diskussion ein. Er packte beide am Arm und sprach wohl beruhigend auf sie ein, denn einen Moment lang starrten sich die Frau und der Typ bewegungslos an. Dann machte der Nickelbrillenträger sich frei, packte Fria bei den Schultern und schüttelte sie wild hin und her. Katinka tippte Ziffer für Ziffer Harduins Nummer ins Handy. Fria wehrte sich, holte mit der Hand aus, schlug dem Typ mitten ins Gesicht. Das Klatschen der Ohrfeige schallte durch den Raum. Ein anderer Mann tauchte auf, er griff in Frias offenen Haarschopf und riss ihren Kopf weit nach hinten. Erschrocken zog sich Katinka ein wenig zurück, brachte sich hinter dem Spielautomaten in Sicherheit. Das hier war nicht lustig. Einen Moment lang wurde sie von einem Pärchen abgelenkt, das kichernd und albernd hereinkam und eine anzügliche Bemerkung machte. Als sie wieder zu Fria hinüberspähte, hielt der dritte Mann ein Messer in der Hand.

Katinka drückte auf die grüne Taste und presste das Handy ans Ohr. Fria bewegte sich wie eine Aufziehpuppe. Sie tappte an Katinka vorbei, ohne sie zu sehen, und wankte auf die Straße hinaus, ging mit langsamen, steifen Schritten direkt auf die Fahrbahn zu. Ihren linken Arm hielt sie an den Körper gepresst. Katinka war schon hinter ihr.

»Hallo, wer spricht da!«

Uttenreuthers Stimme. Im Hintergrund hörte Katinka Brutzelgeräusche. Wahrscheinlich schmiedete der Kommissar gerade sein abendliches Spiegelei.

»Kommen Sie sofort in die Luitpoldstraße!«, zischte Katinka in Panik. »Jemand hat Fria Burgwart mit dem Messer angefallen.«

»Bin gleich da.« Das Gespräch wurde unterbrochen, und ein schallendes »Nein!« tönte durch die Nacht.

Katinka wurde unsanft beiseite geschoben. Beinahe flog ihr das Handy aus der Hand. Der Typ mit dem Messer stand nun knapp hinter Fria. Der Stahl blitzte im Laternenlicht.

Verwirrt starrte er Katinka an, die ihre Waffe schon gezogen hatte.

»Messer wegwerfen!«, schrie sie. In ihren eigenen Ohren hallte ihre Stimme, als würfe sie tausend Schatten über die dunkle Straße. Das Gesicht des Typs verzog sich voller Häme. Er darf nicht abhauen, dachte Katinka keuchend. Ich muss ihn hinhalten, bis die Polizei kommt. Mensch, Hardo, mach hinne!

Der Mann ließ das Messer sinken und musterte bedächtig Katinkas Waffe.

»Du traust dich doch sowieso nicht«, höhnte er und strich mit der freien Hand über sein schulterlanges, fettiges Haar. Katinka hörte ein Geräusch hinter sich. Sie fuhr herum, als der Mann mit den Rastalocken aus der Spielothek trat.

»Lass mal, Ralph«, sagte er.

O.k., er heißt Ralph, dachte Katinka erregt, als könne ihr sein Name im Moment helfen.

»Ich mach doch gar nichts«, sagte Ralph lässig und klatschte die Klinge seines Messers gegen seine Jeans.

Fria hatte sich zu ihnen umgedreht. Sie erkannte den Rastalockentyp und schrie:

»Du Idiot, du bringst alle um den Verstand! Ich halte das nicht mehr aus!«

Ralph wies mit dem Kopf auf Katinka. »Kümmer dich um das Mädel!«, sagte er in Befehlston und drehte sich mit einer schnellen Bewegung zu der bewegungslosen Fria und stieß sie mit voller Wucht auf die Straße. Ein Wagen mit offenem Verdeck und lauter Heavy Metal Musik an Bord, wich quietschend aus. Irgendwas knallte. Mit langen Schritten rannte Ralph die Straße hinunter Richtung Innenstadt.

»Scheiße«, schrie Katinka. Sie hörte ein Martinshorn und blies erleichtert ihre Ponys aus dem Gesicht.

»Und du, Nickelbrille, du nimmst die Flossen hoch«, schrie sie den Rastalockenmann an.

Der erste Polizeiwagen hielt direkt neben Katinka. Die Beamten schrieen »Waffe weg!« und richteten ihre Dienstpistolen auf Katinka, doch es dauerte nur ein kurzes Zwinkern, bis ein zweiter Wagen den Hauptkommissar ausspuckte und dieser die Lage klärte.

»Schnell! Der Messerstecher ist die Luitpoldstraße runter gerannt! Lange, dunkle, fettige Haare. Groß, bestimmt 1,90.« Katinka steckte ihre Waffe ins Holster.

»Kerschensteiner!«, schnauzte Uttenreuther.

Eine blonde Polizistin sprang in den Wagen und nahm mit einem Kollegen die Verfolgung auf. Zwei andere sammelten den Rastalockenmann ein.

Katinka rannte zu Fria. Sie lag auf der Straße und blutete stark am Arm. Ein Polizist hatte ihr schon den Pulloverärmel aufgeschnitten und legte einen provisorischen Druckverband an. Katinka kauerte sich neben sie.

»Es kommt alles in Ordnung«, versicherte sie. Fria deutete ein Kopfschütteln an. Sie sah grotesk aus mit der roten Haarmähne, die sich wie ein überdimensionierter Heiligenschein auf dem Asphalt um ihren Kopf breitete. »Gleich ist der Arzt hier«, sagte Katinka.

»Wo ist Ethelbert?«

»Ethelbert?«, fragte Katinka erstaunt, während sie zum zweiten Mal ein Martinshorn wahrnahm. »Ist das der Kerl mit den Rastalocken?«

Fria hauchte ein leises »Ja!«

»Die Polizei kümmert sich um ihn.«

»Aber er kann nichts dafür!«, jammerte Fria und versuchte, sich aufzurichten.

»Ganz ruhig, Lady«, sagte der Polizist, der sich an ihrer Verletzung zu schaffen machte.

»Er kann nichts dafür«, wiederholte Fria kläglich. »Er ist nur … ein Opfer!«

Der Notarzt sprang aus seinem Wagen und lief die paar Schritte zu Fria, die nun hemmungslos zu zittern begann.

»Messerstiche«, sagte der Polizist, der Fria verbunden hatte. »Ich habe einen Druckverband gemacht.«

»Brav!«, sagte der Notarzt. »Hm. Blutverlust ist recht heftig. Olàlà, da haben wir ja noch einen Stich. Sie, sind Sie eine Freundin?«, fragte er an Katinka gewandt.

»Ja!«, sagte Katinka kurz.

»Dann flitzen Sie mal zu meinem Wagen und holen Sie die Wärmefolie. Sonst fallen Sie noch gleich um.«

»Das glaube ich kaum«, sagte Katinka würdevoll, holte jedoch die Folie und breitete sie über Fria.

»Wird schon wieder, junge Frau«, sagte der Arzt zu Fria. »Das wird im Klinikum genäht, wir müssen nur schauen, ob nicht auch ein paar Nerven betroffen sind. Keine Panik. Lässt sich alles wieder reparieren.«

Der Polizeiwagen, mit dem die blonde Polizistin sich auf die Suche nach Ralph gemacht hatte, kehrte zurück. Katinka lächelte Fria aufmunternd zu und stellte sich zu Hardo Uttenreuther.

»Wir haben ihn«, sagte der Hauptkommissar grimmig. »Was hat der Fuzzi mit dem Adlerhorst auf dem Kopf mit der Sache zu tun?«

Katinka versuchte ein Grinsen, doch ihr Gesicht fühlte sich wie eingefroren an.

»Er heißt Ethelbert Burgwart«, sagte Harduin und blickte auf einen Zettel, den ihm ein Kollege reichte.

»Sie ist nicht verheiratet. Könnte ihr Bruder sein.« Katinka sah nachdenklich drein. »Sie sagte, er könnte nichts dafür, er sei nur ein Opfer.«

»Hat er sich an der Messerstecherei beteiligt?«

»Nein. Er und Fria haben gestritten«, erwiderte Katinka langsam. »Dieser Ralph kam dazu und zückte plötzlich sein Messer. Er und Fria kamen auf die Straße gestürzt. Ethelbert, komischer

Name, ja, jedenfalls der kam ganz gemütlich hinterhergetigert. Schien nicht besonders beunruhigt, dass jemand seine Schwester mit einem Messer bedroht.«

»Wieso haben Sie eigentlich ihr Schießeisen geschwenkt?«

»Ich hatte Angst, dass Ralph Fria komplett tranchiert!«

»Hm«, machte Uttenreuther.

Katinka drehte sich um. Ein Krankenwagen rollte heran. Fria wurde auf eine Liege gebettet und davongefahren.

»Hoffentlich ist es wirklich nichts Schlimmes!«, sagte Katinka gedankenverloren. Sie sah auf die Uhr.

»Himmel!«

»Was?« Uttenreuther sah sie scharf an.

»Ich muss meinen Freund anrufen!«, stöhnte Katinka. »Sonst kriegt der noch die Krise.«

Eine halbe Stunde später saß sie mit Uttenreuther im *Odeon*. Der Vorraum des Kinos beherbergte ein Café und bot in der Luitpoldstraße die einzige schnell erreichbare Getränkequelle zu späterer Stunde.

Uttenreuther bestellte murrend ein *Leikeim*. Katinka blieb lieber alkoholfrei.

»Ihr Abendessen ist ausgefallen, stimmts?«, fragte sie den Kommissar.

Er winkte mit der Hand ab und sagte: »Unerheblich. Man hat genug Reserven.«

Katinka grinste schwach. Sie nuckelte an ihrem *Bitter Lemon*.

»Wir haben keine Hinweise auf den Täter im Fall Wewerka«, sagte Uttenreuther bedächtig. »Die Haare auf seinem T-Shirt stammen von einer Frau, Letizia Santorino. Eine Austauschstudentin, die mit ihm die Nacht zuvor verbracht hat. Es war eine Verabredung für eine Nacht, und sie hat ein Alibi für Mittwoch. Ihre Mitbewohnerin hat eine Party veranstaltet.

Fünfzig Leute haben Letizia die ganze Nacht über gesehen. Tja.«

»Die Tatwaffe?«

»Nichts. Die Fingerabdrücke am Tatort sind wenig aufschlussreich, wir haben im Sekretariat Wewerkas Abdrücke gefunden, außerdem natürlich die von sämtlichen Mitarbeitern, was kein Wunder ist. Wir stehen auf dem Schlauch. Wir haben auch keine Zeugenaussagen. Niemand hat etwas gesehen oder gehört.«

Katinka wand sich, dann packte sie aus.

»Als ich gestern Abend nach der Verabredung mit Ihnen heimfuhr, bin ich noch mal an der Weide vorbeigeradelt. Jemand ist ins Büro gekommen. Ruth Lebewang. Ich habe sie abgepasst und ...«, Katinka unterbrach sich nervös, als sie Uttenreuthers bohrenden Blick sah. Wieso zum Henker brachte er sie immer aus dem Konzept!

»Jedenfalls«, fuhr Katinka fort, »hat Ruth behauptet, sie wolle nachsehen, ob Fria wieder Akten vernichtet. Sie hat Fria ganz eindeutig im Verdacht, das hat sie mir gegenüber ja schon am Mittwoch zugegeben. Zudem behauptet sie, Fria hätte besagte Diskette geklaut und würde nun Carsten Stielkes Forschungsstand in ihren eigenen Vortrag einbauen.« Katinka wühlte aus ihrem Rucksack das Faltblatt mit dem Tagungsprogramm und reichte es Uttenreuther. Er überflog es. Katinka bemerkte in seinem Mundwinkel den leichten Anflug eines Lächelns.

»Ja, das alles hat man hinter sich«, sagte er. Dann blickte er Katinka direkt an und sagte: »Weiter.«

Er hatte diese Art, einem die Wahrheit an Schnüren aus dem Kopf herauszuziehen. Als würde er mit den Augen einen Angelhaken auswerfen, dachte Katinka verwirrt.

»Ruth lenkt den Verdacht mit Deutlichkeit auf Fria. Henry Wewerka war damit nicht einverstanden. Als wollte er Fria in Schutz nehmen.«

Uttenreuther trank sein Bier aus und morste der jungen Frau hinter der Theke mit dem leeren Glas seine Bestellung zu.

»Eine andere Gewährsperson hat Ihnen aber das Gegenteil suggeriert, und Jahns-Herzberg als Täterin genannt.«

»Lennert hat gesagt, dass er Helena zutraut, Daten zu vernichten und so weiter.«

Katinka seufzte und schloss den Reißverschluss ihrer Jacke. Ihr war plötzlich kalt. Uttenreuther betrachtete sie einen Augenblick und winkte dann wieder der Barfrau.

»Einen Kaffee für die Dame.«

Verwirrt sah Katinka den Kommissar an. Wie kam er dazu, ihr einen Kaffee zu bestellen? Die Situation wurde ihr unangenehm. Schnell sagte sie:

»Heute Nachmittag habe ich Fria besucht. Als ich sie auf den Kopf zu fragte, ob sie Stielkes Diskette entwendet hätte, reagierte sie … irgendwie ertappt. Womöglich gibt es mehr als einen Täter: einen Diskettendieb, einen Datenvernichter und einen Mörder.«

»Was war sonst noch los?«, fragte Uttenreuther nach kurzem Schweigen.

»Jemand ist mir gefolgt«, sagte Katinka tonlos. »Er oder sie hat mein Fahrrad manipuliert, als es draußen an der Weide stand. Ich war ja mit Ruth im Treppenhaus. Ich bin damit noch nach Hause gefahren, habe ein verdächtiges Klappern wahrgenommen. Mein Freund hat erst heute Morgen festgestellt, dass beide Räder gelockert worden sind.«

Uttenreuther vertiefte seinen Blick. Der Kaffee kam. Dankbar griff Katinka nach der Tasse. Wenn schon die Zeit der Beichte gekommen war, sollte sie Uttenreuther auch von den Drohungen erzählen.

»Außerdem ist mir ein Wagen gefolgt. Tom – mein Freund – und ich merkten es erst in der Herzog-Max-Straße, wo Tom wohnt. Da stand ein Wagen mit abgeblendeten Scheinwerfern.

Ich war so in Gedanken, dass mir erst, als ich schon im Haus war, auffiel, dass der vielleicht hinter mir her war.«

Das Bier des Kommissars war schon wieder halb leer.

»Leider«, fuhr Katinka ärgerlich fort, »habe ich weder auf das Modell noch auf die Nummer geachtet. Es könnte ein größeres Teil gewesen sein, so ein Van. Übrigens, der Wohnungseingang liegt eigentlich in der Amalienstraße. Aber die Pizzeria erreicht man durch die Herzog-Max-Straße. Und dabei bleibts für uns – der Einfachheit halber.«

Uttenreuthers abgründige Miene hinderte sie daran, auch von der Stimme auf ihrem Anrufbeantworter und der Frau mit dem Kopftuch zu erzählen.

»Und, wie ist das nun mit dem Angriff auf Fria?«, fragte sie stattdessen.

»Wir werden die beiden Herrschaften natürlich ausquetschen«, sagte Uttenreuther, »und Burgwart im Klinikum besuchen.«

Katinka wollte dazwischenfahren und sagen, dass sie selbst das übernehmen könnte, doch sie biss sich auf die Lippen. Ohnehin würde sie Fria gleich morgen besuchen. Und Carsten Stielke. Sie trank ihren Kaffee aus. Er war so stark, dass sie die ganze Nacht wachliegen würde. Uttenreuther zahlte für beide, was Katinka peinlich war, und erhob sich:

»Ich begleite Sie nach Hause«, sagte er.

»Nicht nötig«, versicherte Katinka eilig. Uttenreuther sagte nichts, aber seine Anwesenheit verhinderte, dass Katinka sich einfach auf Toms Rad schwang und davonbrauste.

»Interessante Tagung«, sagte Uttenreuther. »Ich werde selbst teilnehmen.«

»Hatte ich auch vor«, sagte Katinka rasch, während sie nebeneinander hergingen. »Wenn Fria Ergebnisse von Carsten Stielke geklaut hat und sie in ihren Vortrag eingebaut hat, müsste zumindest Stielke das bemerken. Vielleicht gibt's in meinem Fall dann die Möglichkeit, den Stier bei den Hörnern zu packen.«

»In Ihrem Fall ist in meinem Fall«, antwortete Uttenreuther kryptisch. Er nickte ihr zu, als sie vor der Pizzeria standen, und sagte: »Stielke schreibt über den Wallfahrtsort Le Puys. Der ist seit dem 10. Jahrhundert eine berühmte Pilgerstätte mit einer Schwarzen Madonna. Womöglich bedient sich Burgwart bei Stielke und seinen Pilgern. Er arbeitet zur romanischen Ausgliederung, also zur Vielfalt der romanischen Sprachen. Sie über ein gemeinromanisches Bewusstsein. Beide haben den gleichen Zeitabschnitt im Visier. Da leuchten doch die Alarmglocken, oder?«

Katinka nickte, doch es blieb ihr keine Zeit, eine kluge Bemerkung zu machen, denn Uttenreuther sagte:

»Aufpassen, Palfy«, und verschwand in der Nacht.

14. Carsten Stielkes Sonntag

»Schön, dass du mich mal zur Arbeit mitnimmst.«

Tom hatte Katinkas Rad repariert und sich einverstanden erklärt, am Sonntag eine Radtour nach Viereth zu unternehmen, um einen Überraschungsbesuch bei Carsten Stielke zu machen.

»Er müsste arbeiten wie ein Ackergaul wegen der Tagungsvorbereitung«, meinte Katinka, als sie den Radweg am Main nahmen, »also ist er bestimmt zu Hause.«

Menschenmassen nutzten das herrlich sonnige Wetter, um ihre weiße Winterhaut zu bräunen, die Stadtlungen zu lüften und vorsichtige sportliche Gehversuche zu unternehmen. Der Radweg war so voll, dass Tom, der vorausfuhr, beständig den Weg freiklingeln musste. Katinka stöhnte. Die fortgesetzte Abbremserei machte sie ganz kribbelig. Am liebsten hätte sie das Rad stehenlassen und wäre zu Fuß weitergegangen.

Viereth lag im Sonnenlicht und präsentierte selbstzufrieden seine großen, fantasielosen Häuser mit ausgedehnten Nutzgärten.

»Wohin jetzt?«, rief Tom über die Schulter zu Katinka. »Wo wohnt ein Student, der aufs Land zieht? In einer linken Agri-Kommune?«

»Stielke bestimmt nicht«, erwiderte Katinka. »Er trägt eine Designerbrille!«

Die Weiherer Straße zog sich in die Länge, ganz am Ende wurde der Berg sehr steil. Katinka wollte Tom gerade eine mitleiderregende Bemerkung zurufen, als er schon stehen blieb und zu einigen neugebauten Häusern zeigte:

»Hier muss es sein.«

Die Häuser sahen eher nach dem Domizil von Familien mit kleinen Kindern aus als nach Studentenbude. Katinka zuckte die Achseln und schob ihr Fahrrad über eine kleine Brücke. »Ist ja schick hier mit dem Bach«, murmelte sie. Das Haus lag ganz still da. Nebenan hörte man Kindergeschrei.

Katinka drückte auf den oberen Klingelknopf, auf dem zu ihrer Überraschung tatsächlich *Stielke* stand. Nichts rührte sich. Sie probierte es ein zweites erfolgloses Mal, als Tom sagte: »Komm, wir gehen einfach ums Haus.«

Katinka folgte ihm neugierig. Eine Menge Klimbim durchsetzte den Garten, Windräder steckten träge in den Blumenbeeten, zwei bunte Windsäcke hingen schlaff an der Hauswand. Große, glänzende Kugeln begrenzten den geschotterten Weg ums Haus.

»Hier fehlen nur die Zwerge«, sagte Tom leise. Katinka grinste. Mittlerweile kannte sie Toms Verachtung für alles, was gefällig aussah und dem konformen Geschmack der Mehrheit entsprach, kurz, was mit dem Wort *adrett* treffend beschrieben werden konnte.

Sie gingen fast um das ganze Haus herum.

»Hallo?«, rief Katinka einige Male.

Nichts rührte sich. Nebenan bellte ein Hund, und das fröhliche Kindergeschrei klang ihr mit einem Mal wie aus weiter Ferne.

»Keiner zu Hause«, sagte Tom achselzuckend. »Ärgerlich, aber wahr. Wer bleibt bei diesem Wetter schon im Haus.«

Sie wandten sich um und stakten über den Schotterweg wieder zurück, als Katinka einen Blick hinter ein kleines Gartenhaus erhaschte. Zwischen zwei Regentonnen hatte jemand einen Liegestuhl eingepasst, beschirmt mit einem Rest gestreiften Canvas. Dieser Jemand kauerte auf seinem Segeltuchstuhl und tat sichtlich nichts anderes, als inständig zu hoffen, der Besuch möge gehen und ihn nicht bemerken: Carsten Stielke.

»Grüß Gott, Herr Stielke«, rief Katinka zu ihm hinüber und spazierte ungehemmt über den unkrautfreien Rasen. Die Grashalme fühlten sich unter ihren Füßen an wie ein dicker, grober Teppich.

Stielke richtete sich auf und bemühte sich um eine freudig überraschte Miene. Höflicherweise nahm er die Sonnenbrille ab, als Katinka auf ihn zutrat. Er trug Bermudashorts, aus denen seine weißen, dünnen Beine stakten, ein buntes Hemd und ein lächerliches Sonnenhütchen.

»Thiele, mein Kollege«, sagte Katinka lässig. »Wir haben noch einige Fragen an Sie.«

Stielke wurde sehr rot. Er war schon rot von der ungewohnten Sonnenbestrahlung, doch nun vertiefte sich die Farbe und verschaffte ihm Ähnlichkeit mit einem Hummer.

Katinka sah sich demonstrativ nach einer Sitzgelegenheit um. Der einzige Stuhl, der noch herumstand, war durch eine Thermoskanne und eine Kaffeetasse besetzt. Stielke ließ es sich an diesem Sonntag gutgehen, das stand fest, und er arbeitete keinesfalls wie ein Ackergaul.

»Entschuldigung, warten Sie«, begann er das Geschirr wegzuräumen.

»Lassen Sie nur«, sagte Katinka übertrieben freundlich. »Können wir vielleicht hineingehen?«

»Natürlich, selbstverständlich«, sagte Stielke und sprang auf. Er führte sie durch die Haustür und ein Treppenhaus mit einem prächtig geschnitzten Geländer unter das Dach. Seine kleine Wohnung war nett eingerichtet. Nett, dachte Katinka und stellte sich Toms Horror vor. Stielke oder wer auch immer für das Mobiliar verantwortlich zeichnete, hatte bei *Neubert* die Abteilung *Junges Wohnen* leergekauft, inklusive Rollos für die Dachfenster und Sofakissen.

Stielke sagte »bitte«, und wies Katinka und Tom in eine Art kombiniertes Wohn- und Arbeitszimmer. Sofort sah Katinka, was auf seinem Schreibtisch stand: Ein Laptop.

»Oh, Sie haben sich einen Computer gekauft«, sagte sie anerkennend.

Stielkes Hautfarbe vertiefte sich. Er sah nun sehr ungesund aus.

»Nein, nur geliehen, von … einem Freund.«

»Ein wirklich großzügiger Freund«, bestätigte Katinka verächtlich.

»Möchten Sie Kaffee?«, fragte Carsten Stielke.

»Gern«, sagte Katinka und ging ihm in die Küche nach. Sie sah Tom einen Moment lang tief in die Augen. Wenn er nur verstand! Wenn er Stielkes Laptop in Betrieb setzen würde!

Stielke besaß eine vollautomatische Kaffeemaschine, unter die er nun zwei Tassen stellte und auf den Knopf mit der Beschriftung *Café au Lait* drückte.

»Sie wohnen wirklich schön, Herr Stielke«, sagte Katinka und betrachtete die in schnörkeliger und merkwürdig runder Handschrift beschriebenen Einkaufszettel, die Stielke an den Küchenschrank geklebt hatte.

»Ja, nicht wahr? Das ist der Vorteil, wenn man in einer kleinen Ortschaft wohnt. Nahe an der Natur«, sagte Stielke. Er war das glatte Gegenteil eines Naturburschen.

»Wie haben Sie diese Wohnung denn gefunden?«, fragte Katinka in übertrieben begeistertem Tonfall.

»Och«, machte Stielke. »Auf dem Land ist leicht was zu finden. Die meisten Studenten möchten doch lieber mitten in der Stadt sitzen.«

»Haben Sie denn ein Auto?«

»Äh, ja!«, sagte Stielke.

Katinka nickte vielsagend und versuchte gleichzeitig, ins Arbeitszimmer hinüberzulauschen. Ob Tom die Kiste angeworfen hatte, überlegte sie, und war sich im selben Moment bewusst, dass sie sich auf einem schmalen Grat bewegten. Sie konnte sich nur auf Stielkes Panik verlassen. Sollte er auftrumpfen und sie rausschmeißen, würden sie und ihr angeblicher Kollege ziemlichen Ärger bekommen.

»Sicher wohnt es sich auch billiger als in der Innenstadt«, sagte sie und tat, als würde der Blick aus dem Dachfenster sie zutiefst verzücken.

»Nun, ja … ja!«, rief Stielke. In der Tiefe der Kaffeemaschine begann es zu rumoren. Schäumend ergoss sich der Kaffee in die beiden Tassen.

»Tolles Modell«, sagte Katinka. »Darf ich Sie als Romanisten fragen, ob sie das Modell in Italien gekauft haben?«

»Nein, in Frankreich«, sagte Carsten Stielke. Endlich nahm er das Sonnenhütchen ab. Seine kurzen Haare pappten schweißnass aneinander. Ein dunkler Abdruck umrandete seinen Kopf.

»Wie geht es Ihren Vorbereitungen für die Tagung?«, fragte Katinka. »Sicher haben Sie schon einen Großteil Ihrer Daten wiederhergestellt, Sie wirken richtig entspannt.«

Das stimmte nun überhaupt nicht. Katinka wurde selber unheimlich, als sie bemerkte, wie leichtfertig sie mit Stielke spielte. Erstaunt musste sie feststellen, wie mühelos man Kraft und Stärke seines Gegners austarierte. Stielke war hypernervös und offensichtlich ein Lügner. Das ganze Theater, was für eine Katastrophe der Verlust seiner Diskette darstellte – Geblubber! Während Stielke entspannt im Schatten der Regentonnen den Frühling genoss, lachte er sich ins Fäustchen über die dumme Detektivin, die dem Diskettendieb nachstellte.

»Haben Sie einen Verdacht, mittlerweile?«, fragte Katinka. Sie nahm sich einfach eine der beiden Kaffeetassen und nippte an der heißen Flüssigkeit.

»Äh«, sagte Carsten Stielke, nahm die zweite Tasse in die

Hand und machte Anstalten, ins Arbeitszimmer hinüberzugehen, aber Katinka hielt ihn auf. »Sind das Ihre Nachbarn?«

Eine junge Frau mit zwei Kindern an der Hand ging gerade über den Rasen.

»Äh, ja, meine Vermieter«, sagte er und stellte die Tasse wieder ab.

»Sehr nett«, sagte Katinka und ließ offen, was sie damit meinte. »Wie sieht es aus mit Ihrer Vortragsvorbereitung?«

»Ich«, Stielke schluckte, »ich bin recht gut vorangekommen, nachdem ich die letzte Woche Tag und Nacht gearbeitet habe. Jetzt ... brauchte ich einfach eine Pause!«

»Klar!«, bestätigte Katinka sofort verständnisvoll, meinte irgendein Computerpiepsen aus dem Nebenzimmer zu hören, und redete schnell weiter: »Wir alle brauchen Pausen, und geistige Kreativität ist regelrecht auf Pausen angewiesen, nicht wahr? Hm, sehr guter Kaffee, wissen Sie was, ich übernehme hier gleich mal die Tasse für meinen Kollegen, dann machen wir ihm einen frischen.«

Sie stellte ihre Tasse ab und griff nach der, die für Tom bestimmt war.

Ein gutes Herz hälts aus, dachte sie.

Resigniert drückte Stielke wieder auf die *Café-au-lait*-Taste.

»Wie sieht es eigentlich mit den Rechnern am Lehrstuhl aus? Sind die Motherboards gerichtet? Wie stehts mit dem Brenner?«

Stielke, der sichtlich um Fassung rang, sagte verkniffen: »Ludovic Montfort kümmert sich darum. Ich weiß es nicht, ich werde auch erst wieder am Mittwoch am Lehrstuhl sein. Ich habe ja keine feste Stelle«, fügte er hinzu.

»Sicher«, nickte Katinka. Plötzlich fragte sie sich, ob Montfort sich überhaupt schon um die unbrauchbaren Computerfunktionen gekümmert hatte. »Für Sie ist es auch wichtiger, sich auf die Tagung vorzubereiten. Frau Burgwart gab mir gestern das Tagungsprogramm mit. Ihr Thema ist wirklich interessant.«

»Ja, das ist es«, nickte Carsten Stielke. Das Chilirot in seinem Gesicht verblasste und machte einem heimtückischen Rosa Platz.

»Wie sind Sie auf Le Puys gekommen?«, plauderte Katinka weiter, als Tom in der Küche auftauchte und unschuldig fragte: »Haben sich die Herrschaften hier festgequatscht? Gibt es wohl einen Kaffee?«

»Bitte«, sagte Stielke und streckte ihm die Tasse entgegen. Er musste sich zusammennehmen, um nicht vor Angst zu schlottern. »Nehmen Sie Zucker?«

»Danke, nein«, sagte Tom artig. »Hm. Sehr fein.«

»Wollen wir uns nicht noch für einen Moment setzen?«, fragte Katinka.

Stielke ging voran ins Nebenzimmer. Sein erster Blick galt seinem Schreibtisch, doch alles sah aus wie zuvor. Als er die Tür schloss, erkannte Katinka, dass er das Plakat mit der Tagungsankündigung auch in seiner eigenen Wohnung aufgehängt hatte.

»Ist das Ihr erster Vortrag auf einer Tagung?«, fragte Tom und wies mit dem Kinn auf das Poster.

»Ja, schon«, sagte Stielke. Er saß auf der vorderen Sofakante.

»Übrigens: Wer ist denn der Freund, der Ihnen den Laptop geliehen hat?«

Katinka sah sofort, dass der Mann einknicken würde. Er besaß weder das Format noch die Nerven, ihr ins Gesicht zu sagen, dass sie das nichts anginge. Er holte tief Luft: »Timo Riemenschneider.«

»Wie *der* Riemenschneider?«, fragte Tom erstaunt.

Stielke nickte bestätigend. Seine Finger flatterten. Katinka runzelte die Stirn.

»Aus Bamberg?«

»Ja!«, hauchte Stielke verzweifelt.

»Geben Sie mir doch mal die Telefonnummer, damit ich das nachprüfen kann!«

»Timo ... hat kein Telefon«, sagte Carsten Stielke und wurde puterrot. Auf Katinkas vernichtenden Blick hin fügte er hinzu: »Keinen Festnetzanschluss. Ich gebe Ihnen die Handy-Nummer.«

Er wühlte auf seinem Schreibtisch herum und förderte ein Adressbuch zu Tage. »Bitte«, sagte er, kritzelte etwas auf einen Notizzettel und reichte ihn Katinka. Sie warf einen Blick auf die Nummer, zückte ihr Handy und wählte. Stielke wurde weiß.

»Meldet sich niemand«, sagte Katinka, und drückte die *Aus*-Taste. »Schade, auch keine Mailbox. Na ja, ich werde Herrn Riemenschneider schon noch erreichen.«

Sie stand auf und sagte wie nebenbei: »Haben eigentlich auch Sie Frau Jahns-Herzberg im Verdacht, die Daten manipuliert zu haben?«

Carsten Stielke starrte sie so erstaunt an, dass ihm der Mund ein Stück aufklappte. »Wieso Frau Jahns-Herzberg?«, fragte er zittrig.

»Ach, nur so ein Gedanke«, sagte Katinka leichthin. »Aber egal. Wir sehen uns, danke für den Kaffee, Herr Stielke.«

Er folgte Tom und Katinka zur Tür und wünschte mit bebender Stimme einen schönen Tag.

Unten im Ort hielt Katinka an. Vor einer Wirtschaft saßen Leute mit knallroten Köpfen auf Bierbänken in der prallen Sonne. Sie stierten dumpf auf die beiden Radfahrer und umklammerten ihre Bierkrüge, als hätten sie Bedenken, dass andere Durstige sie ihnen entreißen könnten.

»Hast du was erreicht, Tom?«

Er nickte grinsend, und für einen Augenblick kam wieder das Gesicht des Frechdachses zum Vorschein, das Katinka so liebte und das leider zu häufig unter der Oberfläche von alltäglicher Hektik verborgen blieb.

»Sehr einfach. Sein PC ist nicht passwortgeschützt. Mitten auf dem Desktop liegt ein fetter Ordner mit der Bezeichnung Diss. Ich nehme an, Dissertation?«

»Ja, klar«, sagte Katinka atemlos. »Weiter!«

»Es sind eine Menge Dateien drin«, verkündete Tom, und sein Grinsen wurde beinahe unverschämt. »Unter anderem ein Vortrag.«

»Hast du die Dateien geöffnet?«

»Aber nein, das würde sein Rechner melden, und er wüsste, dass ich daran manipuliert habe. Falls er halbwegs Ahnung hat.«

»Das kann er sich sowieso an einem Finger einer Hand ausrechnen«, meinte Katinka achselzuckend.

»Aber nicht beweisen«, entgegnete Tom. »Hier!« Triumphierend zog er eine neongelbe Diskette aus seiner Hemdtasche.

»Nein!«, rief Katinka. Die Biertrinker glotzten zu ihnen hinüber. »Los. Wir müssen heim! Ich will wissen, was drauf ist!«

Sie flitzte los. An der Ampel wich sie einem Mofa gerade noch aus.

15. Frias Trauma

Zappelig knetete Katinka ihr Notizbuch, während Tom seinen Rechner hochfuhr.

»Mach schon«, rief sie fiebrig. »Glaubst du eigentlich die Sache mit diesem Timo?«

»Stielke ruft den Kerl an und bittet ihn, die Story von dem geliehenen Laptop zu decken«, vermutete Tom und gab sein Passwort ein.

»Ich bin eher der Meinung, dass es keinen Timo Riemenschneider gibt. Müsste man beim Einwohnermeldeamt nachfragen. Britta kennt da jemanden.«

»Britta kennt überall einen, der einen kennt, der einen anderen kennt.«

Mit blechernem Singsang baute sich die Windows-Oberfläche auf.

»Ich wette, es gibt keinen Timo Riemenschneider. Stielke musste sich schnell einen Namen von einem angeblichen Freund einfallen lassen, und von Tilman zu Timo ist kein weiter Weg.«

»Warum Tilman Riemenschneider?«

»Was weiß denn ich«, klagte Katinka und rutschte auf ihrem Stuhl herum. »Dein Gehirn spuckt manch chaotischen Kram aus, wenn du unter Druck stehst.«

»Und zu wem gehört die Nummer, die er dir gegeben hat?«

Endlich fraß der Rechner die Diskette und zeigte ihre Inhalte an.

»Nicht zu fassen!« Katinka begann, alles hektisch in ihr Buch zu kritzeln, aber Tom sagte nur:

»Lass mal, das können wir ausdrucken!«

»O Tom, du bist Gold wert«, sagte Katinka ehrlich überzeugt.

»Weiß ich doch.« Er drückte ein paar Tasten und der Drucker spie fast im gleichen Augenblick ein Blatt aus.

»Hier«, triumphierte Tom.

Katinka staunte. Die Diskette enthielt den Ordner *Diss*, in dem Carsten Stielke sowohl einen Text von 500 Kilobyte als auch einige kleinere angelegt hatte.

»Öffne mal den großen«, bat Katinka.

»Schande über Schande!«, brummte Tom. »Der Typ hat schon 200 Seiten geschrieben!«

»Seine Doktorarbeit?«

»Sieh mal, er hat die Überschriften als Vorlagen formatiert. Man kann sich jetzt ein Inhaltsverzeichnis mit Seitenangaben machen lassen.«

Tom klickte herum und deutete auf den Drucker, der lautlos ein weiteres Blatt ausspuckte.

»Stielke ist ja schon fast fertig!«, wunderte sich Katinka.

»Nein«, widersprach Tom. »Er hat nur alle Überschriften eingegeben, quasi wie eine Gliederung, aber fünfzig Prozent noch nicht geschrieben, schau!«

»Egal«, rief Katinka aufgeregt. »Er hat jedenfalls eine Menge Stoff beisammen, und – was noch wichtiger ist – das hier ist ein richtiger Text! Ich kann ihm beweisen, dass er seine Diskette nicht verloren hat. Sie ist auch nicht gestohlen worden. Er hat den Verlust nur vorgetäuscht. Vermutlich will er wirklich alles Fria in die Schuhe schieben!«

»Hier sind noch mehr Texte«, sagte Tom und wies auf den Bildschirm. »Der eine scheint sein Vortrag für diese Tagung zu sein. 20 Seiten. Und der andere«, er klickte wieder, »ist eine Literaturliste. Donnerlittchen, der hat aber wirklich viel gearbeitet!«

Katinka hatte ihr Handy in der Hand, wählte die Nummer des angeblichen Timo mit dem berühmten Nachnamen, doch sie bekam niemanden an den Apparat, auch keine Mailbox.

»Lass uns nachdenken!«, sagte Katinka. »Stielke gibt vor, seine Diskette sei verschwunden, und macht ein elendes Trara. Hat er die Absicht, den vermeintlichen Diebstahl Fria in die Schuhe zu schieben? Er war ganz verschreckt, als ich ihm erzählte, dass ich von Fria das Tagungsprogramm bekommen habe.« Sie zögerte. »Aber ich hatte den Eindruck, sie würde lügen, als sie behauptete, die Diskette nicht genommen zu haben.«

»Ganz blöd ist Stielke ja nicht«, bestätigte Tom. »Du kennst die Vortragsthemen, und er muss damit rechnen, dass du durchblickst, wie sein und Frias Thema miteinander verquickt sein können.«

»Das hat sogar Hardo gemerkt.«

»Hardo? Ach so, der Kommissar«, sagte Tom irritiert. Seine Stimme würde ein wenig kühler.

»Bloß, auf dem AB spricht nicht Stielke«, sagte Katinka. Plötzlich war sie sich sicher.

»Was?«, fragte Tom. »Wovon redest du?«

Die Schärfe in seiner Stimme ließ Katinka das Blut zu Kopf steigen. Das würde jetzt Ärger geben, gerade jetzt, wo sie so ausgesprochen harmonisch zusammenhalfen.

»Scheiße, ich hab's dir noch nicht erzählt. Jemand hat mir schrottiges Zeug auf meinen Anrufbeantworter in der Hasengasse gequatscht.«

»Gut, dass ich das auch mal erfahre«, grummelte Tom übellaunig. »Was für Zeug?«

»Ach«, wiegelte Katinka ab, »ich solle mich raushalten, hat der gemeint. Nur, ich weiß nicht, wer da spricht. Stielke ist es nicht. Aber ich habe die Stimme schon mal gehört!«

Tom sah zweifelnd drein, und Katinka war doppelt froh,

ihm nichts von der bislang erfolglosen Einbrecherin in ihrer Wohnung in der Gabelsberger Straße erzählt zu haben. Sie sollte dort mal vorbeischauen, und außerdem brauchte sie frische Wäsche.

»Du, Tom Dooley?«, fragte sie rundheraus, während ihr Blick noch auf dem Bildschirm an Stielkes Dateien festklebte.

»Hm?«

»Wann ziehen wir zusammen?«

Tom starrte sie an und schwieg einen Augenblick lang überrascht. Dann sagte er:

»Sofort, wenn du willst. Ich fände es sowieso besser, als diese ewige Hin- und Herfahrerei.«

»Ach, das höre ich zum ersten Mal«, erwiderte Katinka streitlustig.

»Was heißt das denn! Du bist doch diejenige, die immer auf ihrer Eigenständigkeit beharrt.«

Katinka sah Tom verwundert an.

»Hör mal!«, rief sie. »Wenn's nur wegen dem Hin- und Herfahren ist …«

Er lachte und nahm sie in die Arme.

»Come on, Babe«, sagte er fröhlich, »die Ermittlungen heute haben mir richtig Spaß gemacht. Wenn du expandierst, werde ich vielleicht freier Mitarbeiter.«

Katinka lachte. »Lenk nicht ab. Was ist jetzt mit Umziehen?«

»Wann kommst du denn aus deinem Mietvertrag raus?«

»Och«, sagte Katinka, die nicht die leiseste Ahnung hatte, »muss ich mal gucken.«

Sie warf ihr Notizbuch in den Rucksack zurück und sagte:

»Ich hole mir jetzt ein paar Klamotten aus meiner Wohnung. Kochen wir heute Abend was?«

»Gern, wenn du zur Abwechslung mal nicht mitten in der Nacht hereinschneist!«

Sie schnitt ihm eine Grimasse und warf sich den Rucksack über die Schulter.

»Ich wollte noch im Klinikum vorbeischauen und Fria besuchen. Hoffentlich geht es ihr gut.«

»Das will ich auch hoffen«, sagte Tom und ließ seinen Blick nachdenklich auf Katinka ruhen. »Also, bis später! Checke dein Rad kurz durch, bevor du loszischst.«

Während Katinka über die Marienbrücke radelte, dachte sie an den Zettel, den ihr jemand hinter die Tür zu ihrer Detektei gesteckt hatte, und an die Drohung *Geh nachts nicht heim*. Wenn sie nur endlich dahinter käme, woher sie die Stimme kannte. Sie ließ ihr Fahrrad auf dem Gehsteig stehen und schlich so leise sie konnte in den zweiten Stock, um Beinert nicht hervorzulocken. Ihre Einbrecherfalle stand noch. Sollte jemand in der Wohnung gewesen sein, so hatte er das Schränkchen, das sie knapp dahinter aufgestellt hatte, keinen Millimeter verrutscht. Auch die Klebevorrichtung, die den Abdruck der Tür hätte dokumentieren können, war unverändert.

Rasch ging Katinka ins Schlafzimmer, packte sich frische Wäsche ein, setzte sich dann für einen Moment auf den Balkon und überlegte, ob sie wirklich umziehen wollte. Sie würde diesen Balkon vermissen. Allerdings weniger Beinert, das war klar. Sie seufzte. Ich liebe Tom doch, oder? Eilig wischte sie die Gedanken an ihr Liebesleben beiseite.

Britta hatte sich lange nicht gemeldet – der Redakteur der Hochschulseite schien sich eine ernstzunehmende Chance erarbeitet zu haben. Katinka hinterließ eine Nachricht auf ihrer Mailbox, dass Britta sie möglichst noch vor Montagmorgen zurückrufen sollte. Dann stand sie auf und betrachtete den Inhalt ihres Kühlschranks. Die beiden Zucchini sahen noch erträglich aus. Der restliche Inhalt des Gemüsefaches bildete einen unansehnlichen Komposthaufen. Unruhig durchwühlte sie den Vorratsschrank und entschied, eine Schachtel Pralinen würden Fria gut tun. Sie wickelte eine lila Bastschleife darum und warf sie in ihren Rucksack. Vorsichtshalber ließ sie das Schränkchen am Eingang stehen und zog leise ihre Wohnungstür zu.

Japsend trat sie in die Pedale, und strampelte den Kaulberg und weiter die Würzburger Straße hinauf. Dass Bamberg auf sieben Hügeln errichtet war, mochte nur für ein Gerücht halten, wer die Stadt nie per Fahrrad durchquerte. Stets und ständig ging es auf und ab. Stephansberg, Kaulberg, Altenburgberg, Domberg, Jakobsberg, Michaelsberg, Abtsberg, sagte Katinka auf. Nicht zu vergessen die vielen kleinen Zwischenhügelchen, die dem Radfahrer das Leben schwer machen. Sie hielt auf das ausgedehnte Klinikgelände zu. Wie immer erinnerte es sie eher an ein Flughafengebäude als an ein Krankenhaus.

Sie schloss ihr Fahrrad ab und erkundigte sich bei der Anmeldung, wo Fria Burgwart zu finden sei.

Fria war Privatpatientin und lag in einem Einzelzimmer. So wird es einfacher sein, ins Gespräch zu kommen, dachte Katinka erleichtert. Sie hasste Krankenhäuser. Der typische Geruch nach trübseligen Mahlzeiten aus totgekochtem Kohl, Desinfektionsmitteln und Gefangenschaft legte sich auf ihre Brust. Sie kramte die Pralinen aus ihrem Rucksack, zog die Bastschleife zurecht und klopfte an die Tür.

Niemand antwortete.

Katinka zögerte kurz, dann ging sie hinein.

Fria Burgwart lag im Bett und blickte ausdruckslos durch die halb von Jalousien verdeckten Fenster nach draußen auf die grünen Wiesen.

»Hallo Frau Burgwart«, sagte Katinka. Sie hatte erwartet, dass Fria zusammenzucken würde. Stattdessen antwortete sie nur desinteressiert:

»Grüß Gott.«

»Geht's Ihnen einigermaßen gut?«, fragte Katinka und ging

um das Bett herum, um Fria anzusehen. Ihr Haar verteilte sich strähnig über das Kopfkissen. Auf ihrem Gesicht leuchtete ein Ausschlag. Sie trug ein nichtssagendes Krankenhausnachthemd, und der linke Arm und die linke Schulter waren fest bandagiert.

»Ich dachte, ich sehe mal nach Ihnen«, redete Katinka weiter. Sie kam sich schrecklich dämlich vor und wünschte sich weit weg. »Pralinen mögen Sie sicher, oder?«

Fria sah immer noch nicht auf, aber das leichte Flackern in ihren Augen zeigte ihre Überraschung.

»Sie hätten doch nichts mitbringen müssen«, sagte sie höflich.

»Natürlich nicht, aber wollen«, entgegnete Katinka und legte das Päckchen auf den Krankenhausnachttisch. Sie hasste höfliches Getue. »Wie geht es Ihnen? Was ist mit den Stichwunden?«

»Der Arzt sagt, es wird alles werden. Aber der eine Stich war hier am Hals, knapp neben der Halsschlagader«, sie deutete auf ihr Schlüsselbein, »und das wäre haarig geworden. Die Wunden sind genäht. Bloß bewegen kann ich mich noch nicht richtig. Erstens ist es schmerzhaft, und zweitens habe ich die Schmerztabletten nicht vertragen.« Sie wies mit dem Finger auf ihr Gesicht. »Das juckt wie verrückt.«

»Wirklich ärgerlich, wenn man dann auch noch gegen ein anderes Leiden kämpfen muss«, sagte Katinka, bemüht, Frias Redefluss in Gang zu halten.

»Ach, wissen Sie, ich kämpfe an so vielen Fronten.«

»Haben Sie schon Besuch bekommen?«

»Nein«, sagte Fria tonlos. »Meine Eltern wohnen nicht in Bamberg.«

»Aber Ihr Bruder?«, fragte Katinka. Sie wollte herausfinden, was es mit diesem eigentümlichen Ethelbert Rastalocke auf sich hatte.

Fria sah Katinka zum ersten Mal richtig an. Ihre Augen blickten traurig und ihr ganzes Gesicht wirkte von Seelenqualen gepeinigt.

»Ethelbert ist nicht die Art Bruder, der seine Schwester im Krankenhaus besuchen würde.«

»Was war denn eigentlich los gestern?«, wollte Katinka wissen.

»Setzen Sie sich doch.« Fria machte eine leise Bewegung zu einem gelben Plastikstuhl. »Sie fragen mich das nur, weil Sie sich ein bisschen Licht im Dunkel Ihres Falles erhoffen. Nicht wahr?«

»Ehrlich gesagt«, begann Katinka, »habe ich mittlerweile den Eindruck, dass …«

Aber ehe sie ihre neuesten Ermittlungsergebnisse zu Gehör bringen konnte, sprach Fria schon weiter.

»O.k., ich habe Helenas Post aus dem Fach genommen. Dieses eine Mal. Ich konnte nicht anders und nachher tat es mir Leid. Nicht für sie. Für mich. Ich habe etwas gemacht, was unter meiner Würde war. Das verstehen Sie vielleicht nicht. Ich hätte nie gedacht, dass ich jemals so tief sinken würde.«

»Sie sprechen von den Bewerbungsunterlagen?« Atemlos versuchte Katinka ihre Aufregung im Zaum zu halten.

»Ja. Nur dieses eine Mal«, wiederholte Fria. »Ich habe auch die Daten manipuliert. Das erste Mal, im vergangenen Wintersemester, ist es bei einer Datensicherung aus Versehen passiert. Ich brauchte zwei Tage, um alles wiederherzustellen. Die anderen haben es gar nicht gemerkt, es betraf nur eine kleinere Datei. Aber das brachte mich auf die Idee.« Frias leerer Blick schweifte wieder aus dem Fenster. Sie sah unendlich müde aus, als habe sie alles satt bis obenhin, als sehne sie sich nach dem Ende aller Spielereien, aller Unehrlichkeiten. »Ich habe ganz bewusst zweimal eine weitere Manipulation vorgenommen. Dann habe ich selbst die Datensicherung so perfektioniert, dass es nicht mehr möglich war, einfach aktuelle Dateien durch alte zu überspielen, weil an mehreren Stellen Kopien existierten. Dadurch habe ich mich selber daran gehindert, mit diesem Nonsens weiterzumachen.«

Frias dünne Spinnenfinger packten zu Katinkas Erstaunen die Pralinenschachtel. Sie zogen die Bastschleife auf, griffen nach einem Stück Konfekt und hielten dann Katinka die Schachtel hin. »Möchten Sie was von Ihrer eigenen Schokolade?«

»Danke, ja«, sagte Katinka. Sie hoffte, wenn sie nicht ablehnte, würde Fria offen bleiben und weiterreden. Doch sie verfiel in Schweigen und lutschte ihre Praline.

Schließlich fragte Katinka:

»Ich verstehe das so, dass nachher jemand anders mit dem Dateienfraß weitermachte.«

Fria nickte, was ihr offensichtlich wehtat, denn sie hielt den Kopf rasch wieder still.

»Und Sie haben keine Ahnung, wer?«, fragte Katinka behutsam.

»Nein«, sagte Fria und nahm sich noch eine Praline.

»Haben Sie einen Verdacht?«

»Es könnte jeder sein«, seufzte Fria. »Sehen Sie, die sind doch alle nur geil darauf, mir einen Strick zu drehen. Alle bis auf Elfi vermutlich.«

»Welchen Grund sollten Ihre Kollegen haben, Ihnen etwas in die Schuhe zu schieben, was Sie nicht getan haben?«, fragte Katinka leise. Ihr Herz raste. Sie kam der Sache auf den Grund. Ganz langsam tauchte sie immer tiefer, sie musste nur vorsichtig genug sein, um Fria nicht zu verschrecken, und zwischen den Zeilen das zu lesen, was sie nicht wörtlich sagte.

»Der Erfolgreiche muss immer den Neid der anderen ertragen«, sagte Fria altklug. Sie schob die Schokoladenschachtel beiseite, als habe sie plötzlich allen Appetit verloren.

Katinka wartete ab. Es fiel ihr schwer, ruhig zu atmen. Fria tat ihr Leid, und sie wunderte sich darüber. Wie sie in diesem Bett lag, mit dem sterilen Krankenhaushemd, allein und ungeliebt, musste sich Katinka am Riemen reißen, um ihre Gedanken beisammen zu halten.

»Helena hasst mich«, sagte Fria. »Aber denken Sie sich nichts dabei. Das ist ein Normalzustand.«

»Aus welchem Grund hasst Helena Sie?«

»Sie braucht wenige Gründe. Wenn ihr jemand überlegen ist, dreht sie durch.«

»Geht es um den beruflichen Erfolg? Sie sind doch beide ungemein ... begabt«, sagte Katinka. Erstaunt lauschte sie ihrer eigenen zittrigen Stimme.

»Helena hat einmal zu Frau Först gesagt, sie hätte ja wenigstens Kinder, und dass eine kinderlose Frau mehr Zeit hätte, Aufsätze zu schreiben, sei kein Wunder.«

»Damit meinte Helena Sie.«

»Ja, sicher.« Fria machte eine kurze Pause. Dann pirschten sich ihre Hände wieder zu den Pralinen vor.

»Sie versteht ihre Kinder als einen Eintrag in ihrem Lebenslauf«, sagte Fria.

Katinka verspürte ein Frösteln.

»Ist sie nicht gerne Mutter?«

»Helena? Sie hat keine liebevolle Beziehung, zu niemandem. Sie ist mit Hermann zusammen, weil sie beide auf der gleichen Welle schwimmen: Karriere, ein normgerechtes Leben, nach außen alles anständig, Erfolge auf der ganzen Linie, kein Makel.«

Hermann. Der Name setzte in Katinka etwas in Gang.

»Sie und Helena befinden sich in einem Konkurrenzverhältnis, kann man das so sagen?«

Fria bewegte vorsichtig den Kopf, um sich nicht wehzutun.

»Kann man so sagen.«

»Und Montfort?«

»Ludovic? Der steckt doch in allem, was er tut, mit Helena unter einer Decke. Dass Laubach sich hat breitschlagen lassen, ihn als Vertretung anzustellen, ist mir schleierhaft.« Wieder senkte sich Traurigkeit auf Frias Gesicht und machte ihre Augen dunkel. »Er und Helena kennen sich schon länger. Ich bin sicher, dass Helena Ludovic als ihren Vertreter vorgeschlagen hat. Es hätte mindestens zehn fachlich bessere Bewerber gegeben. Aber Laubach hörte auf Helenas Rat, wie so oft, und meiner Meinung nach ist er mit Montfort nicht gut gefahren.«

»Warum nicht?«

»Weil er stinkfaul ist«, sagte Fria. »Er interessiert sich überhaupt nicht für die Belange des Lehrstuhls.«

»Finden Sie nicht«, tastete Katinka sich umsichtig an ihre nächste Frage, »dass an Laubachs Lehrstuhl extremes Engagement gefordert wird, auch im Privaten?«

Fria verzog die Lippen. Ihre rechte Hand tastete nach einer Salbe, die auf ihrem Nachttisch lag. Sie schnappte sich die Tube und tupfte vorsichtig ein wenig Salbe auf die Pusteln in ihrem Gesicht.

»Sie finden das vielleicht aufdringlich. Für mich war der Lehrstuhl lange Zeit die einzige Familie. Laubach hat mich immer gefördert. Ich bin ihm sehr dankbar.«

»Hat er Sie schon besucht?«

Wütend starrte Fria Katinka an.

Wunden Punkt getroffen, dachte Katinka und seufzte.

»Was ist mit Ihrer eigenen Familie?«

Fria schnaubte und fegte mit einer fahrigen Bewegung die Salbentube auf den Boden. Katinka sammelte sie auf.

»Das würden Sie nicht verstehen.«

»Mein Vater«, sagte Katinka, »ist ein wirklicher Stararchitekt. Er hat haufenweise Geld. Seine Art, mir seine Zuneigung zu zeigen, sind Schecks. Die ich meist ablehne.«

Fria starrte Katinka an. Sie bemühte sich, die Überraschung in ihrem Gesicht zu verbergen.

»Sie kommen nicht aus dieser Gegend, nicht wahr?«

»Nein. Ich bin in Wien geboren, aber später in Deutschland aufgewachsen. Meine Eltern haben sich bald scheiden lassen und ich blieb mit meiner Schwester bei meiner Mutter. Inzwischen leben meine Eltern teilweise wieder zusammen. Ich blicke nicht so recht durch, was ihre Beziehung betrifft. Mein Vater hat ein Haus auf Teneriffa gebaut, und die beiden verbringen das Winterhalbjahr in trauter Zweisamkeit dort unten.«

Fria sah undurchdringlich drein.

»Meine Eltern interessieren sich nur für mich, wenn es Erfolge gibt. Berufliche Erfolge. Ohne intensive Arbeit kann ich mein Pensum nicht bewältigen. Ich schaffe nicht mehr. Ich publiziere, ich fahre zu Tagungen. Das alles kostet Zeit. Es zehrt mich aus.« Sie sah zur Tür. »Ich kann nicht mehr«, setzte sie hinzu.

»Ihr Bruder«, fragte Katinka vorsichtig. Sie durfte nicht aus Ergriffenheit das Wesentliche vergessen. »Ist der auch so ein Arbeitstier?«

»Pah!«, machte Fria. »Er tut nichts, außer zu saufen und zu kiffen. Außerdem verspielt er das wenige Geld, das er hat – aus welchen Quellen auch immer.«

Katinka nickte. So oder ähnlich hatte sie es sich vorgestellt.

»Ist er noch bei der Polizei?«, fragte Fria, als würde ihr Bruder Ethelbert dort Tee trinken.

»Ich weiß nicht, aber ich kann mich erkundigen«, bot Katinka an.

»Zur Abschreckung sollen sie ihn ruhig ein bisschen dabehalten«, sagte Fria nur.

Katinka betrachtete sie, den müden Ausdruck auf ihrem Gesicht, den entstellenden Ausschlag, die dicken Bandagen.

»Könnte es sein, dass Sie kompensieren wollen, was Ihr Bruder nicht leistet?«, fragte sie.

»Was verstehen Sie denn schon!«, sagte Fria platt.

»Also, ich habe kein gutes Verhältnis zu meiner Schwester«, sagte Katinka und lächelte. Es machte ihr nichts mehr aus, dass sie mit Melissas Lebenseinstellung nicht zurechtkam. Noch vor fünf Jahren hatten sie sich beide bekriegt, wo sie konnten. Doch irgendwann wurde der Konflikt für Katinka uninteressant. Für Melissa galt nur, was durch Geld aufgewogen wurde. Augenblicklich arbeitete sie in den USA und machte den großen Reibach. Ihr Freund war ein überdimensionierter New Yorker Banker. Doch Katinka war sicher, dass Melissa irgendwann von ihrem hohen Ross stürzen würde. Sie besaß einfach zu wenig Erdung, keine echten Grundüberzeugungen. Sie lebte, ohne je in ihrem Leben nachgedacht zu haben, was wirklich wichtig war, was sie tragen könnte. Was vom Leben blieb, wenn Katastrophen eintraten. Womöglich habe ich ein ähnliches Problem wie Fria, dachte Katinka, bloß mein Umgang mit der familiären Entwurzelung ist nicht so selbstzerstörerisch.

»Wer ist Ralph?«

»Irgendein Kumpel von Ethelbert«, sagte Fria trübsinnig.

»Sie haben sich mit Ihrem Bruder gestritten?«

»Ja. Er wollte Geld leihen. Er bat mich, ihn zu treffen. Ich weiß ja, dass er gerne in Spielsalons geht. Aber er war völlig pleite. Du bist doch beim Staat, hat er mich angemacht, rück doch mal was raus. Er war betrunken. Nur deswegen wurde er grob.«

Katinka schüttelte unwillig den Kopf. Sie sah die Realität andersherum. Leute betranken sich, um den Mut zu haben, grob zu werden. Sie waren keine unschuldigen Opfer eines hinterlistigen Alkoholmonsters.

»Und Sie haben ihm ein paar Zeilen angesagt?«

»Ich wollte ihm nichts rüberschieben. Er muss es doch mal lernen. Einer von den Sicherheitsleuten kam und wollte uns trennen. Aber plötzlich tauchte dieser Ralph auf ...«

»Nachdem Sie Ethelbert eine geklebt haben«, meinte Katinka schmunzelnd. »Machen Sie sich nichts draus. Er hat's verdient.«

Fria machte ein ablehnendes Gesicht. »Vielleicht. Ich habe ihn gern. Er ist doch mein kleiner Bruder.«

Katinka konnte den Konflikt erahnen, der sich in Fria abspielte. Die einzige in der Familie, die etwas leistete, und die deshalb immer mehr und mehr leisten zu müssen meinte. Sie liebte ihren Bruder, aber sie verachtete ihn mit gleicher Intensität.

»Trauen Sie Helena zu, die Daten weitermanipuliert zu haben?«

»Ich glaube, ja«, sagte Fria. Katinka bemerkte, wie sie sich zusammenreißen musste, um ihren Verdacht auszusprechen.

»Montfort?«

»Vielleicht er und Helena zusammen.«

»Wer hat die Post geklaut?«, fragte Katinka weiter.

»Ich nicht. Ich meine, nach den Bewerbungsunterlagen nicht mehr«, erklärte Fria.

»Und was denken Sie von Carsten Stielke?«

»Ich habe seine Diskette nicht genommen«, sagte Fria müde.

»Danke, Frau Burgwart«, sagte Katinka und stand auf. Sie würde Fria nun wieder in ihrem sterilen Zimmer alleinlassen und kam sich gemein vor. »Kann ich noch etwas für Sie tun?«

Fria sah sie an. Schien sich zu überwinden und sagte: »Könnten Sie mir ein bisschen Wäsche, meinen Waschbeutel und einen Schlafanzug aus meiner Wohnung holen?«

»Klar«, versprach Katinka sofort.

Als sie mit Frias Wohnungsschlüssel in der Hosentasche in die Stadt zurückfuhr, schien es ihr, als steckte sie selbst in der eisigen Einsamkeit fest, in der Fria gefangen war.

16. Eine Verschwörung?

Am frühen Abend hatten sich Quellwolken über Bamberg und Umland zusammengezogen. Die Luft war drückend und schwer, wie vor einem Sommergewitter. Katinka lehnte das Rad an Frias Hauswand und schloss auf. Sie ließ die Tür ins Schloss fallen und wand sich durch den engen, ungelüfteten Flur. Irgendwo im Haus lief laut ein Fernseher. Sie steckte den Schlüssel in Frias Wohnungstür und stieß sie vorsichtig auf. Fria war vor nicht ganz 24 Stunden weggegangen, um ihrem kleinen Bruder die Leviten zu lesen. Unruhig tastete Katinka nach der Beretta unter ihrer Jacke und machte Licht.

Sie mochte die Atmosphäre verlassener Wohnungen nicht besonders. Ein trauriger, beinahe toter Geruch haftete ihnen an. Rasch ging sie ins Schlafzimmer, wo sie aus der Möbel-Discounter-Kommode ein paar Wäschestücke nahm. Die beiden Schlafanzüge fand sie im Schrank. Frias Waschbeutel hing gepackt in dem engen Badezimmer. Vermutlich in Ermangelung eines Regals, in das sie ihre Utensilien stellen konnte, hatte sie ihren Waschbeutel einfach an die Wand gehängt und bediente sich tagtäglich daraus. Provisorisches Leben.

Katinka ging in das Zimmer mit dem winzigen Schreibtisch. Der Computer war natürlich ausgeschaltet. Der Griff in den Rucksack zu den Gummihandschuhen geschah wie von alleine. Sich Gelassenheit suggerierend, nahm Katinka auf dem Drehstuhl Platz und begann, systematisch die Schubladen und Fächer zu durchsuchen. Alles war erstaunlich gut geordnet. In einer Hängeregistratur befanden sich grüne Mappen, die mit kleinen weißen Schildchen versehen waren. Katinka sah näher hin.

Anscheinend ging es um fachliche Themen, an denen Fria arbeitete. Zielgenau fuhr Katinka mit dem Zeigefinger an den harten Kanten entlang. Sie fand schnell, was sie suchte: *Tagung: Santiago und die Folgen*. Bebend vor Aufregung hievte Katinka die Mappe aus der Box und blätterte sie auf. Neben dem Programmzettel und ein wenig Korrespondenz mit Kollegen, Hotelreservierungen für die Auswärtigen und einem Antrag auf Bewilligung einer Fördersumme lag ein Ausdruck von Frias Vortrag, der über und über mit Bemerkungen und Korrekturen in steilen Buchstaben vollgekritzelt war. Sogar das Datum war darauf vermerkt. *Stand: 27.4.* Sie musste gestern noch daran gearbeitet haben. Katinka blätterte durch die Seiten. Eine kleine, schwarze Diskette fiel ihr entgegen. Sie war fein säuberlich mit einem glänzenden Etikett beklebt. Darauf stand in einer ganz anderen, viel schnörkeligeren Handschrift, *Die Pilger von Le Puys. Carsten Stielke, Viereth.*

»Scheiße«, dachte Katinka, hängte die Mappe wieder ein und betrachtete die Diskette in ihrer Hand. Ihre Theorie war soeben zusammengebrochen. Sie war belogen worden. War also doch Fria die Urheberin allen Übels? Hatte sie eben im Klinikum auf Katinkas Wohlwollen und Mitleid gebaut und eine Geschichte von Reue und Selbstläuterung dargeboten? Nur zweimal wollte sie die Projektdaten manipuliert haben. Und sie hatte versichert, Stielkes Diskette nicht genommen zu haben.

Reingefallen, seufzte Katinka. Zu gutgläubig gewesen. Zu weiblich. Zu viel Mitleid.

Wer einmal lügt, dem glaubt man nicht, und wenn er auch die Wahrheit spricht. Das Sprichwort hallte durch ihren Kopf.

Stielke hat ja auch gelogen, hielt sich Katinka trotzig vor Augen. Aber warum hatte Fria Katinka ihren Schlüssel gegeben?

Sie musste doch damit rechnen, dass Katinka die Lage ausnutzen und Frias Daten durchsehen würde. Vielleicht wollte Fria es ganz bewusst, dachte Katinka, der Sache auf diese Weise ein Ende machen, sich willentlich entlarven lassen.

Sie stand auf, schob die Fächer wieder sorgsam zu und platzierte den Stuhl exakt vor dem Schreibtisch. Sie ging durch die enge Wohnung. Wenn sie nur irgendwo einen Hinweis finden könnte, was wirklich mit Fria los war. Vermutlich hatte sie in ihrem pathologischen Ehrgeiz einfach nicht widerstehen können, als sie so leicht an Stielkes Forschungsergebnisse kam. Es mochte alles ganz einfach sein, wenn Katinka nur endlich hinnahm, dass Fria und nur Fria die Täterin gewesen war.

Aber es passte nicht. Stielkes Nervosität, die den Opferstatus, den er mit mit solcher Vehemenz zur Schau trug, unglaubwürdig machte. Der Laptop auf seinem Schreibtisch und der angebliche Freund mit dem eigenartigen Namen. Die Dateien, die Tom auf Diskette gezogen hatte. Und wer beschriftete schon eine Diskette zur ausschließlich eigenen Verwendung mit seinem Namen und seinem Wohnort. Es stimmte nicht. Carsten Stielke hatte Fria eine Falle gestellt und Fria war hineingeraten wie ein tapsiges Pelztier. Die Gier nach mehr Erfolg, mehr Anerkennung, mehr Medaillen hatte sie getrieben.

Jetzt ist nur die Frage, dachte Katinka, während sie immer noch auf und ab tigerte, hat Stielke das alleine arrangiert, oder gab es eifrige Kollegen, die sich angeschlossen haben? Katinka konnte gut verstehen, was Fria gesagt hatte: Der Erfolg produzierte den Neid. Je besser Fria wurde, desto weiter entfernte sie sich von ihren Kollegen. Montfort baute in seiner Cleverness gleich vor und gab mit seiner Vorliebe für die Bamberger Brauereien und den fränkischen Dialekt an. Signalisierte: Ich laufe außer Konkurrenz mit. Apropos Montfort: War nicht er derjenige gewesen, der die PC-Probleme an das Rechenzentrum hatte weiterleiten sollen, und der angeblich jeden Tag dort zweimal anrief? Rasch hob Katinka ihren Rucksack vom Boden auf und machte sich einen Vermerk in ihr Notizbuch.

Fragen über Fragen bestürmten sie. War Carsten Stielke ein adäquater Gegner für Fria? Lag er fachlich nicht ohnehin weit im Rückstand? Schließlich war er erst Doktorand. Was war mit Ruth los gewesen? Warum hatte sie am Freitagabend ins Büro gehen wollen? Und Henry? Hätte auch Ruth dran glauben müssen, wenn Katinka nicht aufgetaucht wäre? Hatte der Mörder am Freitag nicht gewagt, es mit zwei potentiellen Opfern aufzunehmen? Oder sollte es eine Besprechung geben? Zwischen Ruth und dem Mörder? War Ruth die Mörderin? Worüber hatte sie so erbittert mit Henry gestritten, am vergangenen Mittwoch?

Es klingelte. Katinka erschrak so heftig, dass sie mit dem Bleistift einmal über die ganze Seite fuhr. Der schwarze Haken auf dem weißen Papier leuchtete ihr entgegen.

Ethelbert?

Katinka ließ sich auf die Knie sinken und robbte zur Tür, wo sie auf den Lichtschalter drückte. Fria war nicht der Typ, von dem eine Nachbarin sich Eier borgte.

Es klingelte ein zweites Mal.

Vorsichtig erhob sich Katinka und schlich ans Fenster. In der beginnenden Dunkelheit mochte sie hinter den Gardinen stehen und hinaussehen können, ohne selbst gesehen zu werden. Doch die Straßenlaterne leuchtete blendend hell in Frias Arbeitszimmer. Katinka zuckte zurück. Dann fasste sie einen Entschluss, schnappte sich ihren Rucksack, steckte die Waffe in ihre Jackentasche und verließ Frias Wohnung. Sie drehte den Schlüssel zweimal im Schloss, zerrte dann die Gummihandschuhe von ihren Händen, stopfte das leblose Latex in ihre Hosentasche und schob wie zufällig die Hand neben die kompakte, kleine Pistole.

Als sie die Haustür öffnete, prallte sie gegen eine Frau mit einer auffälligen Sonnenbrille.

»Frau Jahns-Herzberg!«, sagte Katinka in entspanntem Tonfall, während ihr Herz wie rasend hämmerte. »Guten Abend.«

Entschlossen zog sie die Tür ins Schloss und nahm ihr Fahrrad auf.

»Was ... machen Sie hier?«, stieß Helena heiser hervor.

»Gute Frage. Was machen *Sie* hier?«, gab Katinka ruhig zurück. Es war eine jener Situationen, in der ihr Herz toben konnte, wie es wollte – sie wirkte nach außen so gelassen, als bräche sie zu einem Sonnenbad in den Hain auf.

»Ich ... Nun, Professor Laubach hat mich angerufen und mir mitgeteilt, dass Fria einen Unfall hatte. Ich dachte, ich könne sie besuchen. Aber ...«

»Sie ist noch im Klinikum«, entgegnete Katinka. »Und ich bin gerade dabei, ihr einige Anziehsachen zu bringen.« Sie schwenkte ihren Rucksack.

»Noch im Klinikum?«, fragte Helena. Sie drehte sich fahrig um. In dem Moment bemerkte Katinka den weinroten VW *Touran*, der sich dick und fett in die Zufahrt gestellt hatte. Sie würde kaum mit ihrem Rad vorbeikommen.

»Passen Sie nur auf, wenn der Parküberwachungsdienst auftaucht«, sagte Katinka warnend und deutete auf den Wagen im Halteverbot. Bei diesem Stichwort zuckten ihrer Erfahrung nach alle Bamberger Bürger vorsorglich zusammen.

Helena warf einen kurzen Blick zurück.

»Hermann sitzt im Wagen«, sagte sie knapp. »Wie geht es Fria?«

»Soweit ganz gut«, sagte Katinka.

Eine Stimme aus dem Auto rief:

»Herrgott, Helena, was ist denn!«

In Katinkas Kopf flammte ein Blitz auf.

»Ihr Mann?«, fragte sie und konnte sich ein anzügliches Grinsen nicht verbeißen. Neulich hatte sie in der Fußgängerzone einen Typen beobachtet, der seine schaufensterbummelnde Frau mit der Fahrradklingel herbeibeordert hatte. Während ihr Kopf diese Erinnerung heraufbeschwor, konnte sie ihr Entsetzen kaum mehr verbergen. Wenn Helena nur in dieses klotzige Angeberauto steigen und abhauen würde. Katinka bekam Platzangst. Hinter ihr türmten sich Mauer und die Treppen zum Eisernen Tor. An dem *Touran* kam sie nicht vorbei. Sie müsste ihr Rad packen und die Stufen hinaufrennen, aber das würde den beiden zeigen, dass sie Angst hatte.

Sie sind mir gefolgt! Stielke hat Helena angerufen! Carsten Stielke und Helena! Die beiden vereinten Seelen. Sie wollen Frias Leben in einen Abgrund aus Lügen und Vertuschereien verwandeln. Und meins auch. Meins auch!

Katinka bezwang ihre Panik. Ganz trocken war ihr Mund, als sie beschloss, die Flucht nach vorne anzutreten. Energisch schwang sie sich auf den Sattel, nickte Helena kurz zu, murmelte: »Noch einen schönen Abend«, und hielt direkt auf den Wagen zu. Viel Anlauf konnte sie nicht nehmen, dazu war die kleine Sackgasse viel zu kurz. Aug in Aug stand sie mit Hermann Herzberg, der hinter dem Steuer thronte und durch eine schwarze Hornbrille im Stil der Fünfziger durch die Windschutzscheibe spähte. Er starrte Katinka an, und sie erwiderte seinen Blick. Er könnte sie mit einem Tritt aufs Gas plattwalzen. Allerdings mitten in der Stadt, in unmittelbarer Nähe der belebtesten Kneipenzeile, der Sandstraße, würde er schon viel Glück brauchen, um unerkannt davonzukommen.

Katinka würde später noch oft darüber sinnieren, ob es ein Zufall war, dass ihr Handy ausgerechnet in diesem Augenblick klingelte. Es schrillte aufdringlich aus ihrem Rucksack. Hermann Herzberg beobachtete sie scharf, als Katinka den Rucksack aufschnürte und »Hallo?« ins Telefon rief.

»Hier ist Britta. Süße, es tut mir Leid, dass ich mich nicht gemeldet hab«, begann Britta, doch Katinka unterbrach sie. Brittas Wortwahl gab ihr zwar zu erkennen, dass es sie heftig erwischt hatte, wann sonst würde sie *Süße* zu Katinka sagen, aber darauf konnte Katinka nicht eingehen, nicht jetzt. Sie starrte auf die Hornbrille, hinter denen Hermann Herzbergs Augen sie immer noch unverwandt ansahen.

»Ich bin am Grünhundsbrunnen. Du bist in zwei Minuten hier? Toll, Britta!«

»Wie?«, fragte Britta, doch dann klickte es bei ihr und sie fügte hinzu: »Probleme? Soll ich einfach weiterreden?«

»Ja!«, rief Katinka knapp und spannte alle Muskeln an. »Das wäre klasse.«

Hermann Herzberg startete den Motor.

Er legte den Rückwärtsgang ein und ließ den Wagen auf die Sandstraße rollen. Katinka nickte ihm zu – warum tue ich das? –, beendete das Gespräch mit Britta und raste nach links gegen die vorgeschriebene Richtung davon. Sie nahm den Weg über die Markusbrücke, bog gleich rechts ab und sauste die Fischerei entlang, bis sie beim ehemaligen Gesundheitsamt auf die Kapuzinerstraße stieß. Voller Elan trat sie in die Pedale. Immer wieder sah sie sich um. Auf der Langen Straße fegte sie einige unentschlossene Kneipengänger mit wildem Geklingel vom Radweg. Dann bog sie durch die Görres-Passage in die Theatergassen, schlängelte sich bis zum E.T.A.-Hoffmann-Theater durch, kurvte zur Hainstraße hinüber und bog dort in die Amalienstraße ab. Ein chaotischerer Heimweg zu Tom war ihr in der Eile nicht eingefallen.

»Ach, Kat the Catey, das war aber ein langer Ausflug ins Klinikum.«

»Behalte deinen Spott für dich«, keuchte Katinka und ließ sich in den Sitzsack hinter Toms Schreibtisch fallen, den er angeblich als Philosophiersessel nutzte.

Sie erzählte von ihrer Jagd durch die Stadt.

»Das ist seine Stimme? Die Stimme auf deinem AB ist die von Hermann Herzberg?«

Eigentlich wollte sie jetzt nicht reden. Sie wollte sich an Tom kuscheln und das Denken für einen Augenblick abschalten. Aber Tom forderte Erklärungen.

»Eindeutig. Ich habe mir die ganze Zeit das Gehirn malträtiert, weil sie mir bekannt vorkam, und ich weiß jetzt auch, woher: Als ich bei Lisbeth Laubach zu Hause war, hatte sie den Anrufbeantworter an, um nicht gestört zu werden. Tatsächlich klingelte das Telefon, und ich hörte Hermann irgendwas auf das Band sprechen. Dann sagte Lisbeth Laubach ganz in Gedanken: *Ach, das war Hermann.*«

Tom sah sehr besorgt drein.

»Dann wollen er und seine schöne Helena ...«

»... die nicht schön ist«, unterbrach Katinka.

»... dich davon abhalten, weiter zu recherchieren.«

»Und wenn sie nicht wollen, dass ich weitermache, dann wohl deshalb, weil sie bis zur Halskrause im Modder stecken«, sagte Katinka und wischte sich über die Stirn. Weg mit der Erinnerung an gelockerte Räder und Hermann Herzbergs Hornbrille. Sie zog die Jacke aus und warf sie achtlos auf den Boden. Mit einem satten *Klonk* meldete sich die Beretta in der Tasche zu Wort.

»Kriege ich deinen Fiesta? Ich will Fria noch ihre Sachen bringen.« Das Bedürfnis nach Zärtlichkeit musste warten.

»Ich komme mit«, sagte Tom schnell entschlossen. Er war eben doch zu gebrauchen.

Am Montagmorgen radelte Katinka mit einem aufgeregten Kribbeln im Magen in die Hasengasse. Sie war dem Ziel nahe. Nur noch wenige Schritte, und sie hätte ihren ersten Fall gelöst. Ihre aufgeräumte Stimmung war auch der vergangenen Nacht zu verdanken. Jetzt fühlte sie sich sicherer bei dem Gedanken, zu Tom zu ziehen. Es würde funktionieren. Eine schlechte Erfahrung in der Vergangenheit musste nicht als böses Omen gedeutet werden.

Sie stürmte in die Detektei, trug auch gewissenhaft das Fahrrad in den kleinen Raum, verzichtete jedoch darauf,

Anrufbeantworter und Faxgerät zu checken. Sofort stürzte sie an ihren Schreibtisch und hielt schon den Telefonhörer in der Hand.

»Uni Bamberg, Rechenzentrum, Liebknecht?«

»Tag, Frau Liebknecht«, sagte Katinka und entschied sich bewusst gegen das übliche *Grüß Gott*. Schließlich hatte Frau Liebknecht letztens auch *Guten Tag* favorisiert. »Palfy hier. Wir hatten letzte Woche schon mal telefoniert. Es geht um die Rechnerprobleme am Lehrstuhl Laubach.«

»Professor Laubach?«, fragte Frau Liebknecht erstaunt, und die Müdigkeit aus ihrer Stimme verschwand für einen Moment. »Welche Probleme?«

»Das Brennprogramm funktioniert nicht, und die Motherboards sind auch nicht in Ordnung.«

»Alle?«, fragte Frau Liebknecht mit kurzer Verzögerung und völlig perplex, offenbar überzeugt, sich verhört zu haben.

»Alle!« Katinka wartete ab.

»Hören Sie«, sagte die Dame vom Rechenzentrum, »da ist mir nichts bekannt. Ich sehe gerade mal nach, ob wir ein Ticket haben … Augenblick.«

Kathinka atmete bewusst langsam ein und noch langsamer aus. Prompt jagte ihr Herz im Schweinsgalopp los.

»Frau Palfy?«, kam es rasch wieder aus dem Hörer, und Katinka genoss das geschliffene P. »Wir haben keine Reklamationen vom Lehrstuhl Professor Laubach.«

»Ludovic Montfort wollte sich um das Problem kümmern.« Katinka sagte nichts weiter.

»Hören Sie …« Frau Liebknecht blätterte. »Montfort? Auf diesen Namen habe ich auch keinen Eintrag, ebenso wenig wie auf Laubach.«

»Burgwart? Lodenscheidt, Stielke, Jahns-Herzberg?«, fragte Katinka und drückte sich die linke Hand auf die Rippen.

»Keine Reklamation, nichts.«

»Danke«, sagte Katinka. »Wären Sie wohl so lieb, eine Aktennotiz über unser Gespräch anzufertigen?«

»Sicher«, sagte Frau Liebknecht, und ihre monotone Stimme kräuselte sich vor Überraschung.

Katinka legte auf. Dann wählte sie von Reckens Uninummer. Seine Sekretärin stellte Katinka durch.

»Ach, Frau Detektivin«, sagte Hauke von Recken und ließ sein kollerndes Lachen hören. »Kürzlich haben Sie mich ja rüde abgewürgt.«

»Ich musste los, einen zweiten Mord verhindern.«

Es geschah selten, dass etwas von Recken die Sprache verschlug. Er fing sich aber schnell wieder und sagte sarkastisch: »Gratuliere.«

»Herr von Recken, was halten Sie von Dr. Helena Jahns-Herzberg?«

»Jahns-Herzberg?«

»Als wir vorgestern in unserem abendlichen Gespräch unterbrochen wurden«, holte Katinka etwas weiter aus, »hatten wir es gerade von pathologischen Persönlichkeitsstrukturen. Und Sie meinten, solche gebe es an der Uni mehr als genug.«

»Ich erinnere mich«, sagte von Recken. »Worauf wollen Sie hinaus?«

»Was denken Sie über Dr. Jahns-Herzberg? Sie kennen sie doch?«

»Nicht näher«, wich der Archäologieprofessor aus, aber Katinka hakte nach:

»Kommen Sie schon, Laubachs sind mit Herzbergs befreundet und Sie und Ihre Frau mit Laubachs. Sie duzen sich doch sogar.«

Mit aller Willensanstrengung zügelte Katinka ihre Ungeduld. Vielleicht hätte sie die ganze Zeit über besser im Hinterkopf bewahren sollen, dass von Recken und Laubach privat dicke miteinander waren und Laubach seinen Kollegen in seine Probleme eingeweiht hatte. Von Recken hatte sogar Katinka als Ermittlerin vorgeschlagen.

»Bei einer Einladung, die Laubachs im letzten Herbst gaben, und Sie können sich diese Einladungen womöglich vorstellen, wenn Sie an Lisbeth Frinke-Laubachs Extravaganzen denken«, begann von Recken weitschweifig. Katinka fühlte sich abgestoßen. Offenbar war von Recken doch ein selbstverliebter Typ, und es war ihr im Studium nur nie aufgefallen, wie viel Herablassung er anderen gegenüber aufbrachte. »... nahmen auch Helena Jahns-Herzberg und ihr Mann Hermann teil. Beide sehr interessante Leute, aber ein wenig, wie soll ich sagen, dürr.«

»Dürr?«

»Nun ja, trocken, fantasielos, wenn Sie verstehen.«

Katinka verstand. Die Beschreibung passte zumindest auf Helena.

»Herr von Recken, das ist wirklich wichtig für mich«, sagte sie und umklammerte den Telefonhörer so fest, dass ihr die Hand wehtat. »Wurde an diesem Abend über den Lehrstuhl Laubach gesprochen? Über die Mitarbeiter?«

»Getratscht wird ja immer«, sagte von Recken ausweichend.

»Was wurde getratscht?«, fragte Katinka, und sie spannte jeden Muskel an.

»Über eine Mitarbeiterin, mit der Helena Jahns-Herzberg wohl nicht so gut zurechtkommt.«

»Fria Burgwart.«

»Ja, richtig.« Katinka schien, als ob von Recken mit seiner Bestätigung zögerte.

»Welchen Eindruck hatten Sie?«

Katinka konnte seine Unentschlossenheit in der angespannten Stille am anderen Ende der Leitung hören.

»Sie missgönnt der anderen wohl ihren Erfolg. Scheinbar – und Milo deutete mir gegenüber so etwas vor kurzem noch einmal an – kann Frau Jahns-Herzberg nicht verwinden, dass Milo Fria Burgwart seinerzeit angestellt hat. Lisbeth stimmte dem vehement zu, was mich nicht wunderte, denn sie palavert immer mit, wenn es um den Lehrstuhl und vor allem um die Personalführung geht. Dabei ist sie generell auf Helenas Seite. Weibliche Solidarität, vermute ich.«

»Beteiligte sich Hermann Herzberg an der Tratscherei?«

»Ja. Er gab seiner Frau in allem Recht. Ihr zuliebe trank er an diesem Abend nur Wasser. Sie war schwanger und dozierte darüber, dass sie der Meinung sei, auch die Väter sollten am Verzicht der werdenden Mutter teilhaben und so fort.« Er schwieg einen kurzen Moment, dann sagte er:

»Aber Frau Palfy, all das muss nichts bedeuten. Es sind Rivalitäten unter Frauen.«

Katinka malte mit dem Zeigefinger der linken Hand Ornamente auf ihren Schreibtisch und beachtete seinen Einwand nicht.

»Herrschte Ihrem Gefühl nach Harmonie zwischen Helena Jahns-Herzberg und Milo Laubach?«

»Eigenartigerweise«, begann von Recken, und das Gespräch wurde ihm spürbar immer unangenehmer, »hatte ich gerade an dem Abend den Eindruck, es gebe eine gewisse Spannung zwischen beiden.«

Mach schon, mach schon, feuerte Katinka ihren Ex-Professor an. Eine kleine Portion mehr Spontaneität und Extrovertiertheit!

»Milo ist Herausgeber einer bedeutenden Publikation. Helena möchte wohl in das Kollegium aufgenommen werden. Vermutlich hat sie es inzwischen auch durchgesetzt.«

»Hat sie?«

»Also, wissen Sie, so wie die gute Frau auf Milo eingeredet hat an dem Abend!«, entrüstete sich von Recken. »Sie wurde richtig impertinent, ließ gar nicht mehr locker. Ihr Mann musste sie schließlich beruhigen. Sie behauptete, gerade im Erziehungsurlaub könne sie sich auf die Herausgeberschaft konzentrieren …«

»Ich interpretiere Sie nicht falsch, wenn ich behaupte, Sie selbst hätten nicht gerne eine Mitarbeiterin wie Helena Jahns-Herzberg?«

»Um Himmels willen!«

»Danke, Herr von Recken«, sagte Katinka kurz. »Wiederhören.«

Sie legte auf und massierte ihre verkrampfte Hand. Sofort klingelte das Telefon.

»Britta hier.«

»Ach, Britta!« Erleichtert klemmte sich Katinka den Hörer zwischen Kinn und Ohr. Am Abend zuvor hatte sie ihre Freundin noch mal angerufen, um ihr seltsames Verhalten zu erklären, und bei der Gelegenheit Britta auch gebeten, ihre Beziehungen zum Einwohnermeldeamt spielen zu lassen.

»Ein Timo Riemenschneider ist in Bamberg nicht gemeldet«, sagte Britta. »Es könnte aber sein, dass er im Umland wohnt. Oder sonst wo.«

»Ich muss nur rauskriegen, wessen Handynummer Stielke mir gegeben hat. Es geht einfach nie einer ran, egal, wann ich anrufe.«

»Wenn's weiter nichts ist«, sagte Britta lässig.

»Was meinst du damit? Kennst du auch einen …«

»Sag mir mal die Nummer!«

Katinka suchte in ihrem Notizbuch und las die Nummer vor.

»Es gibt auch für Mobiltelefone eine Auskunft. Im Internet jederzeit für den Zugriff bereit. Ich kläre das für dich.«

»Britta?«, fragte Katinka schnell, obwohl ihre Neugier sich momentan in Grenzen hielt. »Läufts mit Alban?«

»Wir hatten ein *göttliches* Wochenende«, verkündete Britta triumphierend. »Bei Gelegenheit mehr davon!«

Katinka grinste, als sie auflegte und nervös abwartete. Britta war immer so findig und schnell bei der Hand. Warum war sie nicht selber auf die Idee gekommen ... Mit einem Mal schlug sie sich beide Hände vors Gesicht. Sie könnte wetten ...

Rasch zückte sie ihr Handy und rief die Vermittlung an. Sie bat um eine Nummer, wollte aber nicht durchgestellt werden, sondern die Nummer per SMS erhalten. Sie beendete das Gespräch und trommelte Staccatorhythmen auf die Schreibtischplatte. Das Handy piepte, und sie drückte auf die Taste, die die SMS anzeigte.

»Ich hab's gewusst«, murmelte sie und pfefferte das Handy in die Ecke. Gleich darauf rief Britta an und gab dasselbe Ergebnis durch.

»Der ist ganz schön schlau«, sagte sie.

»Allerdings«, antwortete Katinka grimmig. »Aber nicht schlau genug. Danke, Britta. Ich melde mich. Wenn du willst, komm zu dieser Pilgerreisen-Tagung am Freitag und Samstag! Du wirst was Interessantes erleben.«

Katinka stand auf und streckte sich. Jetzt musste sie planen – so exakt und detailgenau wie nur möglich. Durstig ging sie in den Nebenraum. Dabei fiel ihr ein, dass sie den Anrufbeantworter noch nicht überprüft hatte. Sie drückte automatisch auf die Wiedergabetaste und griff nach dem Wasserkocher. Nichts passierte. Erstaunt sah sie sich den kleinen schwarzen Kasten genauer an.

Es lag kein Band mehr darin. Ungläubig betätigte Katinka die Auswurf-Taste, aber kein Tape kam zum Vorschein.

Sie stellte den Wasserkocher ab und sah sich um. Ihre Augen scannten jede Einzelheit in dem kleinen Raum. Sie besah sich das Schloss der Tür, die in den Hauskorridor führte. Vorsichtig drückte sie die Klinke herunter. Abgeschlossen.

Sie steckte ihren eigenen Schlüssel ins Schloss. Er sperrte tadellos. Nervös trat Katinka in den Flur. Nichts und niemand war zu sehen. Sie ging ein paar Schritte und riss die Tür zum Etagenklo auf. Unschuldig sperrte die weiße Keramikschüssel ihren Rachen auf. Der Deckel war schon vor längerem den Weg alles Irdischen gegangen. Im Spiegel schimmerte Katinkas blasses Gesicht. Wie weiß ihre Haut aussah unter dem dunklen Haar! Entsetzt fuhr sich Katinka mit der Zunge über die Lippen. Irgendwie kam ihr eigener Anblick ihr verzerrt vor. Der Spiegel war lange nicht geputzt worden. Genauso wenig wie ihre Brille. Sie setzte sie ab, hauchte mutlos auf die Gläser und versuchte, mit einem knochenharten grünen Einmalhandtuch die Fettspuren zu beseitigen.

Dann schloss sie wieder ab, setzte Wasser auf und trat in ihr Büro. Sie nahm sich das Branchenverzeichnis und suchte unter *Schlüsseldienste*. Es dauerte nicht lange, bis sie die Bamberger Firmen abtelefoniert hatte.

Staunend legte sie auf und fuhr ihren Laptop hoch.

Nach zwei Stunden hatte sie einen ausführlichen Bericht verfasst. Sie druckte ihn aus, las ihn durch, ergänzte einiges. Jetzt kam es drauf an. Laubach musste einfach mitmachen, und Uttenreuther genauso. Sie fürchtete, dass Laubach sich auf ihre Gedanken nicht einlassen würde, aber immerhin hatte er sie engagiert. Katinka wollte ihn schon anrufen, zuckte aber dann zurück. Mit Sicherheit ging Anna-Beata Först an den Apparat. Stattdessen würde sie ihn lieber spontan aufsuchen. Wer konnte wissen, ob die Sekretärin …

Sie nahm wieder den Hörer zur Hand und wählte Uttenreuthers Nummer. Konzentriert betrachtete sie die Papiere auf ihrem Tisch und war dann ganz ruhig, als Uttenreuther an den Apparat kam.

Zunächst fragte sie ihn, was mit Ethelbert Burgwart und seinem aggressiven Kumpel passiert war.

»Burgwarts Bruder haben wir nicht festhalten können. Er war bekifft und hat behauptet, dieser Ralph, er heißt Schneider mit Nachnamen, hätte ihn an jenem Abend mit Stoff versorgt«, sagte Uttenreuther. »Zufällig hätte Schneider die Meinungsverschiedenheit zwischen den Geschwistern mitbekommen und sich berufen gefühlt, einzugreifen. Er hatte eine gehörige Portion Alkohol intus. Jedenfalls wartet auf Schneider eine Anzeige wegen Körperverletzung. Außerdem hatte er falsche Papiere bei sich. Zusätzlich zu der Drogengeschichte gibt das eine lange Latte Unannehmlichkeiten für ihn.«

Katinka machte eine zustimmende Bemerkung und weihte den Kommissar dann in ihren Plan ein.

Er hörte stumm zu, schließlich sagte er:

»Darauf kann ich mich nicht einlassen.«

Katinka redete weiter. Ganz gelassen klang ihre Stimme. Mach mit, flehte sie lautlos.

»Es wäre doch nur bis spätestens dritten Mai«, insistierte Katinka.

Uttenreuther seufzte und sagte, nachdem er sich noch ein paar Mal geziert hatte: »Na, gut.«

Katinka bedankte sich, legte auf und sprang von ihrem Stuhl hoch.

»Hurra!«, schrie sie so laut, dass eine Studentin, die beladen mit dicken Büchern und ebenso vielen Kopien durch die Hasengasse hastete, furchtsam durch die Scheibe blickte. Katinka winkte ihr grinsend zu. Anschließend schlug sie eine neue Seite in ihrem Notizbuch auf und wählte die Nummer von Dr. Gabriele Borst, der Psychologin, die sich mit Persönlichkeitsdefekten auskannte. Sie erhielt einen Termin für den späten Nachmittag. Jetzt musste sie sich nur noch mit Ruth Lebewang verständigen. Katinka wählte ihre Nummer und erreichte sie, wie Ruth genervt behauptete, zwischen Tür und Angel.

»Ruth, bitte kommen Sie gleich bei mir in der Hasengasse vorbei.«

»Ich denke nicht daran«, gab Ruth wütend zurück.

Katinka brauchte beinahe eine Viertelstunde, um Ruth zu verklickern, dass ihr Leben in Gefahr sein konnte und sie womöglich Henrys Schicksal würde teilen müssen, wenn sie sich nicht vorsichtig verhielte.

Ruth kam in die Hasengasse. Sie wirkte geknickt und fahrig. Katinka erfuhr, dass Ruth und eine weitere Studentin als Mädchen für alles während der Tagung am Wochenende beschäftigt sein würden.

»Mädchen für alles?«

»Na ja, kopieren, Taxis rufen, Sachen mit den Hotels klären, Kaffee kochen, die vorbereiteten Schinkenhörnchen vom *Kapuzinerbeck* abholen ...«

Katinka fragte nach dem Namen der anderen Studentin.

»Nina Weiß.«

»Hat sie sonst auch mit dem Lehrstuhl zu tun?«

»Nein, aber Helena Jahns-Herzberg hat sie vorgeschlagen, weil sie wohl eine sehr gute Studentin ist.«

Gut mag willig heißen, überlegte Katinka, denn zum Kaffeekochen und Schinkenhörnchentragen braucht man nicht gerade fachliche Qualifikationen.

Sie schärfte Ruth ein, vorsichtig zu sein und keinesfalls nachts ins Büro an der Weide zu gehen, sich nicht an einsamen Plätzen aufzuhalten und so fort. Ruth trat in die schattige Hasengasse hinaus und lief davon, ohne zu grüßen. Katinka rieb sich die kalten Hände. Es musste einfach klappen.

Am Mittwoch, vor dem Feiertag, radelte Katinka recht früh in die Hasengasse. Unversehrt fand sie ihr Büro vor. Tom hatte den Passwortschutz in ihrem Laptop aktiviert, eine Kennung aus beliebig zusammengestellten Buchstaben und Ziffern ausgesucht. Niemand hatte auf die neue Kassette ihres Anrufbeantworters gesprochen. Katinka rief bei Laubach zu Hause an. Keiner ging an den Apparat. Also war der Professor schon unterwegs, vermutete Katinka. Es wurde Zeit, dass sie zum Lehrstuhl aufbrach.

Nach dem sonnigen Wetter der letzten Tage war der Himmel an diesem Tag wolkenverhangen. Passt zu meiner Stimmung, überlegte Katinka, als sie wachsam die Kapuzinerstraße entlangfuhr und sich immer wieder umsah, ob ein weinroter *VW Touran* irgendwo zu sehen war. Als sie am Marcushaus vorbeifuhr, begann es zu regnen. Sie scherte sich nicht weiter darum, sondern setzte ihre Kapuze auf und hielt schließlich gleich beim Spielplatz an, gegenüber von Weide 18, wie neulich nachts.

Es mochte sein, dass Montfort oder jemand anders im Assistenten- oder Bibliothekszimmer sie sah. Katinka störte das nicht. Sie war sich ihrer Sache jetzt sicher. Wenn sie den sturen Hauptkommissar rumgekriegt hatte, sollte auch Laubach mitspielen.

Eine halbe Stunde später rollte er heran, kutschiert von seiner in bunte Schals gehüllten Frau Lisbeth in einem silbergrauen *Mercedes*, der von seinen Herstellern als so oberklassig verstanden worden war, dass er nicht einmal eine Modellbezeichnung am Heck vertrug. Lisbeth Frinke-Laubach hielt an. Ihr Mann wälzte sich vom Beifahrersitz, ging gemessen zum Kofferraum, entnahm ihm eine Aktenmappe und knallte den Deckel zu. Lisbeth fuhr ruckelnd an und bog in die Pfeuferstraße.

Katinka rannte durch den Bindfadenregen zur Eingangstür, die gerade hinter Laubach ins Schloss fiel.

»Morgen, Herr Laubach.«

Er erschrak tatsächlich heftig und fuhr herum, so schnell seine Massen es ihm erlaubten.

»Himmel, wieso erschrecken Sie mich derart«, schimpfte er.

»Verzeihung«, entgegnete Katinka ungerührt. »Herr Professor, ich muss sie unbedingt sprechen. Jetzt. Es steht zu befürchten, dass«, sie senkte mit einem vielsagenden Blick zur Treppe, »noch mehr Leute umkommen. Geben Sie mir eine halbe Stunde!«

Laubach stöhnte, wischte sich die Regentropfen von der Glatze und bemerkte:

»Ich habe um zehn eine Besprechung und noch etliches vorzubereiten!«

»Herr Laubach«, Katinka sprach noch leiser, »die Lage ist ernst. Auch im Hinblick auf Ihre Tagung.«

Sie war sich sehr unsicher, als sie Laubach die Treppe hinauf folgte. Der Anblick seines schweren Körpers, den er gegen die Schwerkraft anstemmte, hatte etwas Bedrückendes. Sollte er das Gleichgewicht verlieren und stürzen, würde er sie unter sich begraben.

Im ersten Stock pinnte Frau Först gerade einen Aushang ans Schwarze Brett. Sie gewahrte zuerst nur ihren Chef und rief ein freudvolles »Guten Morgen, Herr Laubach!«, doch das Lächeln fiel ihr aus dem Gesicht, als sie Katinka aus seinem Windschatten treten sah. In diesem Job wirst du nicht geliebt, hörte sie Julius Liebitz' Stimme.

Laubach brummte etwas und schritt so eilig er konnte auf sein Büro zu. Er bot Katinka Platz an und schloss die Tür.

Sie schilderte ihren Plan. Laubach hörte aufmerksam zu. Ab und zu räusperte er sich vernehmlich und zog eine zerdrückte Packung *Fishermen's Friend* aus seinem Jackett. Der stechende Mintgeruch durchdrang das ganze Büro.

Als Katinka geendet hatte, sagte er mit resignierter Stimme:

»Wenn das zutrifft, Frau Palfy, dann muss ich meinen Hut nehmen.«

Katinka sah ihn überrascht an, aber er fuhr fort:

»Wenn ich das alles nicht bemerkt haben sollte … Meine Güte!« Er wirkte ehrlich erschüttert.

»Noch gibt es die Chance, die Angelegenheit wieder ins Lot zu bringen«, sagte Katinka.

»Sehen Sie«, erklärte Laubach ihr. »Zu diesem Kolloquium erwarte ich Gäste aus dem Ausland, Referenten von bedeutendem Ruf. Ich mag mir nicht vorstellen, ich mag mir einfach nicht vorstellen ...« Er schwieg und lutschte hingebungsvoll sein penetrantes Bonbon.

»Es ist die beste und einzige Möglichkeit, den oder die Täter zweifelsfrei zu entlarven«, sagte Katinka eindringlich.

»Jeder von den Anwesenden, ausgenommen vielleicht die wenigen Studenten, die sich zu uns trauen, durchschauen innerhalb von Minuten, was gespielt wird. Es wird einen Eklat geben.«

»Das glaube ich nicht«, sagte Katinka. »Stellen Sie das Programm so um, dass Fria Burgwart genau vor Carsten Stielke spricht. Aber tun Sie das ganz kurzfristig. Wir müssen die Täter aus dem Konzept bringen.«

Laubach schüttelte ungläubig den Kopf. »Ich würde jetzt sagen«, erläuterte er und stemmte sich aus seinem Spezialstuhl, »der Junge täte mir Leid, aber ich muss Ihnen glauben. Das tut weh, ich sage es Ihnen, verdammt weh.« Er starrte bewegungslos und schicksalsergeben aus dem Fenster in den wild grünenden Hinterhof.

»Für jedes Verhalten gibt es Gründe«, sagte Katinka. »Haben Sie eigentlich Fria Burgwart schon im Klinikum besucht?«

»Nein«, sagte Laubach und öffnete seinen Schrein, eine Hausbar, wie Katinka sie aus Filmen der Fünfziger kannte.

»Sie trinken sicher nichts, wenn Sie im Dienst sind?«

»Nein«, sagte Katinka und lächelte ihn an. Er tat ihr Leid, ein wenig zumindest. Er war ein Gefangener seines Renommees, seiner Ehe, seiner Fettmassen, seiner Mitarbeiter. Im Grunde war er eine einsame Seele.

»Frau Burgwart will heute schon wieder zur Arbeit kommen«, fügte er hinzu und goss sich einen *Bourbon* ein.

»Was?«, rief Katinka entsetzt. »Aber ihre Verletzungen sind nicht gerade harmlos.«

»Das verstehen Sie nicht«, brummte Laubach und trank seinen Whiskey. »Die Tagung. Jeder Vortrag auf einer internationalen Tagung bedeutet einen Pluspunkt bei weiteren Bewerbungen. Man …«

»Danke für die Belehrung«, sagte Katinka unhöflich. »Allerdings habe ich Gesundheit und Unversehrtheit immer für das höchste Gut gehalten, für eines der höchsten zumindest, und ich käme wirklich nicht auf die Idee, wegen Ansehen oder beruflichen Lorbeeren meine Gesundheit aufs Spiel zu setzen.«

Sie war sich bewusst, unbedacht zu reden, schließlich lag alles an Laubachs Einverständnis. Ihr Plan funktionierte nur, wenn Laubach ihn unterstützte. Dennoch ging der Zorn mit ihr durch: »Ich bin jedenfalls heilfroh, dass ich nicht promoviert habe.«

Ihr Ärger hallte durch den Raum. Erstaunlicherweise sagte Laubach nichts dazu, sondern meinte: »Jaja, Hauke hat mir erzählt, Sie wären überdurchschnittlich begabt und es würde sich für Sie lohnen, einen Doktortitel anzustreben.« Er kratzte sich am Kopf. »Er sagte auch, Sie hätten Ihre eigenen Ansichten zu unserem«, er breitete die Arme aus, »Milieu!«

Katinka meinte, ein kurzes Zwinkern in seinen Augenwinkeln zu sehen. Obwohl sie sich innerlich wehrte, fühlte sie sich doch geschmeichelt. So leicht sind wir Menschen zu manipulieren, dachte sie besorgt.

Dann besprach sie mit Laubach die Einzelheiten. Er sah gebeugt und unglücklich aus, doch sie gewann den Eindruck, er würde sie und Uttenreuther auf alle Fälle unterstützen.

»Nun wird es sich erweisen«, sagte er zum Abschied, als er Katinka seine große Pranke entgegenstreckte, »wer ein Freund ist von all den großartigen Kollegen …«

Katinka nickte ihm zu und bedankte sich. Dann verließ sie sein Zimmer und stand Aug' in Aug' mit Fria Burgwart, die gerade den Gang entlangkam.

Immer noch trug sie Arm und Schulter verbunden. Um die

Bandagen zu kaschieren, hatte sie sich einen Rollkragenpullover angezogen. Sie sah darin aus wie ausgestopft. Ihr Haar war so straff zurückgebunden, dass ihr Gesicht noch spitzer wirkte.

»Grüß Gott, Frau Burgwart«, sagte Katinka und nickte ihr freundlich zu. »Geht's Ihnen besser?«

»Ja, ich denke«, sagte Fria. Sie wirkte verwirrt und schleppte an ihrem gesunden Arm baumelnd eine schwere Ledertasche.

Katinka blieb stehen und sah zu, wie sie das Assistentenzimmer betrat. Montfort kam gerade heraus und sagte leise: »Ach, hallo!« Er sah sie dabei nicht an und verschwand hastig durch die nächste Tür.

Ach du Schande, dachte Katinka. Sie warf einen Blick in das Bibliothekszimmer. Carsten Stielke, Ruth Lebewang, Elfi Lodenscheidt, Anna-Beata Först und Ludovic Montfort saßen mit kleinen, dampfenden Pizzen auf Papptellern an den drei Schreibtischen und hielten ein spätes Frühstück.

»Grüß Gott miteinander«, sagte Katinka laut.

Elfi zuckte zusammen, die anderen warfen sich unruhige Blicke zu. Katinka konnte nicht anders. Sie stellte sich in den Türrahmen und sagte:

»Da wird sich Frau Burgwart aber freuen, dass sie mit einer frischen Minipizza empfangen wird.«

Das Schweigen lastete wie Blei in dem kleinen Raum. Montfort kaute ungeduldig auf seiner Pizza herum, und Stielke war rot wie eine Chilischote. Die Sekretärin blickte auf Katinkas Füße, der Appetit schien ihr vergangen zu sein.

»Ach, Fria ist wieder da?«, fragte Elfi Lodenscheidt mit einem überraschten Lächeln.

»Tatsache«, erwiderte Katinka, ohne das Lächeln zu erwidern.

»Also«, sagte Elfi, legte ihren Pappteller mit der angebissenen Pizza sorgfältig beiseite und stand auf, »dann schau ich mal rüber.«

»Schönen Tag auch«, sagte Katinka und lief die Treppen hinunter ins Freie.

Gewissenhaft besah sie sich ihr Rad, bevor sie aufstieg und nach Hause fuhr.

Die Sache wird riskant.

Selbstverständlich bin auch ich nicht unverwundbar. Aber ich behalte den Überblick. Niemand kann mir etwas anhaben.

Ich bin das Gegenteil von sprunghaft. Meine Handlungen orientieren sich an definierbaren Endergebnissen. Ich setze Prioritäten.

Wie hart man sich manches erarbeiten muss! Meine Chance rückt heran.

Die Detektivin wird lästig, eine richtige Landplage. Aber sie lockt mich nicht in die Falle. Ich bin ihr mehr als einen Schritt voraus. Sie ist leicht zu beeinflussen. Wie die meisten Frauen. Sie werden 24 Stunden am Tag von Gefühlen malträtiert. Von wenigen Ausnahmen mal abgesehen.

Keinesfalls werde ich eine Gefängniszelle von innen sehen.

Habe ich Angst?

Mitunter treibt mich die Ehrlichkeit. Ich gebe zu, dass ich unruhig bin. Unruhe ist nichts Schlechtes. Vor dem großen Auftritt benötigt der Akrobat eine gewisse Portion Nervosität. Fühlt er sich zu sicher, ist er nicht mehr konzentriert genug. Dann macht er Fehler. Ich sehe das Seil schwirren und ihn in die Tiefe stürzen.

Ich stürze nicht.

Das Hochseil behält seine Faszination für mich.

Es gibt Leute, die alles für mich tun. Manchmal machen sie Fehler. Deswegen sind sie mir auch unterlegen.

Schlemihle, Versager, Luschen. Ich mache keine Fehler.

Bin ich exzentrisch?

Ich habe ein Buch über Exzentriker gelesen. Vielleicht sollte man mich dazuzählen.

Exzentrisch genannt zu werden, würde mir schmeicheln.

17. Die Tagung

Das nachmittägliche Gespräch mit der Psychologin Dr. Gabriele Borst bestätigte, was Katinka sich bisher zusammengereimt hatte. Sie warf mit vielen Fachbegriffen um sich, die Katinka pflichtbewusst notierte, doch sie hatte den Eindruck, durch scharfe Beobachtung und gesunden Menschenverstand die Zusammenhänge schneller und besser zu begreifen: Hier ging es um das Amalgam aus Angst und Neid, aus dem unsichere Menschen pathologische Züge entwickelten.

»Angst vor Misserfolg kann so bedrängend werden, dass in einem besonders dramatischen Fall sogar ein Mord vorstellbar ist. Und bedenken Sie, wie stark sich Menschen an andere, vermeintlich stärkere, anlehnen wollen«, betonte Frau Borst.

»Nicht alle«, fühlte Katinka sich zu sagen berufen.

Sie verließ das Marcushaus in dem Bewusstsein, die richtige Spur gefunden zu haben.

Den Rest der Woche übte sie sich in Geduld. Ab und an radelte sie an Laubachs Lehrstuhl vorbei, ging aber nicht in den ersten Stock hinauf. Unruhig wartete sie auf den Freitag. Es fiel ihr schwer, regelmäßig zu essen. Alltagshandlungen kamen ihr unerheblich und bedeutungslos vor. Zwei Mal telefonierte sie mit Uttenreuther, und beim zweiten Telefonat hörte sie aus seiner Reaktion, dass er genervt war:

»Hören Sie, Palfy, ich habe hier noch andere Fälle liegen. Mein Schreibtisch quillt über. Es mag ja sein, dass die Schizophrenen an der Uni Ihr Haus- und Hofprojekt sind, aber ich habe zu tun.«

Mit rotem Kopf legte Katinka den Hörer auf die Gabel. Er

hatte ja Recht. Kurz überlegte sie, wie schnell sie an einen neuen Fall kommen würde, wenn dieser hier abgeschlossen war. Doch Britta beruhigte sie bei einem Kaffee im *Cador*.

»Wir bringen natürlich einen Artikel«, sagte sie fröhlich, »und die Leser werden deinen guten Namen lesen, verinnerlichen und bei Problemen zu dir kommen.«

»Es wäre ganz günstig, wenn wir beide auf der Tagung so tun, als kennten wir uns nicht«, schlug Katinka vor. »Nicht wegen der Eigenwerbung, sondern um den Verdächtigen keine Möglichkeit zu geben, sich noch vorsichtiger zu verhalten, als sie es ohnehin schon tun werden!«

»Klar doch!«, sagte Britta zerstreut. Dann lenkte sie das Gesprächsthema schnell wieder auf ihre neue Flamme, praktischerweise personifiziert in ihrem Arbeitskollegen Alban Hanke. Katinka war dankbar für die Abwechslung, die Brittas Verliebtheit ihr bot, obwohl sie Bedenken hatte, dass Brittas glühende Leidenschaft irgendwann an ihren rigiden feministischen Auffassungen zerbrechen würde.

Am ersten Mai unternahm Katinka mit Tom eine Radtour am Main-Donau-Kanal entlang. Tom war offensichtlich der Meinung, er müsse die Sportlichkeit seiner Freundin herausfordern.

»Damit du endlich mal wieder ruhig schläfst, und das sollte kein Problem sein, sobald du mal 40 Kilometer geradelt bist«, sagte er. Katinka fühlte sich peinlich berührt. Es stimmte: In der letzten Zeit hatte sie Tom wenigstens einmal pro Nacht mit ihrer Unruhe und ihren desaströsen Träumen aus dem Schlaf gerissen.

Auch in der folgenden Nacht wurde sie von allerhand Gespenstern gejagt. Ein Albtraum rammte den nächsten aus dem Weg, wie böse, schnoddrige Aperçus folgten sie einander und suggerierten Katinka die schlimmsten und peinlichsten Geschehnisse.

Am Freitagmorgen bereitete sie sich sehr genau vor. Sie kontrollierte ihre Waffe und fuhr dann in der Hasengasse vorbei, um Anrufbeantworter und E-Mails zu checken. Vor ihrer Tür lag ein ganzer Haufen *WoBlas*. Katinka schob die Zeitungen mit dem Fuß weg. Sie schrieb die Kündigung an ihren Vermieter und klebte eine Briefmarke auf den Umschlag, um den Brief sofort einzuwerfen und die Entscheidung nicht wieder hinauszuzögern. Sie ergänzte ihren Bericht, druckte ihn erneut aus und überprüfte so, wie Tom ihr gezeigt hatte, ob jemand versucht hatte, den Laptop in Betrieb zu setzen. Negativ. Fast war sie enttäuscht. Die Zeit stand still. Nervös und unruhig schlich sie zwischen Nebenraum und Büro hin und her, bis sie sich schließlich aufraffte, um beim *Kapuzinerbeck* Schokoladencroissants zu kaufen. Nebenbei erkundigte sie sich, ob die Bestellung für Professor Laubach schon abgeholt worden war. Es war zwölf Uhr.

»Nein, die sollen jeden Moment wegkommen«, sagte die Bäckerin. »Wir liefern sie an.«

Katinka durchfuhr ein heißer Schreck. In ihrer Planung hatte sie auf Ruth gesetzt. Wenn es nun nicht stimmte, dass Ruth und die zweite Hilfskraft, Nina Weiß, die Schinkenhörnchen beim Bäcker abholten? Vielleicht stimmte ja so manches nicht, was Ruth ihr erzählt hatte. Am Ende tat Laubach nur so, als wolle er sie unterstützen. Sie stöhnte beim Gedanken an Uttenreuther und das Gesicht, das er ziehen würde, wenn ihr Plan schief ging. Ihr neues, gutes Verhältnis zu den hiesigen Polizeibehörden wäre damit ein Fall für die Mülltonne. Die Bäckerin, die Katinka die Tüte mit den Schokoladencroissants reichte, sah sie merkwürdig an. Wahrscheinlich wirke ich pathologisch auf sie, dachte Katinka, als sie den kleinen Laden verließ. Aber wenn Helena einkaufen käme in ihrem schicken Kostüm, die würde als normal durchgehen.

Um eins schloss Katinka ihr Büro ab. Sie ging zu Fuß die wenigen Schritte durch die Austraße zur U 5 und schob sich durch die Trauben von Studenten, die zur Mensa oder ins Café gingen, sich zum Wochenende verabschiedeten. Sie genoss die altvertrauten Gesprächsfetzen über einschläfernde Seminare und Systemausfall in der Bibliothek. Wie lange war das alles her!

Langsam stieg sie die Stufen in den zweiten Stock hinauf. Treppenhaus und Gänge waren eigentümlich leer. Das Wochenende nahte, und zudem war heute ein Brückentag, den sich manche gleich komplett gespart hatten.

Im zweiten Stock hatte man das Treppenhaus schon bestens hergerichtet. Ein Büchertisch war aufgebaut, ein zweiter Tisch mit Kaffeekannen, Plastikbechern und Papptellern, was Katinka im Kontext von Laubachs Perfektionismus als Stilbruch empfand. Ruth Lebewang stand in Positur. Sie beaufsichtigte anscheinend die Tagungsunterlagen, graue Mappen mit dem Logo der Universität Bamberg drauf, die sie immer wieder durchsortierte.

»Der Stapel ist aber recht dick«, sagte Katinka freundlich, als sie vor Ruth stehen blieb. »Sie haben wirklich viele Anmeldungen bekommen!«

Ruth warf ihr einen verdrossenen Blick zu und fummelte an ihrer weißen Bluse herum. Die Bluse und der dunkle Rock erinnerte Katinka an ein Hostessenkostüm. Beides passte so gar nicht zu Ruths sonstigem Erscheinungsbild aus T-Shirts und ausgefransten Jeans.

Ruth wühlte sich zum Buchstaben P durch und reichte Katinka ihre Mappe.

»Ich wusste nicht, dass Sie sich angemeldet haben!«, sagte sie vergnatzt.

Katinka wollte etwas erwidern, als sie Brittas helle Stimme durch das Treppenhaus hallen hörte.

»Grüß Gott, zusammen«, sagte sie fröhlich. »Beerenstrauch, *Fränkischer Tag*.« Sie wirbelte vor den Tischen auf und ab und veranstaltete ein solches Getöse, dass es Katinka leicht gelang, sich unsichtbar zu machen.

Helena Jahns-Herzberg schritt die Stufen hinauf. Sie trug ein cremefarbenes Kostüm. Ihr Gesicht wirkte unter einer zentimeterdicken Schicht Make-Up wie erstarrt. Das dünne Haar hätte man selbst mit einem Hammer nicht in eine andere Form gebracht, soviel Haarspray hatte sie draufgesprüht. Mit hellrotem Lippenstift hatte sie versucht, ihre schmalen Lippen breiter zu schminken.

»Frau Dr. Jahns-Herzberg, nehme ich an?«, rief Britta überschwänglich. »Könnte ich für die Zeitung nur eine kurze Einschätzung der Tagung und ihrer Außenwirkung haben? Ich meine, ich weiß, dass Sie vor Beginn dieser wichtigen Veranstaltung sicher sehr vielen Verpflichtungen nachgehen, aber ...«

Die beiden zogen sich mit Brittas Aufnahmegerät in einen der leerstehenden Seminarräume zurück.

Fria Burgwart erschien. Sie trug eine enge, schwarze Hose und einen schmucklosen, grauen Pullover. Die Bandage am Hals hatte sie abgenommen, nur ein großes Pflaster lugte unter dem Kragen hervor. Ihr Arm war anscheinend immer noch verbunden – unter dem Ärmel zeichnete sich eine dicke Beule ab.

O Britta, mach schnell, flehte Katinka im Stillen. Fria starrte Katinka zunächst unverwandt an, dann wandte sie sich ab und sprach eindringlich mit Ruth. Eine zweite Studentin im Kostümchen tauchte auf, und wie Ruth wirkte sie wie ein Fremdkörper in ihren eigenen Klamotten. Plötzlich war das Treppenhaus erfüllt mit Gesprächsfetzen und Begrüßungsrufen. Die Schinkenhörnchen wurden geliefert und unter Frias Argusaugen von den beiden studentischen Hilfskräften neben den Kaffeeutensilien aufgebaut. Helena kehrte vom Interview zurück und begrüßte Fria:

»Ach, na, wie geht's denn!«, sagte sie spitz.

Fria nickte ihr nur kurz zu und sagte:

»Hallo Helena.«

Katinka starrte die beiden fasziniert an. Hass und Abscheu schienen beiden Frauen aus jeder Pore zu spritzen, und sicher hätte nicht viel Provokation gefehlt, um sie aufeinander losgehen zu lassen.

»Grüß Gott, Frau Palfy!«

Katinka fuhr herum. Hauke von Recken streckte ihr die Faust entgegen und grinste verschmitzt, offenbar freute er sich über Katinkas Erstaunen.

»Tja, selbstverständlich hat Milo mich eingeladen«, sagte er auf Katinkas fragenden Blick. »Und ich gehe sehr gerne zu Tagungen, wenn ich selbst von allen Pflichten entbunden bin.« Er sah sich um, während Katinka ihre Hand wieder an sich nahm, und fragte mit gedämpfter Stimme:

»Wer sind denn nun Ihre Verdächtigen?«

Katinka hätte ihm am liebsten einen Tritt versetzt.

»Bringen Sie bloß nichts durcheinander!«, zischte sie wütend. Erstaunt zog von Recken die Augenbrauen kraus.

»Wo denken Sie hin? Milo hat mich eingeweiht, ach, da ist er ja ...«

Professor Laubach schleppte sich den Gang entlang. Er hatte offensichtlich nicht die Treppen genommen, sondern den Fahrstuhl, obwohl Katinka sich schlecht vorstellen konnte, wie er seine Massen in den winzigen Lift zwängte. Sie sah sich nach Britta um, die gerade mit Fria sprach, und versuchte verzweifelt, ihre Aufmerksamkeit zu erregen.

Der breite Treppenabsatz füllte sich mit Leuten. Einige wenige Studenten in Jeans und mit eingeschüchtertem Gesichtsausdruck standen herum und pressten ihre grauen Mappen an sich. Ältere Herren im Anzug grüßten einander jovial und verbreiteten gute Stimmung, indem sie vorgaben, sich unbändig über das Zusammentreffen auf ausgerechnet dieser Tagung zu freuen, und einander auf die Schultern klopften. Jemand mit einer riesigen Kamera stand ungelenk in dem ganzen Chaos und knipste vereinzelte Fotos. Katinka bemerkte, wie Britta auf Laubach zuschoss. Der jedoch schob Britta einfach beiseite und stürzte sich auf einen Herren seines Formats.

»Nervtötender Macho«, zischte Britta Katinka zu. »Ihm passt nicht in den Kram, dass ich anstelle von Alban hier bin.«

Doch Katinka musste mit anderen Sorgen fertigwerden. Wo steckt nur Hardo, dachte sie ängstlich. Aus den Augenwinkeln betrachtete sie Anna-Beata Förster, die mit einem klebrigen Dauerlächeln auf den Lippen ein Bad in der Essenz der romanistischen Koryphäen nahm. Uttenreuther wollte einige seiner Leute mitbringen. Katinka fühlte sich unfähig, alles alleine in den Griff zu kriegen. Sie spähte immer wieder erwartungsvoll zur Treppe.

Lisbeth Frinke-Laubach schritt herbei. Sie trug ein schwarzes Kleid, das fast bis zum Boden reichte, und ellenlange Ohrhänger. Diesmal hatte sie auf die übliche Ansammlung verschiedener Schals verzichtet, und sich lediglich ein feuerrotes Tuch um den Hals gewunden. Im selben Ton hatte sie Lippenstift aufgetragen. Helena könnte bei ihr Schminkunterricht nehmen, dachte Katinka grimmig. Stielke schwamm in ihrem mütterlichen Kielwasser. Er steckte in einem grauen Anzug und hatte eine Miene aufgesetzt, die nach Gallenkolik aussah.

Zwei Frauen mit schweren Aktenmappen kamen die Treppe herauf und wurden von Laubach sofort mit Ehrerbietung begrüßt. Ruth kam mit dem Verteilen der Unterlagen kaum nach, und Nina Weiß, die zweite Hilfkraft, rotierte, weil ihr der Kaffee ausging. Katinka trat auf sie zu und sagte:

»Ich schenke gerne aus. Schmeißen Sie mal die Kaffeemaschine an.«

Nina warf Katinka einen zweifelnden Blick zu und stahl sich davon. Nun postierte sich Katinka hinter dem Kaffeetisch, in Jeans und Regenjacke, und bediente die Tagungsteilnehmer, die die eindeutig zu alte studentische Hilfskraft neugierig musterten. Laubach hatte sie ebenfalls bemerkt. Mit zusammengekniffenen Augen starrte er herüber. Katinka blinzelte ihm kurz zu, doch er reagierte nicht. Beinahe fegte er Elfi Lodenscheidt beiseite, die mit eingezogenem Kopf, die Arme fest vor der Brust verschränkt, an der Treppe stand und verschüchtert das Treiben beobachtete.

»Palfy!«, dröhnte eine wohlbekannte Stimme.

»Na, endlich!«, entfuhr es Katinka, als sie dem Kommissar einen Becher Kaffee reichte.

Uttenreuther grinste und nahm sich zwei Schinkenhörnchen.

»Ich habe das alles mit meinen Steuern schon bezahlt, also meckern Sie nicht!«, sagte er.

»Sind Sie alleine hier?«

»Nun machen Sie mal einen Punkt. Halten Sie mich für einen Dilettanten?«

»Natürlich nicht«, beeilte sich Katinka. Sie wollte noch etwas hinzufügen, als Helena Jahns-Herzberg auf sie zutrat.

»Was soll das denn?«, fragte sie mit schneidender Stimme.

»Ich vertrete die überforderte Kaffeesiederin«, sagte Katinka grinsend.

Helena starrte sie zornerfüllt an. Ihre Worte kamen wie Spitzhackenschläge aus ihrem Mund:

»Das ist keine Vergnügungsveranstaltung hier, Frau Palfy. Wir haben eine internationale Tagung von höchster fachlicher Wichtigkeit und mit den bedeutendsten Vertretern der Wissenschaft initiiert. Und Sie werden das mit Ihren Späßchen nicht durcheinander bringen!«

Uttenreuther stopfte sich das zweite Schinkenhörnchen in den Mund und sagte: »Keine Angst, Frau Doktor.«

Helena riss den Kopf herum und fixierte Uttenreuther für einen Augenblick konsterniert. Ihre blaugetuschten Lider flatterten nervös. Dann drehte sie sich um und stolzierte auf den Tagungsraum zu.

»Meine Herrschaften«, rief Laubach nun und klatschte in

seine gewaltigen Hände. Das Geräusch hallte im Treppenhaus wider. »Meine Herrschaften. Wenn ich Sie bitten dürfte!«

Zäh schoben sich die Leute in den Tagungsraum. Ludovic Montfort stürmte in letzter Sekunde die Treppe hoch. Sein Anzug saß schlecht, was Katinka wunderte. Sie hätte ihm mehr Geschmack zugetraut.

Elfi Lodenscheidt hatte auf ihn gewartet und lief nun auf ihn zu, als brauchte sie dringend seinen Schutz, um den Raum mit all den wichtigen Fachgrößen betreten zu können. Britta folgte ihnen in einigem Abstand. Dann kam Katinka, und zum Schluss Hardo.

»Hast du Laubach interviewt?«, flüsterte Katinka Britta zu.

»Klar!« Sie nickte und wies auf ihr Aufnahmegerät.

Unter großem Getöse und Stühlerücken nahmen die Teilnehmer Platz. Erwartungsfreude lag in der Luft. Der Raum war außer mit einer gewöhnlichen Schultafel auch mit Laptop, Beamer, Tageslichtprojektor und einer magnetischen Schauwand ausgestattet.

»Wirkt alles sehr modern und professionell«, spöttelte Uttenreuther neben Katinka, bevor er sich ein paar Plätze weiter in die Nähe der Tür setzte. »Einen Beamer habe ich schon seit Jahren beantragt. Aber es reicht ja nicht mal zu so einem Flip Chart.« Er wies mit dem Kinn nach vorn.

Laubach ploppte auf einen extra großen Stuhl.

Rumolt Lennert hatte Recht, durchfuhr es Katinka heiß. Die sitzen tatsächlich alle hierarchisch!

An Laubachs rechter Seite hatte sich seine Frau Lisbeth in Positur gesetzt. Sie drapierte ihr rotes Tuch formschön auf ihrem schwarzen Kleid. Zu seiner Linken war ein Platz für den jeweiligen Referenten freigehalten, danach kamen Helena Jahns-Herzberg, Fria Burgwart, Ludovic Montfort, Carsten Stielke, Elfi Lodenscheidt und schließlich Anna-Beata Först. Die beiden Studentinnen Ruth und Nina hatten nicht am Tisch Platz genommen, sondern sich Stühle an die Wand hinter den Lehrstuhlmitarbeitern geschoben. Katinka dachte kurz daran, dass eigentlich Henry dort hätte sitzen sollen.

Laubach richtete seinen Blick auf das Auditorium, und sofort verstummten die letzten Gespräche. Katinka schärfte alle ihre Sinne. Sie sah sich genau im Raum um, und erkannte zu ihrer Erleichterung die blonde Polizistin, die sie am vergangenen Samstag vor der Spielothek gesehen hatte. Heute war sie allerdings in Zivil. Katinka hatte keine Ahnung, wie viele Leute Uttenreuther mitgebracht hatte. Er saß wie ein übergroßer Teddybär auf seinem Stuhl, doch seine Augen bewegten sich pausenlos. Sie schienen wie Hochleistungsstaubsauger.

»Herzlich willkommen!«, rief Laubach nun. Er hatte eine überdimensionale Tischglocke neben sich gestellt und wies darauf. »Sollte ich Ihre Aufmerksamkeit zurückgewinnen wollen, werde ich nicht zögern, dieses herrliche alte Stück auch zu betätigen.«

Er hob die Glocke an. Sie schien schwer zu sein, denn es kostete ihn sichtlich Anstrengung, sie ein wenig zu schwenken. Der bollernde Ton ließ die Hälfte der Teilnehmer zusammenfahren. Gemurmel und verhaltenes Gelächter.

»Milo ist immer für Überraschungen gut«, hörte Katinka eine Dame begeistert ihrem Nachbarn zuwispern.

»Ich freue mich«, sagte Laubach, und seine Stimme klang so gewaltig und selbstsicher, dass Katinka sich fragte, ob er die mysteriösen Zwischenfälle an seinem Lehrstuhl und die bevorstehenden Tagungsereignisse vergessen hatte. Ein kurzer Flash in ihrem Kopf suggerierte ihr die Peinlichkeit, die entstünde, wenn Laubach vergessen würde, die Reihenfolge von Frias und Stielkes Vorträgen zu vertauschen. Katinka spürte, wie ihr die Röte schon vorsorglich ins Gesicht schoss. Atemlos wedelte sie sich Luft zu.

»Besonders begrüße ich auch unser Herausgeberkollegium von *Panorama der Romanistik*. Da unser werter Kollege, Professor Doktor Heinrich Münzinger, in Kürze emeritiert wird, möchte er auch seinen Herausgeberposten zur Verfügung stellen, wobei ich ehrlich gesagt erstaunt bin, dass er unseren wichtigen Zielen nicht noch ein wenig mehr Lebenszeit zu widmen bereit ist.«

Insidergelächter ertönte. Katinka sah sofort zu Helena, die unter ihrer Make-up-Schicht ganz rot geworden war und mit einem gierigen Ausdruck in den Augen auf einen Herrn in der Mitte des Raumes blickte, der verlegen grinsend seine letzten Haarsträhnen zurechtlegte.

»Doch Heinrich hat sein Feld wohlbestellt«, fügte Laubach hinzu. »Sein langjähriger Assistent, Doktor Christian Schöller, hat unlängst einen Ruf nach Hamburg erhalten«, anerkennende Os und As wurden laut, »und ist bereit, in den Fußstapfen seines Lehrers für unser *Panorama* bereitzustehen.«

Helenas Gesicht wechselte die Farbe so schnell, dass Katinka meinte, sie würde umfallen. Laubachs weiteren Worte verklangen irgendwo in der Ferne, als Katinka das sanfte Lächeln auf Frias Gesicht wahrnahm, das einmal um ihren Mund spielte und dann wieder in der Versenkung verschwand. Ansonsten war Fria keine Regung anzusehen. Sie hielt einen Drehbleistift in ihren langen Fingern und spielte damit herum. Katinka sah, wie Helena Ludovic Montfort einen bohrenden Blick zuwarf. Der zuckte unmerklich die Schultern, und Carsten Stielke nahm die Brille ab und wischte sich den Schweiß von der Stirn. Elfi Lodenscheidt guckte verträumt und interessiert in Laubachs Richtung.

»... und in diesem Sinne möchte ich, wie stets, und Sie kennen mich, auf lange Vorreden verzichten und in medias res gehen. Sie haben alle einen Programmzettel in Ihren Tagungsunterlagen«, erläuterte Laubach und hielt das gelbe Faltblatt hoch. Die Anwesenden begannen zu blättern und erinnerten Katinka an Erstklässler. Sie ballte die Fäuste und spürte für einen kurzen Moment Uttenreuthers Blick auf sich gerichtet.

»Orientieren Sie sich an diesem Faltblatt, neudeutsch Flyer«, er unterbrach, damit einige kichern konnten, »und Sie wissen immer, worum es geht. Wobei«, er holte tief Luft, während Katinka das Atmen vergaß, »eine kleine Änderung vonnöten war. Den Eröffnungsvortrag wird Frau Dr. Fria Burgwart halten«, sagte Laubach und sah eindringlich in Frias Richtung. Katinka blies sich erleichtert die Ponys aus dem Gesicht und beobachtete, wie Fria glutrot und anschließend leichenblass wurde. Der Bleistift glitt ihr aus der Hand.

»Anschließend wird mein Doktorand, ein vielversprechendes junges Talent, im Programm weitergehen«, sagte Laubach. »Und der geplante Eröffnungsvortrag von Frau Professor Dr. Anita Krempp aus Köln wird an die dritte Stelle treten. Frau Kollegin Krempp war so freundlich und erklärte sich einverstanden. Ich denke einfach, Frau Doktor Burgwarts Referat über ein gemeinromanisches Bewusstsein sollte bei soviel Heterogenität in unserer Welt den Grundstein unserer Tagung legen.« Eine Dame mittleren Alters in einem türkisenen Jäckchen mit pinkem Millefleursdruck nickte ekstatisch. Laubach lehnte sich zurück. Er sah krank aus. Die anderen Anwesenden schienen sich nicht weiter um die Programmänderung zu kümmern. Einige kritzelten sich Vermerke auf ihre Faltblätter. Die Lehrstuhlmitarbeiter jedoch saßen wie vom Donner gerührt da.

Helena starrte über Frias flatternde Finger hinweg Montfort an. Der lockerte seinen Krawattenknoten, während Carsten Stielkes Gesicht eine schmutzig bleiche Farbe annahm. Elfi Lodenscheidt blickte verständnislos von einem zum anderen, und Anna-Beata Först versuchte, unter ihrem Pumuckl-Haarschopf wichtig dreinzusehen, was umso deutlicher hervorhob, dass sie nicht die leiseste Ahnung hatte, worum es ging.

Mit einem Hüsteln wandte sich Helena ihrem Chef zu und stieß ihre Zeigefinger in seine Richtung. Laubach ignorierte sie. Helena begann, Lisbeth auf sich aufmerksam zu machen. Die

Professorengattin legte ihre Hand auf Laubachs Arm und neigte sich ihm leise murmelnd zu, doch Laubach schüttelte sie ab.

Das Hin und Her an der vorderen Front übertrug sich auf das Auditorium. Manche warfen unruhige, andere nur milde erstaunte Blicke auf Laubach und seine Leute. Katinka sah rasch zu Britta hinüber, die sich Notizen machte. Sabine Kerschensteiner betrachtete die Szenerie in aller Gemütsruhe. Katinka beneidete sie. Ihre Nerven standen kurz vor dem ultimativen Riss. Immer wieder driftete ihre Aufmerksamkeit ab.

Helena räusperte sich und sagte laut zum Auditorium:

»Ich glaube, wir sollten diese Entscheidung doch korrigieren. Ich …«

Laubach unterbrach sie, und Katinka verspürte mit einiger Überraschung seine Autorität.

»Frau Burgwart, darf ich Sie bitten!«

Fria stand zitternd auf. Ihre Hände fuhren zu ihren zurückgebundenen Haaren. Dann zuckte sie zusammen, anscheinend verursachten ihr die Stichverletzungen immer noch Schmerzen. Sie schob ihren Stuhl zurück, nahm ihre Unterlagen auf und ging zu dem Referentenstuhl neben Laubach. Lisbeth Frinke-Laubach starrte sie kalt an. Katinka sah in ihren Gedanken die Abscheu vor Frias ungepflegtem Äußeren, den vernachlässigten Haaren und der tristen Garderobe. Doch Fria setzte sich nicht, sondern blieb stehen und betätigte den Laptop. Der Beamer warf zuerst die Windows-Oberfläche an die Wand, dann erschien Frias Thema in schön geschwungener Schrift und unterlegt von einem Foto an der Wand.

Fria Burgwart begann zu sprechen. Höchst erstaunt lauschte Katinka. Fria entwickelte tatsächlich Temperament, ihre Stimme klang tiefer und sicherer als sonst, und ihre ganze Körpersprache vermittelte Souveränität. Verblüffend, dachte Katinka. Wie verändert sie ist! Eine geheimnisvolle Macht schien Fria wie auf Knopfdruck zu verwandeln. Katinka musste sich zusammenreißen. Mit einem Ohr hörte sie Frias Vortrag zu, den sie, wie sie zugeben musste, tatsächlich interessant fand. Frias Stimme klang so viel lebendiger als sonst durch den Raum, ihre ganze Art fesselte den Zuhörer. Gleichzeitig beobachtete Katinka die Leute vom Lehrstuhl. Zeitweilig bemerkte sie, wie auch Uttenreuther Helena und Montfort musterte. Carsten Stielkes Gesichtsfarbe wechselte zu einer Art Grün, und Montfort fühlte sich in seinem Anzug völlig derangiert. Helena starrte unbeweglich auf die Papiere vor ihr. Alle drei lauschten mit zunehmend entsetzten Mienen, während Elfi Lodenscheidt zwar neugierig, aber nicht im Mindesten irritiert zuhörte.

Katinka suchte Brittas Blick. Sie blinzelten einander fast unmerklich zu.

Als Fria geendet hatte, mit einem Knopfdruck den Beamer abstellte und das Auditorium auf die Tischplatten klopfte, stand Carsten Stielke auf. Er schwankte für einen Augenblick. Katinka rechnete damit, dass er umfallen würde, doch er fing sich und stürzte zur Tür. Ohne Zögern sprang Katinka von ihrem Stuhl hoch und lief ihm nach. Erstauntes Gemurmel war im Tagungsraum zu hören, bis die schwere Tür ins Schloss fiel. Stielke rannte durch den Gang und um die Ecke. Katinka war dicht hinter ihm. Sie hörte, wie die Tür wieder aufging, achtete aber nicht darauf. Vielleicht einer von Uttenreuthers Leuten, dachte sie.

Stielke stieß hektisch die Tür zur Herrentoilette auf. Katinka lief ihm nach. Sie beobachtete, wie er sich an einem der Pissbecken festhielt und sich die Seite hielt.

»Herzprobleme?«, fragte sie.

Stielke fuhr herum. Für einen kurzen Moment überfiel Katinka der Gedanke, er könne tatsächlich einen Infarkt erleiden, so käsig sah er aus, doch dann erkämpfte er sich seine Akademikermiene wieder und sagte so würdevoll er konnte:

»Das ist eine Herrentoilette.«

»Wieso haben Sie mir das Märchen von Timo Riemenschneider erzählt?«, fragte Katinka und trat näher. Stielke wich zurück.

»Das ... ist ein Freund von mir.«

»Irrtum. Sie haben mir Ihre eigene Handynummer gegeben. Und wenn Sie meine Nummer auf Ihrem Display aufleuchten sahen, nahmen Sie das Gespräch einfach nicht an!«

Stielke erstarrte, dann drehte er sich um und verschwand in einer der Kabinen. Die Würgegeräusche, die er von sich gab, wurden übertönt von einem sonoren, ganz sacht französisch klingenden »Was wollen Sie hier?«

Katinka fuhr herum und starrte Montfort an. Verdammt, wo steckte Hardo? Kam er nicht auf die Idee, einen seiner Beamten nach dem Rechten sehen zu lassen?

»Sie kommen sich sehr klug vor, Mademoiselle«, sagte Montfort und klang nun nicht mehr jovial. Den Gemütsmenschen hatte er abgelegt, stattdessen schwamm ein listiger, Unheil verkündender Ausdruck auf seinem Gesicht.

»Sie brauchen gar nicht nach Ihrer Waffe greifen«, sagte er, und ohne die leiseste Vorwarnung hatte er Katinka schon in den Schwitzkasten genommen und rupfte an dem Halfter herum, in dem ihre Beretta steckte.

»Scheiße!«, schrie Katinka wütend. Montfort ließ sie los. Sie blicke in die Mündung ihrer eigenen Waffe. Angst bekam sie mit einem Mal, heiß und böse.

Montfort entsicherte die Beretta.

»Carsten, komm raus da. Hör auf zu kotzen! Stattdessen könntest du mal beim Kommissar vorbeischauen und mitteilen, dass seine Möchtegernassistentin ein kleines Problem hat.«

Stielke rührte sich nicht. Das Würgen und Spucken hatte aufgehört. Ein leises Stöhnen kam aus der Kabine.

»Carsten!«, rief Montfort ungeduldig, während er Katinka immer näher rückte und ihr die Pistole zwischen die Rippen drückte.

»Genau ins Herz, nicht wahr? Genau ins Herz!«

»Warum, Montfort? Warum?«

»O, wir hatten einen kleinen, feinen Plan. Und es hätte auch nicht die Falsche getroffen, glauben Sie mir, nein, nein, überhaupt nicht. Jeder bekommt, was er verdient, habe ich Recht?«

Carsten Stielke stand gebückt neben der Kabine, in die er verschwunden war, und stützte sich an der Türklinke ab. Er sah ein wenig rosiger aus. »Lass das bleiben, Ludovic«, sagte er. »Das haben wir nicht vereinbart.«

»Was haben Sie dann vereinbart?«, fragte Katinka, obwohl sie nicht mehr daran glaubte, dass es einen Sinn hatte, zu fragen. Sie verspürte tief im Inneren die Überzeugung, dass es zu Ende gehen würde. Es würde nichts nützen, nach Hardo zu rufen. Sie wollte nur weiterreden, um nicht in Panik auszubrechen und Ludovic zu einer Kurzschlusshandlung zu verleiten. Stielke holte tief Luft.

»Halt den Mund, Carsten!«, sagte Montfort mit einem Blick auf seinen jüngeren Kollegen. Ein primitiver Ausdruck lag nun auf seinen ebenmäßigen Zügen.

»Es ist doch sowieso sinnlos«, sagte Carsten Stielke, verzog den Mund und sah aus, als wolle er wieder zu würgen anfangen.

»Mann, das stinkt wie …«, beschwerte sich Montfort. »Mach mal das Fenster auf, ja?«

Gehorsam tapste Carsten Stielke zum Fenster und riss es auf. Ein Schwall kühler Mailuft schwappte herein. Montfort legte seine Hand auf Katinkas Hals und drückte zu.

»Nicht wahr, er riecht gut, der Frühling. Aber nicht mehr lange. Nicht für dich.«

Katinka empfand den Druck seiner Hand als so grauenerregend, dass sich ihr fast der Magen umdrehte. Sie rang nach Luft. Gleichzeitig fuhr ihr ein heftiger Schmerz durch die Seite. Er hat geschossen, dachte sie. Aber sie hatte nichts gehört, keinen Schuss, kein nichts.

»Hör auf, Ludovic! Das bringt nichts mehr.«

»Haben Sie Henry umgebracht?«, krächzte Katinka mit dem letzten bisschen Luft, das ihr blieb. Erstaunt glotzte ihr Montfort ins Gesicht und presste seine Hand noch fester auf ihre Luftröhre.

»Ich hätte solche Lust, dich windelweich zu schlagen«, raunte er. »Aber Petit Carsten hier hält das nicht aus. Er ist so ein Zarter. Mamas Liebling. Ein richtiger Schreibtischtäter eben.«

»Du warst es nicht, oder?«, kreischte Stielke. »Hast du Henry umgebracht?« Aus den Augenwinkeln konnte Katinka sehen, dass er wieder kreideweiß war. Hardo, flehte sie inständig. Hardo, verflucht! Wieso seid ihr nie da, wenn man euch wirklich braucht!

Durch ihren Kopf waberte ein dickes, rauchiges Grau. Sie kämpfte gegen Montforts Hand an und merkte voller Entsetzen, dass er ihr die Luft nun völlig abdrückte. Rote Kringel mischten sich in das Grau, wie hübsche, avantgardistische Wolken trieben sie durch Katinkas Kopf. Der Schmerz in den Rippen ließ nach. Wörter drifteten durch sie hindurch, *pathologisch*, hallte es, *alles ist pathologisch*. Ihre Beine gaben nach, und sie bemerkte mit großem Erstaunen, dass Montfort sie nicht mehr verächtlich ansah, sondern zur Tür starrte. Der Druck seiner Hand verschwamm für Katinka irgendwo in der Ferne, weit, weit weg, genauso wie der Schmerz in ihrer Seite und das Getöse, das nun unerwartet über sie hereinbrach.

18. Furien

»Palfy?«

Jemand rüttelte ganz sacht an ihrem Arm. Am besten sollte man sie in Ruhe lassen. Sie würde gerne einschlafen, weiterschlafen, was auch immer, aber nicht dieses Pochen in der Seite verspüren und nicht … diesen Gestank. Ein grauenhafter, ekelerregender Gestank stieg in Katinkas Nase. Sie musste sich aufrichten, sonst würde sie sich übergeben. Fluchtbereit griff sie hinter sich und spürte etwas Hartes, glatt und kalt.

»Palfy!«

Die Stimme wurde nervöser, der Griff an ihrem Arm drängender.

»Ja!«, murmelte Katinka müde und überredete sich, die Augen zu öffnen. Sie sah Harduin Uttenreuther, den Hauptkommissar, über sich gebeugt. Seine grauen Augen blickten sie eindringlich an.

»Palfy, geht's Ihnen gut?«

Mich kotzt das an, wenn Männer Frauen nur mit dem Nachnamen anreden, dachte Katinka, und im gleichen Moment wurde sie sich bewusst, dass etwas Ungewöhnliches geschehen war.

»Sollen wir einen Arzt rufen?«, fragte eine Stimme, die Katinka vage bekannt vorkam.

»Nein«, sagte sie sicherheitshalber. »Aber lüften sollte mal jemand.«

»Können Sie aufstehen? Hier ist nicht mehr viel mit Lüften«, erwiderte Uttenreuther. Katinka sah sich um. Direkt neben ihr häuften sich Reste eines Mittagessens, das den Rückweg eingeschlagen hatte.

»Ach du Schande«, flüsterte Katinka. Mit aller Macht kämpfte sie gegen den Würgereiz, der sie überfiel wie ein Attentäter. Schlagartig kam die Erinnerung an Stielkes Kotzattacken zurück.

Uttenreuther und ein Mann, den Katinka nicht kannte, packten sie unter den Achseln und hievten sie hoch.

»Au!«, schrie Katinka und knickte seitwärts ein.

»Was ist?«

»Das tut gemein weh«, flüsterte Katinka und fasste sich an die Seite.

»Kommen Sie raus.«

Mit schmerzverzerrtem Gesicht ließ sich Katinka aus der Männertoilette schleppen. Draußen standen eine Menge Leute mit verwirrten und entsetzten Gesichtern.

»Lasst mich bloß alle in Ruhe«, murmelte Katinka und starrte zu Boden. Eine Frau löste sich aus den Reihen der Neugierigen und sagte:

»Ich habe mein Dienstzimmer gleich hier. Bringen Sie sie doch dort hinein.«

Sie klapperte mit einem Schlüssel, und Augenblicke später fand sich Katinka auf einem weichen Stuhl sitzend.

Harduin Uttenreuther nahm ihr gegenüber Platz.

»Ist alles in Ordnung?«

»Nein«, sagte Katinka. Gerade machte sich die Erinnerung bemerkbar … Montforts brutaler Ausdruck, und das Gewicht seiner Hand auf ihrem Hals. Unvermittelt betastete sie ihre Kehle. »Wo ist Montfort?«

»Einkassiert.«

Harduin musterte Katinka aufmerksam.

»Er … er hatte meine Waffe!«

»Sichergestellt.«

»Gott sei Dank.«

Katinka musste ihre Gedanken erst gut sortieren, bevor sie fragte:

»Wie haben Sie … mich da rausgekriegt? Wieso hat er mich nicht erschossen?«

»Das verdanken Sie dem Hänfling«, sagte er.

»Stielke?«

»Richtig. Er kotzte direkt auf Montforts Schuhe. Das hat ihn einen kurzen Moment lang abgelenkt.«

»Aber … er hat doch geschossen?«

»Ja, aber vermutlich mehr vor Schreck«, sagte Uttenreuther. »Außerdem nicht in Ihre Richtung. Die Uni wird das Klo renovieren müssen, aber passiert ist niemandem etwas.«

»Uff«, machte Katinka. Plötzlich hatte sie das Gefühl, der Boden würde unter ihren Füßen weggezogen. Das Büro, in dem sie saß, wirbelte in einem Affenzahn um sie herum.

»Sollen wir einen Arzt holen?«

Katinka hörte nicht hin. Sie kämpfte sich aus dem Schwindel, der sie trieb, an die Oberfläche und fragte:

»Und Helena? Haben Sie die?«

»Sie ist weg!« Uttenreuther biss die Zähne fest zusammen, als er das sagte. Er war kaum zu verstehen. Blass vor Wut stierte er auf ein Plakat an der Wand, das Picassos *Don Quijote* zeigte.

»Weg?«

Uttenreuther stand auf und presste ein »Ja« hervor.

»Das gibt's doch nicht!«, rief Katinka und stand ebenfalls auf, doch sie stürzte sofort vornüber und konnte sich gerade noch am Schreibtisch festhalten. Uttenreuther war sofort bei ihr und hielt sie fest. Seine Hände sahen noch riesiger aus, wie sie auf Katinkas Armen lagen.

»Vorsicht, Mädchen«, sagte er. Katinka wollte pflichtbewusst die Augen verdrehen, doch sie ließ es bleiben und stöhnte vor Schmerz.

»Ich glaube, Montfort hat mir eine Rippe zerdrückt«, sagte sie und fasste sich an die Seite. Sie holte tief Luft und zuckte zusammen.

»Jemand bringt Sie zum Arzt«, sagte Uttenreuther, doch Katinka machte sich los und fragte:

»Und Fria Burgwart? Elfi Lodenscheidt? Die Sekretärin? Stielke?«

Uttenreuther presste die Lippen zusammen, ehe er zugab:

»Burgwart ist auch verschwunden.«

»Wie konnte das passieren!« Katinka ignorierte den Schmerz und fuhr fort: »Fria und Helena, beide? Ich dachte, Ihre Leute sind vor Ort.«

Uttenreuther explodierte. Katinkas Vorwurf ließ seine mühsam aufrechterhaltene Contenance zusammenbrechen. Seine Geduld mit sich selbst und seinen Beamten war am Ende.

»Verdammte Scheiße«, schrie er. »Reiben Sie es mir nicht noch unter die Nase! Die beiden Damen haben sich bei der ganzen Aufregung um Sie und Montfort aus dem Staub gemacht, heimlich, still und leise. Erklären Sie mir mal lieber, wie Montfort in den Besitz Ihrer Waffe kam.«

»Er hat sie mir abgenommen«, gab Katinka zu und fühlte sich sehr schlecht dabei.

»Sie brauchen wohl mal Unterricht in Selbstverteidigung und Kampfkunst«, schnaubte Uttenreuther. »Halten Sie mir also nicht Unfähigkeit vor. Sie sind selber bescheuert genug!«

Katinka zog reflexartig den Kopf ein. Die Schimpftiraden des Kommissars klärten ihre Gedanken. Anscheinend waren Fria und Helena wie vom Erdboden verschluckt, sonst würde Uttenreuther sich nicht so aufregen.

»Im Büro vielleicht? Sie könnten im Gebäude an der Weide 18, an Laubachs Lehrstuhl sein!«

»Halten Sie mich für hirnamputiert? Dort sind sie nicht. Ich habe gleich jemanden hingeschickt.« Uttenreuthers Handy klingelte, er kauzte einige unwirsche Antworten hinein.

Katinka ging langsam zur Tür. Wenn sie sich ein klein wenig

nach vorne beugte, konnte sie den Schmerz ganz gut unterdrücken.

»Wo wollen Sie hin!«, rief Uttenreuther ihr nach. Behände war er schon neben ihr.

»Aufs Klo!«, sagte Katinka matt.

Er beobachtete scharf, wie sie die Tür zur Damentoilette öffnete. Nebenan hätte Montfort sie vor einer halben Stunde beinahe aus dieser Welt gepustet. Mit ihrer eigenen Waffe. Und Helena und Fria waren verschwunden. Katinka wusch sich ihr Gesicht ab und grinste sich schief im Spiegel an. Die Spuren des Schreckens würde sie so schnell nicht entfernen können. Ihre Brille war verschmiert und saß nicht mehr so symmetrisch wie sonst auf ihrer Nase.

Wenn Fria und Helena nicht in die Weide 18 gegangen waren … Katinkas Gedanken drehten sich von selbst immer schneller. Helena hatte kein Fahrrad. Sie kam ja von außerhalb! Also waren die beiden entweder mit dem Auto abgehauen oder zu Fuß.

Katinka kniff die Augen zusammen und blickte selbstkritisch in den kleinen Spiegel über dem verschmierten Waschbecken. Frage dich nach dem Warum, sagte sie sich, nach dem Warum, dann weißt du das Wie. Was bewog die beiden Erzfeindinnen, gemeinsam auszukneifen?

Katinka beobachtete mit verhaltenem Interesse, wie ihre eigene Gesichtsfarbe heller und gelblicher wurde: Welche von den beiden wollte ihr grausiges Geschäft zum Abschluss bringen?

Leise schob Katinka die Tür zum Gang auf. Uttenreuther lehnte an der Glastür, die zu den Seminarräumen führte. Er kehrte Katinka den Rücken zu und redete mit einigen Leuten, offensichtlich Tagungsteilnehmern. Zwei von ihnen drückten ihre grauen Mappen an sich, als hielten sie sie für Fetische.

Katinka ging ganz langsam die Treppen hinunter. Im ersten Stock wurde sie schneller. Stufe um Stufe nahm sie leise, versuchte, den Schmerz in ihrer Seite zu ignorieren, und blieb dann im Erdgeschoss abwartend stehen. Niemand war ihr gefolgt. Jetzt kam es darauf an, dass keiner von Uttenreuthers Leuten hier unten herumlungerte. Hoffentlich sind alle ausgeschwärmt, dachte Katinka fiebrig. Sie nahm die letzten Stufen, die zum Hinterausgang führten, und stand mitten in einem Pulk Fahrräder.

So entspannt und natürlich wie möglich spazierte sie über den Hinterhof zum Heumarkt. Dort hielt sie an und sah sich um. Es würde nicht lange dauern, bis Hardo ihre Abwesenheit bemerkte. Er würde einen Zornesanfall kriegen und sie überall suchen lassen. Also hatte sie nicht viel Zeit.

Wenn ich Recht habe mit dem Warum, dachte sie hektisch, dann sind sie irgendwo hingegangen, wo sie alleine sind.

Welches einsame Plätzchen konnte man von der Innenstadt aus am schnellsten erreichen? Katinka ließ ihre Intuition den Weg wählen. Sie ging zügig zur Markusstraße, von dort aus zur Weide, an dem grauen Gebäude mit der Nummer 18 vorbei, warf einen kurzen Blick in den Hinterhof, wobei ihr auffiel, dass sie weder Waffe noch Handy bei sich hatte. Im Augenblick kam es ihr nicht sonderlich bedeutend vor. Dann lief sie langsam an der Konzerthalle vorbei. Mitten am Tag war man eigentlich nirgendwo alleine. Ständig kamen Jogger, Spaziergänger oder Radfahrer vorbei. Doch sie meinte, einen geeigneten Platz für eine Aussprache zwischen zwei Widersachern am Freitagnachmittag zu kennen.

Neben der Konzerthalle lag ein Stück Brache, als Parkplatz genutzt, das bald Untergrund für ein Hotel sein würde. Katinka überquerte den Platz in Richtung Fluss. Es wurde sehr schwül. Die aufgetürmten Regenwolken machten jedoch keine Anstalten, ihre Last abzuwerfen. Am Ufer des Kanals standen dicht die Bäume. Katinka pirschte sich heran. Weiter hinten hörte sie Stimmen, dort, wo ein alter Holzsteg, eine Art Anleger, vor sich hinrottete. Sie schärfte all ihre Aufmerksamkeit. Während sie wartete, überkam sie leichter Schwindel. Jetzt nicht, dachte sie harsch und wischte ihn weg. Gib der Angst keine Chance.

Etwas weiter entfernt, auf der Straße, sah sie zwei Radfahrer, die ihre Drahtesel gemütlich vorbeischoben und neugierig zu Katinka herüberglotzten.

Du hast dich getäuscht, meldete sich die Kontrollwespe. Katinka hatte schon gehofft, sie habe Urlaub genommen. Geduckt lief sie unter den Bäumen ein paar Schritte weiter.

Und dann sah sie Helena Jahns-Herzberg. Mit einem Stein in der erhobenen Faust.

»Nein!«, schrie Katinka, instinktiv, ohne zu überlegen.

Helena fuhr herum. Ihr mit Schminke verkleistertes Gesicht starrte sie überrascht und wütend, aber auch mit einer Prise Freude an.

»Ach, die Detektivin«, sagte Helena kalt lächelnd. Katinka hatte den Eindruck, das Make-up würde zerspringen und viele hauchfeine Fädchen in ihrem Gesicht hinterlassen, wie ein Spinnennetz.

»Was haben Sie mit Fria gemacht?«, schrie Katinka.

»O, die arme, arme, kleine Fria«, flötete Helena höhnisch. »Ja was hat die böse Helena denn mit Frialein gemacht?«

Fröstelnd sah Katinka an Helena vorbei. Fria lag auf dem morschen Steg. Sie atmete stoßweise, ihr grauer Pullover war blutdurchtränkt.

»Sind Sie wahnsinnig? Sie verblutet ja.«

»Unsinn, so schnell verblutet man nicht«, wies Helena sie zurecht. Ihr Blick wirkte irre. Sie sagte: »Was meinen Sie, wird sie es überleben, wenn wir sie in den Fluss werfen?«

Fria stöhnte.

»Sie haben sie ja nicht mehr alle«, schrie Katinka. »Glauben Sie, damit kommen Sie davon?«

»Ich könnte der Polizei sagen, Sie hätten Fria aus Wut in

den Fluss gestürzt, weil Fria nicht mehr mit Ihnen zusammenarbeiten wollte.«

»Das hat weder Hand noch Fuß«, versuchte Katinka ruhiger zu sprechen. Ihre Aufregung schien Helenas grausige Freude noch zu steigern. »Legen Sie den Stein weg.«

»Suchen Sie sich doch selbst eine Waffe. Haben Ihr Schießeisen wohl vergessen, wie? Nicht sehr professionell, möchte ich meinen.«

»Sie haben Henry Wewerka erschlagen? Mit dem Briefbeschwerer von Frau Först?«, fragte Katinka. Sie beobachtete hochkonzentriert Helenas erhobenen Arm, war sich sicher, ausweichen zu können, solange ihre Aufmerksamkeit nur nicht nachließ. Der bedauernswerte Henry hatte Helena den Rücken zugedreht, weil er nichts Böses von ihr erwartete.

»Henry!«, sagte Helena, und ihre Stimme troff vor Häme. »Dieser Weichling. Er wollte nicht mehr mitmachen!«

»Wobei mitmachen?«, fragte Katinka atemlos.

»Er wollte, dass wir die Sache abbrechen. Carsten hätte ja nur sagen müssen, er habe seine Diskette wieder gefunden. Damit wäre alles geklärt gewesen!«

»Und die manipulierten Daten?« Katinka starrte ungläubig auf Helena. »Sie haben eine Verschwörung angezettelt«, sagte sie leise. Helenas Arm zitterte. Sie würde den Stein nicht lange so halten können.

»Verschwörung«, spuckte Helena und wies mit dem Kopf zu Fria. »Sehen Sie sich diese bedauernswerte Kreatur an, dieses Reptil. Sie hat die Sache doch ins Rollen gebracht! Sie, sie allein hat die Verantwortung.«

Fria wälzte sich auf dem morschen Steg herum und stützte sich auf Hände und Knie. Bleib liegen, flehte Katinka verzweifelt. Bleib liegen. Reize sie nicht.

Unbeeindruckt von Katinkas Suggestion erhob sich Fria ganz langsam.

»Fria war diejenige, die Ihre Post genommen hat?«, fragte Katinka, obwohl sie es schon wusste.

»Richtig geraten, Frau Detektivin. Und das hat mir nicht gefallen. Die Stelle wäre das Ideale gewesen! Wie auf mich zugeschnitten. Nur dass meine Unterlagen nicht mehr fristgerecht eingingen, nachdem meine verehrte Kollegin sie entwendet hat.«

Sie ließ den Arm für einen kurzen Moment sinken. Katinka machte einen Schritt auf sie zu, doch Helena hatte sich schon wieder im Griff.

»Machen Sie keinen Fehler«, sagte sie.

Katinka fragte sich flüchtig, ob Helena wissen konnte, was vor kurzem im Männerklo in der U 5 passiert war. Sie selbst durfte jetzt auf keinen Fall daran denken.

»Im Übrigen«, Helenas Grinsen verzerrte ihr Gesicht unvorteilhaft, »haben Sie Ruth zwar entsprechend eingeschworen, aber mir konnte sie nichts mehr vormachen. Wieso hätten Sie ausgerechnet Ruth sagen sollen, wen Sie wirklich im Verdacht hatten. Nein, nein, mit mir nicht!«

»Was hat Ruth Ihnen gesagt«, fragte Katinka und presste die Hand auf die schmerzende Rippe.

»Was Sie ihr suggeriert haben. Dass Sie Fria in Verdacht hätten. Ich dachte mir gleich, dass Ruth fünfte Kolonne spielen sollte, aber da müssen Sie sich schon eine Dümmere aussuchen.« Selbstgefällig sah Helena in die Runde.

»Spätestens, als Laubach die Programmumstellung ankündigte, war mir klar, was Sie beabsichtigten.« Helena betrachtete Katinka aus zusammengekniffenen Augen. »Hätte Fria nach Carsten gesprochen, hätte sie sich sofort selbst diskreditiert.«

»Das wollten Sie doch!«

»Allerdings. Sie hat doch seine Diskette geklaut, oder? Auch wenn sie Ihnen bestimmt was anderes vorgewinselt hatte. Aber wenn sie als erste sprach, dann würden die Zuhörer denken,

Carsten habe bei ihr abgeschrieben – nicht umgekehrt. Sehr clever von Ihnen, Laubach zu der Programmänderung zu bewegen.« Helena trat drohend einen Schritt vor. Ungewollt setzte Katinka einen Fuß zurück. Über ihren Augenbrauen fraß ein plötzlicher Kopfschmerz Löcher in ihre Stirn.

»Wie kam das mit Henry?«

»Er rief mich an«, sagte Helena, anscheinend begierig, sich mitzuteilen. »Er wollte, dass wir abbrechen, weil Sie sowieso bald herausfinden würden, was los wäre. Er drohte mir, er würde Laubach einweihen. Meine Güte, den alten Haudegen«, sagte sie beinahe liebevoll.

»Sie, Montfort, Stielke, wer noch?«

»Ruth und Henry!«, gab Helena bereitwillig Auskunft.

Hinter ihr ertönte ein Knacken. Fria war wieder zusammengebrochen. Sie lag reglos auf dem Anlegesteg. Ihr Blut sickerte in das morsche Holz und färbte es dunkelbraun. Katinkas Gedanken rotierten. Sie musste Helena ablenken oder überwältigen, damit sie einen Arzt für Fria organisieren konnte. Vielleicht sollte sie einfach um Hilfe rufen. Aber die Stelle hier am Fluss war zu abgelegen. Niemand würde sie hören. Am gegenüberliegenden Ufer konnte sie Leute vorbeispazieren sehen. Keiner blickte zu ihnen hinüber.

Helena verzog das Gesicht.

»Fria hält nichts aus«, sagte sie.

»Warum?«, fragte Katinka schnell. »Warum? Warum hat Montfort mitgemacht? Warum Stielke? Und die Studenten?«

»Sehen Sie, Sie stilisieren Frau Burgwart hier«, sie machte eine schlenkernde Bewegung nach hinten, »nur zum armen Opfer. Aber sie ist schuld an der Misere, sie ganz alleine. Sie hat Ruth und Henry wie auch die meisten anderen Studenten nicht gerade freundlich behandelt. Wenn man Hausarbeiten ungleich und zudem nicht nachvollziehbar bewertet …« Sie verzog spöttisch den Mund.

»Und Stielke? Ist er auch schlecht bewertet worden?«

»Stielke, unser Kleiner!«, sagte Helena lachend. »Nein. Er hat eher den Wunsch, schnell nach oben zu kommen. Sein natürlicher Instinkt sagt ihm, mit wem er sich gutstellen muss. So einfach kann das Leben sein.«

Katinka spürte wieder heftigen Schwindel. Sie sah die Erde auf sich zurasen, streckte die Hände vor und landete unsanft auf den Knien.

»Nanu, können Sie die Wahrheit nicht verkraften?«, fragte Helena. Katinka sah sie hoch aufgerichtet über sich. »Bleiben Sie nur, wo sie sind, so habe ich Sie besser unter Kontrolle.«

Katinka stöhnte. Der Schmerz in ihrer Seite schien sie mit einem Mal zu zerreißen. Ihre Position auf dem Boden war die ungünstigste überhaupt.

»Wieso hat Montfort mitgemacht?«, keuchte sie. Jeder Atemzug tat weh. Nur Helena am Reden halten.

»Ludovic macht alles, was ich vorschlage. Aber denken Sie nicht, er würde mich so unmäßig bewundern, nein. Eigentlich macht er mit, damit er seine Ruhe hat und keine eigenen Entscheidungen treffen muss. Ich kenne ihn doch, meinen Ludovic. Er interessiert sich eben für das Bamberger Bier, für die fränkischen Frauen kann man sich als Franzose wohl nicht ernsthaft interessieren. Tja«, sie ließ den Stein sinken und stieß mit dem Fuß nach Katinka. Die rollte sich weg und schrie, so laut sie konnte: »Hilfe!«

Helena wollte sich kaputtlachen.

»Kommen Sie schon! Sie schubsen jetzt unsere liebe Fria in den Fluss, und dann springen Sie hinterher. Vorher allerdings …«, sie hob wieder die Faust, doch Katinka kam ihr zuvor. Sie schnellte nach vorn und rammte Helenas Beine.

Helena schwankte, fiel aber nicht. Ausgepumpt blieb Katinka auf dem Boden liegen. Ihr war so schwindelig, als habe man sie auf ein Karussell gepackt, das sich in atemberaubender

Geschwindigkeit um die eigene Achse drehte. Gerade sah sie Helenas erhobene Hand auf sich zurasen, genau auf ihre Augen, und wälzte sich im letzten Augenblick zur Seite. Sie stand schon auf den Knien, als Helena von hinten angriff. Katinka warf sich wieder zu Boden und spürte nur ein sachtes Streifen an ihrem Hinterkopf. Sie robbte ein Stück weg und kämpfte sich auf die Beine. Wackelig drehte sie sich zu Helena, sah in ihr wutverzerrtes Gesicht.

»Denken Sie, Sie sind schlau?«, fragte Helena leise.

Ihr Gesicht lag im Schatten. Plötzlich war es dunkler und grauer geworden. Schwarzviolette Wolken schoben sich immer dichter über der Stadt zusammen. Am gegenüberliegenden Ufer thronten hoch oben Michaelskirche und -kloster und mühten sich, das drohende Gewitter wegzustemmen. Katinka spürte ihre Beine weich werden. Alles ist Willenskraft, dachte sie schnell. Alles ist Willenskraft.

»Kommen Sie mit mir zur Polizei«, sagte sie sanft. »Wenn Sie ein Geständnis ablegen, wird das vorteilhaft für Sie sein. Denken Sie doch an Ihre Kinder!«

Helena fixierte Katinka zornerfüllt: »Das geht Sie nichts an.«

Eine Bewegung, ein Schatten rechts neben ihr brachte Katinka kurz aus dem Konzept. Fria stand da, taumelnd, die Hände vorgestreckt. Sie ging auf Helena zu, ihre Schritte wirkten wie aufgezogen. Bedächtig, als hätte sie unendlich viel Zeit, setzte sie einen Fuß vor den anderen. Sie sah gespenstisch aus: Das Gesicht und die Hände wachsweiß, der Pulli blutdurchtränkt, die schwarze Hose voller kleiner Zweige und Blätter.

»Lassen Sie das, Frau Burgwart!«, sagte Katinka leise und eindringlich. »Lassen Sie es sein.«

War das die Fria Burgwart, deren souveräner und geschliffener Vortrag sie vor wenigen Stunden noch gefesselt hatte?

»Och, verderben Sie mir doch nicht den Spaß«, sagte Helena.

Sie leckte sich über die Lippen und schleckte den letzten Rest von ihrem aufdringlichen Lippenstift ab.

»Fria, hör nicht auf die Frau Schnüffelnase. Wir beide rechnen jetzt ab. So wie wir es schon immer wollten. Schon immer.«

Wie in Zeitlupe sah Katinka die beiden aufeinander losgehen. Kurz flammte vor ihren Augen das Bild der Erinnyen auf, denen Schlangen statt Haare aus dem Kopf wuchsen und Blut aus den Augen tropfte. Genauso erbarmungslos machten Helena und Fria sich kampfbereit. Das Bild der beiden wirbelte durch die Luft und drehte sich vor Katinka wie ein Strudel, immer schneller und schneller. Unter Schmerzen holte sie tief Luft und schüttelte den Kopf, bis sie wieder klar sah. Helena hob den Arm, ließ den Stein in ihrer Hand auf und ab tanzen und holte aus. Der Stein raste genau auf Frias Kopf zu, doch sie wich aus und wankte zur Seite, so dass Helena mit Wucht Frias verletzte Schulter traf. Es knackte böse. Das Geräusch weckte Katinka aus ihrer Lethargie. Sie schoss vor, während Helena erneut ausholte und den Stein weit über ihren Kopf schwang. Mit voller Wucht trat Katinka Helena ins Kreuz. Helena schwankte und kippte ganz langsam nach vorne um, genau auf Fria. Die beiden fielen hin und Katinka rannte, um den Stein wegzustoßen. Sie trat hart an Helenas Hand. Der Stein kullerte ein Stück weit und landete am Wasser, während Helenas Schmerzensschrei unter den Bäumen verhallte.

Katinka sprang auf ihren Rücken und verdrehte ihr den Arm. Ihr Herz jagte, und sie spürte, wie ihre eigenen Atemzüge immer schneller und flacher wurden. Ein dunkler Schleier wischte durch ihr Gesichtsfeld.

»Lassen Sie mich«, keuchte Helena und wehrte sich mit solcher Heftigkeit, dass Katinka beinahe das Gleichgewicht verlor. »Lassen Sie mich. Sie machen einen Fehler!«

Katinka schüttelte gelassen den Kopf und antwortete:

»Die Fehler haben Sie gemacht, Frau Jahns-Herzberg, und die werden Sie wohl der Polizei erklären müssen.«

»Verdammt! Sie bringt mich um!«

Helena schrie so laut, dass Katinka vor Schreck ihren Griff etwas lockerte. Fria war aufgestanden. Gegen den dunklen Himmel gerichtet, die Haare aufgelöst, sah sie mehr denn je wie eine Rachegöttin aus. Kalt und gemein stahl sich ein Lächeln auf ihre Lippen. Gemächlich hob sie den Stein auf und wog ihn in der Hand.

»Frau Burgwart, lassen Sie das!« Katinka begann, am Verstand der beiden zu zweifeln. Sie sollte aufstehen, davonlaufen, und die Furien ihrem Schicksal überlassen.

»Du miese, kleine, beschissene Ratte«, sagte Fria, und ihre Stimme klang ganz tief und rau. »Du miese Ratte. Du wirst kaputtgehen im Knast, und das weißt du. Also ...«, sie schwankte und wartete einen Augenblick, um sich wieder zu fangen. Auf Katinka wirkte sie wie volltrunken. »... also wäre es doch überaus nett von mir, wenn ich dich zu deinen Schwestern in den Fluss bugsiere. Dann können dich die Wasserratten anknabbern, und du kommst nicht ins Gefängnis. Deine Kinder würden sich auch freuen, dass sie dich los sind.«

»Fria!«, schrie Katinka, als der Stein niedersauste. Sie wusste nicht, weshalb sie das tat, aber sie packte Helena an ihrem Kostümkragen und riss sie in letzter Sekunde herum. Fria rammte den Steinbrocken in die Erde, genau dort, wo Sekunden vorher Helenas Kopf gewesen war. Der Stein hätte ihr den Schädel gespalten. »Hören Sie auf!«

Fria war unter der Wucht ihres Schlages selbst ins Wanken geraten. Sie kippte auf die Knie, stand aber gleich wieder auf und schien selbst erstaunt über ihre eigene Kraft.

Helena rappelte sich hoch.

Das ist das Ende, dachte Katinka. Helena sprang auf die Füße und rammte Fria den Ellenbogen in den Solarplexus. Fria kippte lautlos um und rollte ein Stückchen die Böschung entlang. Ihre Beine hingen ins Wasser.

Helena wischte sich die Hände an ihrem Kostümjäckchen ab.

»Meine Kinder würden sich freuen?« Sie schnaubte voller Verachtung, gab Fria noch einen Tritt, während Katinka mit aller Willensanstrengung die Schwärze vor ihren Augen ignorierte und sich auf die Füße kämpfte. Fria rollte sich einmal um ihre eigene Achse. Ihre verletzte Schulter lag nun im Fluss. Ihr Blut färbte das Wasser rot und trieb in Schlieren davon.

Katinka hielt sich die schmerzende Seite. Helena rang mit Fria. Offenbar wollte sie ihr den Kopf unter Wasser drücken. Fria war durch den Blutverlust zu geschwächt. Sie versuchte kaum noch, sich zu wehren.

»Nein!«, schrie Katinka und stolperte vorwärts.

Helenas Fausthieb traf sie völlig unvorbereitet genau am Kinn. Sie schwankte und sah sich dann selbst zu Boden stürzen, ihr Kopf knallte unsanft auf die Erde. Alles um sie her wurde nass, unangenehm nass, und kalt. Das Nass benetzte auch ihr Gesicht, ihre Haare. Ihre Brille war wer weiß wohin geschleudert worden. Verschwommen sah sie, wie Helena sich in ihrem hellen Kostüm leuchtend gegen den grauen Himmel abhob. Sich zu Fria herunterbeugte. Sie würde Fria ertränken, ohne Erbarmen, ohne mildernde Umstände gelten zu lassen. Sie hatte Henry auf dem Gewissen. Den Mord an ihm als einen Tagungsordnungspunkt im Protokoll geschildert. Katinka kroch ein winziges Stück über den Boden, bis sie eine vertraute Stimme hörte.

»Katinka!«

»Bleiben Sie weg!«, brüllte jemand anderes hart.

Erstaunt hielt Katinka für einen Moment inne, bevor sie beschloss, sich nicht ablenken zu lassen. Um sie her plätscherte und rauschte es. Sie kämpfte sich hoch. Verwundert stellte sie fest, dass sie noch nicht im Fluss dümpelte. Ein Wolkenbruch ging über Bamberg nieder. Verwaschen sah Katinka die Silhouette der Michaelskirche, der Bäume und Häuser am anderen Flussufer.

Helena würde Fria töten.

Aber schon war jemand bei Helena. Ein großer, langer, schlaksiger Mann in Grün.

Katinka sah ungläubig zu, wie Urban Dütsch mit wenigen Griffen Helena in der Gewalt hatte und ihr Handschellen anlegte.

»Mensch, Katinka!«

»Britta?«

»Katinka, bist du o.k.? Sag schon was!«

Katinka wunderte sich. Brittas Stimme klang ungewöhnlich aufgeregt. Ihre übliche Selbstsicherheit schien verschwunden.

»Die Polizei ist zur Weide gefahren, um Helena und Fria im Büro zu suchen. Da kamen dann zwei Radfahrer vorbeigeschoben, die meinten, einige Leute würden sich fürchterlich streiten, unten am Fluss«, haspelte Britta.

»Oh«, machte Katinka. Sie begann zu frieren. Am liebsten wäre sie aus dieser Szenerie getreten wie aus einem Bus.

»Mir ist kalt«, sagte Katinka.

»Du bist klatschnass.« Britta, die immerhin in einer Regenjacke steckte, sah nicht weniger durchweicht aus. Der Regen strömte vom Himmel, so dicht und grau, dass Katinka nur mühsam die Umrisse der anderen erkennen konnte. Die Regentropfen warfen Blasen auf dem Boden. Einige Hagelkörner mischten sich dazu.

»Ich sehe nichts mehr«, sagte sie seufzend, als habe sie sich schon in dieses neue Schicksal gefügt.

»Du hast deine Brille verloren«, sagte Britta und versuchte ein Grinsen.

»Palfy? Ist das Ihr Nasenfahrrad?«

Uttenreuther stand neben ihr, groß wie ein Turm, und hielt

ihre Brille hoch. In der durchsichtigen Regenhaut sah sein massiger Körper aus wie in Frischhaltefolie eingeschweißt.

»Ja, das ist sie«, sagte Britta an Katinkas Stelle. »Du solltest doch mal über Kontaktlinsen nachdenken«, fügte sie hinzu. Uttenreuther reichte Katinka die Brille. Sie war verdreckt und schmierig, aber immerhin konnte Katinka ausmachen, wie Fria weggetragen wurde.

»Wir haben einen Notarztwagen hier«, sagte Uttenreuther. »Und ich bin wirklich der Meinung, dass Sie sich mal ins Klinikum transportieren und röntgen lassen sollten.«

Katinka zuckte nur die Schultern. Im Moment spürte sie nichts anderes als die Nässe, sie vernahm das Rauschen des Regens und ein anderes Geräusch, das ihr fremd vorkam. Verwirrt sah sie sich um.

»Was ist?«, fragte Britta.

»Was klackt denn da immer so?«

Britta lachte auf.

»Deine eigenen Zähne, Süße. Du bist nass bis auf die Knochen.«

»Kommen Sie«, sagte Uttenreuther zu Britta. »Bringen wir die Frau Detektivin ins Trockene.«

Sie hakten Katinka unter und halfen ihr hoch. Schmerzgekrümmt beugte sie sich nach vorn.

»Ich glaube«, begann sie und ächzte, »ich kriege keine Luft mehr.«

Britta sah sie erschrocken an, was Katinka noch mehr verunsicherte. Wenn schon Britta durchdrehte! Panik flammte auf, Gier nach Luft. Aber Hardo erwies sich als echte Hilfe.

»Das macht nichts«, sagte er. »Geben Sie sich ein bisschen Mühe. Sie haben die ganze Angelegenheit meisterhaft abgewickelt. Da werden Sie doch nicht wegen so ein bisschen Atemluft schlappmachen.«

Katinka sah ihn erstaunt an. Seine Stimme klang genauso

knurrig wie vorhin, als er sie beschuldigt hatte, dämlich zu sein, weil sie sich die Waffe hatte abnehmen lassen.

»Irgendwie ist es schwierig, zu wissen, was Sie wirklich meinen«, murmelte sie in seine Richtung. Wenn er nur Recht hatte! Wenn sie nur nicht die Superversagerin abgab. Wenn nur nicht dieser erste Fall gleich komplett in die Hose gegangen war!

Ein Lächeln umrundete Hardos Gesicht. Katinka musterte ihn unsicher. Der Regen rann über seine Wangen und tropfte auf die glitzernde Regenhaut.

»Ihre Urkunde kriegen Sie später«, sagte er. »Wenn Sie sich aufgewärmt haben!«

Dann hob er Katinka ohne erkennbare Zeichen von Anstrengung hoch und trug sie zum Ambulanzwagen.

19. Finalissimo

Nach zwei Tagen düstersten Regenwetters zogen die Wolken ab und gaben den Himmel auf einen blanken, irgendwie sauberen blauen Himmel frei.

Katinka lag auf einem komplizierten Aufbau aus Kissen und Polstern in Toms Bett. Die Rippe war nur angebrochen, und etliche Streicheleinheiten von Tom inklusive mehrere Becher *Latte Macchiato* und Pizza von Augustina hatten sie wieder aufleben lassen. Sie mochte nicht mehr an die zwei öden Stunden im Klinikum denken, wo man sie unter Brittas Fittiche in ein trockenes Nachthemd gesteckt, geröntgt und anschließend mit guten Ermahnungen nach Hause geschickt hatte. Toms Gesicht jedoch, als er sie abholen kam, würde sie so schnell nicht vergessen.

»Ich glaube echt, du hast sie nicht mehr alle. Lieferst dir einen Zweikampf mit einem Typen, der eine Schusswaffe hat. Weißt du eigentlich, wie viel Angst man um dich kriegen kann?«

»Nun mal halblang«, unterbrach Britta ihn. »Mecker hier nicht rum, sondern bring deine Freundin nach Hause und mach ihr ein heißes Bad. Sie hat eine angebrochene Rippe, ein paar Schrammen und einen Schock.«

»Nein«, wehrte sich Katinka, aber Britta machte schon weiter:

»Sogar Hardo, der Kommissar, hat sie gelobt für ihre Umsicht und ... drück sie wenigstens mal!« Und sie fügte ganz leise hinzu, mit einem Augenzwinkern in Katinkas Richtung:

»Dazu konnte sich ja selbst unser Freund Uttenreuther durchringen.«

Katinka kriegte nur ein schwaches Grinsen zustande und sagte: »Aber nicht zu fest, Tom, wegen der Rippe.«

Tom hatte seine Schimpftiraden eingestellt und eingestehen müssen, dass er völlig vergessen hatte, etwas zum Anziehen für Katinka mitzubringen. Also blieb ihr nichts anderes übrig, als mit Toms Windjacke über dem dünnen Krankenhaushemd und in ihren quatschenden Turnschuhen zum Auto zu stolpern.

Mittlerweile, angenehm gebettet und umsorgt, gelang es ihr jedoch, die düsteren Erinnerungen an die Ereignisse am Flussufer, an Frias und Helenas Rachgier hintanzustellen, Ludovic Montforts brennenden Handabdruck auf ihrem Hals wegzublenden und statt dessen den Geräuschen ihres Liebsten in der Wohnung zu lauschen.

»Glaubst du, du könntest dein Krankenlager mal ein paar Stunden verlassen?«, fragte Tom, der nun ins Zimmer kam. »Britta hat angerufen. Sie will uns ihren neuen Liebhaber vorführen.«

»Klar«, sagte Katinka. »Wo sollen wir sie denn treffen?«

»Im *Bootshaus*«, sagte Tom und wies grinsend zum Fenster. »Falls du es nicht gemerkt haben solltest, wir haben herrlichstes Wetter.«

Katinka streckte ihm die Zunge raus und tappte in die Küche, um sich etwas zu trinken zu holen. Auf dem Tisch stand ihr Rucksack.

»Hej, wie kommt denn der hierher«, rief sie glücklich.

»Einer deiner Polizistenfreunde hat ihn hergebracht«, sagte Tom missmutig. »So ein langer, rothaariger.«

»Urban Dütsch«, sagte Katinka und schnürte den Rucksack auf. Handy, Geldbeutel, Notizbuch, alles war an Ort und Stelle. Die Beretta lag in einem Plastikbeutel ebenfalls darin, ungeladen, die Munition hatte Uttenreuther extra beigelegt und einen Zettel dazugeschrieben.

Ich gehe davon aus, dass Sie die Waffe sachgemäß verwahren. Bis zum nächsten Mal. Hardo.

»Ist ja eine ausgesprochen zärtliche Botschaft«, unkte Tom, der Katinka über die Schulter geschaut hatte.

»Eifersüchtig?«

»Auf wen, auf den fetten Kommissar?«

»Immerhin hat er mich zum Krankenwagen getragen, während ich im Nachthemd und in völlig durchweichten Schuhen neben dir her zum Auto laufen musste«, erwiderte Katinka.

Tom verdrehte die Augen. »Hältst du mir nicht oft genug vor, dass eine moderne Frau selbständig klarkommen muss?«

Katinka küsste ihn versöhnlich auf die Wange und ging ins Bad, um sich umzuziehen. Sie musste zugeben, dass sie Tom mitunter überforderte. Wie sollte er auch wissen, ob gerade ihre kühle, eigenständige Phase angesagt war oder eher die sehnsüchtige, auf Liebe und Nähe erpichte Katinka die Oberhand hatte.

Mit vorsichtigen Bewegungen schlüpfte sie in einen enganliegenden Pulli und den langen Jeansrock, der Tom so gut gefiel. Zur Feier des Tages konnte auch ein wenig Wimperntusche nicht schaden. Katinka blickte in den Spiegel und stellte erleichtert fest, dass ihr Gesicht immer noch dasselbe war. Keine größeren Schrammen, keine gebrochene Nase, kein Loch in der Stirn. Rasch kämmte sie das kurze Haar mit etwas Gel aus dem Gesicht. Toms bewundernder Seitenblick entging ihr nicht, als sie aus dem Bad kam und sich bei ihm einhakte. Sie verließen das Haus und gingen Richtung Hain. Katinka warf den Kündigungsbrief an ihren Vermieter ein.

»Ich hoffe, du meinst es ernst«, sagte sie zu Tom, als der Schlitz des Postkastens definitiv schepperte.

»Was?«, wollte Tom erstaunt wissen.

»Na, dass wir zusammenziehen«, gab Katinka zurück. Dass man Männern auch alles dreimal erklären musste. »Soeben habe ich meine Kündigung abgeschickt.«

»Wow!«, machte Tom, und sein Gesicht glänzte vor Freude. »Meine unabhängige Freundin gibt ihre Freiheit auf!«

Katinka lachte und knuffte ihn in die Seite.

Auf der Terrasse des Bootshauses ergatterten sie einen Tisch gleich am Wasser.

»Augenblicklich finde ich den Anblick nicht mehr so romantisch«, sagte Katinka seufzend. »Man wird so nass davon.«

»Wir befeuchten uns jetzt nur innerlich«, beruhigte Tom sie und wedelte dem Studentenkellner mit Zeige- und Mittelfinger die Bestellung entgegen.

Katinka setzte sich so bequem wie möglich auf den Klappstuhl und sah den Fluss hinunter. Das Abendlicht floss über den Stephansberg und streichelte sanft das Wasserschloss Concordia. Katinka liebte diesen Blick durch das dichte Grün des Hains, das den Eindruck vermittelte, gerade eben von einer Expedition durch die Wildnis zurückzukehren.

»Salut!«

Brittas fröhliche Stimme klang durch den Biergarten.

»Meine Lieben!« Sie sprintete auf Katinka und Tom zu, in ihrem Kielwasser einen Mann mit halblangen, lockigen Haaren. Wie immer bewies Britta in ihrer Kleidung die typische Selbstsicherheit. Sie trug einen langen, schwarzen Rock und ein spleenig buntes Shirt. Katinka schloss kurz die Augen, erleichtert, dass sie sich diesmal mehr Mühe mit ihrem Aufzug gegeben hatte. Britta hauchte ihr einen Kuss auf die Wange, warf ihre Zigarettenschachtel auf den Tisch und zwickte Tom ins Ohr.

»Darf ich euch vorstellen: Alban Hanke. Treffsicherer Journalist und Kolumnist. Meine beste Freundin Katinka, ihr Freund Tom. Katinka hat gerade einen Aufsehen erregenden Kriminalfall gelöst. Also Katinka, wir haben da noch einige Fragen.«

»Schreibst du über die Laubach-Geschichte?«, wollte Tom wissen.

»Exakt. Deswegen brauche ich auch einige Infos von dir, allerliebste Katinka. Was macht die Rippe?«

»Sie wächst allmählich wieder zusammen«, erwiderte Katinka.

»Dieser Knilch muss ja zugedrückt haben wie nicht gescheit«, empörte sich Britta.

»Wenn er geschossen hätte, wäre ich jetzt nicht hier«, sagte Katinka und verspürte ein leichtes Frösteln, das sie schnell wieder mit einem Blick auf die romantische Kulisse verdrängte.

»Ich habe da folgende Fragen«, sagte Britta, als auch vor ihr und Alban endlich ein Bier platziert worden war. Sie zündete sich eine *Gauloise* an. »Hat Helena den armen Henry im Affekt getötet?«

»Definiere Affekt, wie du willst. Geplant hatte sie es nicht. Er wollte mit ihr sprechen, weil er Schiss kriegte. Er fand einfach, das Komplott, Fria sämtliche Untaten in die Schuhe zu schieben, sei zu dilettantisch geplant. Früher oder später musste alles auffliegen. Helena drehte durch, als sie das Wort *dilettantisch* hörte, wahrscheinlich die schlimmste Spottbezeichnung, die es für sie gibt. Im Prozess wird sich herausstellen, was sie genau vorhatte und was nicht.«

»Wer hat aber die Daten manipuliert?«, wollte Alban wissen und blickte Katinka mit seinen wasserblauen Augen aufmerksam an.

»Das hat Helena selber gemacht. Offiziell kannte sie das jeweilige Passwort zwar nicht, aber ihr Kumpel Ludovic wusste es ja und hat es an sie weitergegeben. Montfort war es auch, der an den Brennprogrammen einige Komponenten deinstalliert hat. Dadurch konnten keine Sicherungen mehr gebrannt werden, und er hat auch die Motherboards kaputtgemacht, genauer gesagt die Steckanschlüsse.« Katinka grinste. »Doppelt gemoppelt hält bekanntlich besser. Zwar behauptete er, dem Rechenzentrum die Probleme gemeldet zu haben, aber dort kam nie eine Reklamation an. Er schob einfach die Überbeschäftigung der Leute vor, wenn Laubach mal nachfragte, warum niemand auftauchte, um die Rechner zu reparieren.«

Nachdenklich fügte sie hinzu: »Montfort ist Helena irgendwie hörig. Sie hat ihm den Job verschafft, weil sie von ihm am wenigsten Fraktionsbildung mit Fria befürchtete. Er hatte auf die ganze Theatralik am Lehrstuhl keinen Bock, machte aber bei der Verschwörung gegen Fria mit, weil er sich Helena gegenüber in der Pflicht sah. Wahrscheinlich ist er auch zu schwach, um sich gegen den ganzen Mummenschanz zu wehren.«

Katinka holte tief Luft und verzog das Gesicht. Zu heftiges Einatmen nahm ihr die Rippe immer noch übel. Sie bemerkte Toms sorgenvollen Seitenblick und verspürte plötzlich eine enorme Vorfreude. Es würde wunderbar werden, mit ihm zusammenzuwohnen.

»Wussten die anderen, die an der Verschwörung teilhatten, dass es Helena war, die Henry getötet hat?«, wollte Britta wissen.

Katinka schüttelte den Kopf. »Ich denke nicht, dass sie es wirklich wussten, aber wer hätte die Kaltschnäuzigkeit dazu gehabt, wenn nicht Helena? Die Polizei hat ein Tagebuch bei ihr zu Hause gefunden. Sie hat allerlei kryptisches Blabla notiert, eine ziemlich orakelhafte Beschreibung ihres Seelenzustandes.«

»Und Först?«, wollte Britta begierig wissen. »Wusste sie Bescheid?«

»Sie wusste, dass es eine Fraktion gegen Fria gab, soviel ist klar«, erwiderte Katinka. »Aber sie blickte nicht durch, um was es dabei eigentlich ging. Elfi Lodenscheidt hatte übrigens gar keine Ahnung. Sie kurvt zwar jeden Tag acht Stunden in den Büros rum, aber das Wesentliche hat sie nicht mitgekriegt.«

»Pfff«, machte Britta.

»Was ich wirklich unangenehm fand, war die Sache mit meinem Anrufbeantworter«, sagte Katinka. Tom griff nach ihrer Hand und drückte sie fest.

»Allerdings«, sagte er. »Ich habe ja beinahe zuviel gekriegt, als ich hörte, dass Katinka Drohanrufe bekommen hat.«

»Ähm«, sagte Katinka, »meine Nachbarn, Singers, haben außerdem beobachtet, wie eine Frau mit Kopftuch und Sonnenbrille in meine Wohnung wollte. Das war Helena. Sie ist in Besitz einer perfekten Ausrüstung, denn sie hatte mal was mit dem Chef eines Bamberger Schlüsseldienstes.«

»Waaas? Davon hast du mir gar nichts erzählt!«, rief Tom bestürzt.

Auch Britta starrte Katinka entgeistert an. »Die hyperintellektuelle Helena geht mit einem Handwerker ins Bett?«, uzte sie, während Alban ganz entspannt sagte:

»Der Schlüsselfuzzi ist aber jetzt dran.«

»Alban hat eine englische Mutter, deswegen der verquere Sinn für Humor«, sagte Britta entschuldigend. Alban grinste. Katinka verstand nicht ganz, was an seiner Bemerkung englisch sein sollte. Ohnehin war es besser, niemanden wissen zu lassen, dass sie mit dem Schlüsseldienst von Sigmund Heppner eine Art Abkommen geschlossen hatte. Trotz angebrochener Rippe und entsprechender Kurzatmigkeit hatte sie Helenas Ex-Geliebten angerufen und ihm die Hölle heiß gemacht. Allerdings wäre sie so freundlich, Heppner und Helenas versuchte Einbrüche zu verschweigen, sofern der Schlüsseldienst Heppner bereit war, ihr in einer etwaigen Bedarfssituation nach Kräften auszuhelfen.

»Tja«, fuhr Katinka fort, »die Polizei konnte es kaum glauben. Helena kam quasi in jede Wohnung rein. Sie wollte an dem Abend, als ich Fria ihre Anziehsachen fürs Klinikum geholt habe …«

»… und als du ein wenig geschnüffelt hast …«, gab Tom zum Besten.

»… an dem Abend wollte sie in Frias Wohnung eindringen. Ein bisschen rumgucken. Aber sie sah mich rauskommen. Ihr Mann, Hermann, hat sich in mein Büro eingeschlichen und die Kassette mit seiner Ansage drauf aus dem AB rausgenommen. Du meine Güte.« Katinka schüttelte den Kopf, als könne sie selbst kaum glauben, was sie alles erlebt hatte.

»Wie ist es auf der Tagung eigentlich noch gelaufen?«, fragte sie schließlich und schnorrte von Britta eine *Gauloise*.

»Och, es ging richtig ab«, grinste Britta. »Die meisten Leute waren natürlich erschrocken, reagierten dann aber einigermaßen entspannt. Laubach warf mehrere Pillen ein, die seine liebe Frau aus ihrem Umhang fischte. Er sieht überhaupt nicht gesund aus. Frage mich, ob er so einen Stress noch lange durchhält.«

»Es muss schockierend für ihn sein, seine beste Mitarbeiterin als Mörderin entlarvt zu sehen«, warf Alban ein.

»Wie geht's eigentlich Fria?«, fragte Britta rasch. Die Seiten auf ihrem Block füllten sich mit ihrer großformatigen, weit nach rechts geneigten Schrift.

»Sie hat ziemlich viel Blut verloren«, sagte Tom. Er spielte mit seinem Bierfilz herum. »Eigentlich habe ich persönlich sehr gemischte Gefühle ihr gegenüber. Auf der einen Seite Mitleid, dann aber auch wieder deutliche Abneigung.«

»Sie ist krank«, sagte Katinka. »Psychisch krank. Im Moment muss sie im Klinikum bleiben, die Stichwunden sind teils wieder aufgegangen oder haben sich entzündet. Helena hat ihr außerdem noch ein paar Schrammen verpasst, und einer ihrer Hiebe hat Frias linkes Schlüsselbein gebrochen. Das hat böse geknackt, sage ich euch. Und dann sollte sie dringend eine Therapie machen. Ihr krankhafter Ehrgeiz und das Sendungsbewusstsein, das Scheitern ihres Bruders kompensieren zu müssen, können auf Dauer wohl ziemlichen Schaden anrichten. Bei ihr selbst und anderen«, fügte Katinka hinzu.

»Die Messerstecherei in der Spielothek hatte tatsächlich

nichts mit den Vorkommnissen bei Laubach zu tun, oder?«, versicherte sich Britta.

»Nein.« Katinka schüttelte den Kopf. »Eine reine Familienangelegenheit, wie man so sagt.«

»Sie haben wirklich Glück gehabt«, sagte Alban und fixierte Katinka mit seinem ätherischen Blick. »Die Szene bei der Konzerthalle, die hätte übel ausgehen können.«

Tom nickte bekräftigend, aber Katinka konnte gerade keine Diskussion über ihr Abenteuer vom Freitag vertragen.

»Noch dazu die Manipulationen an deinem Rad«, mahnte Tom. »Das war wohl auch Hermann, oder?«

»Soweit wir im Moment wissen, war er es«, bestätigte Katinka.

»Mit *wir* meint sie sich und den Kommissar«, sagte Britta grinsend. Tom zog einen Flunsch und Katinka musste lachen. Dann seufzte sie. »Die Polizei hat endlich Henrys Leiche freigegeben. Am Mittwoch ist die Beerdigung. Kommt ihr mit?«

Alle nickten. Dann schwiegen sie eine Weile und hingen ihren Gedanken nach.

»Aber weshalb«, hakte Britta schließlich nach, »weshalb, und danach halte ich meinen Mund, ist Ruth letzte Woche abends noch mal ins Büro gegangen? Zwei Tage, nachdem ihr Kommilitone ermordet wurde?«

»Der Polizei hat sie erzählt, sie wäre unruhig gewesen, vielleicht wäre was übersehen worden, das den Täter hätte entlarven können. Sie war wohl ganz gut mit Henry befreundet und deshalb viel schockierter als alle anderen Lehrstuhlleute.«

»Schlimm, schlimm«, jammerte Britta und warf Alban einen verliebten Blick zu. »Ist eigentlich die Tatwaffe gefunden worden?«

»Nein«, grinste Katinka. »Försts Parthenon-Tempel verschlammt jetzt auf dem Grund der Regnitz.«

Sie lehnte sich zurück und genoss den Abend. Es war ein

himmlisches Gefühl, ihren ersten Fall gelöst zu haben. Britta und Alban würden darüber schreiben, sie würde endgültig zu Tom ziehen. All dies verhieß ihr einen guten Sommer. Froh ließ sie den Blick über die Terrasse schweifen. Gerade legten ein paar Ruderer an und zogen ihre Kajaks aus dem Wasser. Ein Pulk Leute setzte sich an den Nebentisch. Einen von ihnen kannte Katinka: Rumolt Lennert, der sich offenbar eine Pause von seinem mittelhochdeutschen Gedächtnistraining gönnte.

»Sieh mal an«, sagte sie leise, wie zu sich selbst. »Rumolt Lennert.«

»Wer ist das denn?«, fragte Tom sofort.

»Och, nur ein Informant«, antwortete Katinka, und warf Britta einen vielsagenden Blick zu.

ENDE

Weitere Krimis finden Sie auf den folgenden Seiten und im Internet: www.gmeiner-verlag.de

Edi Graf
Nashornfieber

375 Seiten, 11 x 18 cm, Paperback.
ISBN 3-89977-638-8. € 9,90.

Claudia Roloff erhält ein geheimnisvolles Päckchen aus Kenia von ihrem Bruder Rob, der in Afrika für eine Naturschutzorganisation gegen Nashornwilderei kämpft. Wenige Stunden später ist sie tot – vergewaltigt und ermordet auf einem Waldparkplatz in Tübingen. Alle Spuren deuten auf ein Sexualdelikt hin.
Nur Robs Exfrau, die Journalistin Linda Roloff, glaubt nicht daran. Sie vermutet einen Zusammenhang zwischen Robs Arbeit und dem Mord. Auf eigene Faust macht sie sich in Afrika auf die gefährliche Suche nach den Drahtziehern des Verbrechens …

Bernd Franzinger
Dinotod

324 Seiten, 11 x 18 cm, Paperback.
ISBN 3-89977-630-5. € 9,90.

Auf dem Gelände der größten Dinosaurier-Ausstellung Europas liegt aufgespießt auf den stacheligen Rückenplatten eines Stegosaurus eine Frauenleiche. Es ist die Frauenbeauftragte des nahegelegenen Bildungszentrums. Einige Tage später treibt der leblose Körper einer engagierten Kulturjournalistin nur wenige Meter von der Urtier-Nachbildung entfernt in einem kleinen See.
Hauptkommissar Tannenberg ist von den Ereignissen gleich in mehrfacher Hinsicht persönlich betroffen. Die Mordserie weist deutliche Parallelen zu seinem ersten Fall auf. Aber diese offensichtlichen Hinweise will er zunächst ebenso wenig wahrhaben, wie die Tatsache, dass urplötzlich sein eigener Bruder in Tatverdacht gerät.

KRIMI IM GMEINER-VERLAG

Ihre Meinung ist gefragt!

Mitmachen und gewinnen

Als der Spezialist für Themen-Krimis mit Lokalkolorit möchten wir Ihnen immer beste Unterhaltung bieten. Sie können uns dabei unterstützen, indem Sie uns Ihre Meinung zu den Gmeiner-Krimis sagen!

....

Senden Sie eine E-Mail an gewinnspiel@gmeiner-verlag.de und teilen Sie uns mit, welchen Krimi Sie gelesen haben und wie er Ihnen gefallen hat. Alle Einsendungen nehmen automatisch am großen Jahresgewinnspiel teil. Es warten ›spannende‹ Buchpreise aus der Gmeiner- Krimi-Bibliothek auf Sie!

Die Gmeiner-Krimi-Bibliothek

KRIMI IM GMEINER-VERLAG

Alle Gmeiner-Autoren und ihre Krimis auf einen Blick